정글북

지은이 러디어드 키플링

1865년 인도 뭄바이에서 작가 겸 삽화가인 존 록우드 키플링의 아들로 태어났다. 『정글북』은 정글이라는 원시 세계 속에서 살아가는 생명체들의 모습을 그린 작품으로, 아이들은 물론 어른들에게 상상력의 유희를 마음껏 펼칠 수 있도록 하는 키플링의 대표작이다. 놀라운 독창성, 넘치는 아이디어를 담은 이 책은 영화, 만화, 뮤지컬 등 다양한 문화 영역에서 재생산되어 많은 이들의 사랑을 받고 있다. 1907년 영어권 작가 최초이자 역대 최연소로 노벨문학상을 받았으며, 1936년 71세의 나이로 생을 마감했다.

옮긴이 정윤희

서울여자대학교 영어영문학과 박사과정을 마치고 부산국제영화제, 부천영화제, 서울영화제 등 다수의 영화제에 참여했다. 소니 픽처스, 디즈니 픽처스, 워너브러더스 등에서 50여 편의 개봉관 영화를 번역했으며, KBS, EBS, MGM 등 공중파와 케이블 채널을 통해 200여 편이 넘는 작품을 번역했다. 현재 서울디지털대학교 교수로 재직 중이며, 번역에이전시 하니브릿지에서 전문 번역가로 활동하고 있다. 주요 역서로는 『거울 나라의 앨리스』, 『스노우 화이트 앤 더 헌츠맨』, 『실버라이닝 플레이북』, 『메리 포핀스』, 『비밀의 정원 1, 2』 등이 있다.

그린이 김민지

JC엔터테인먼트에서 온라인 게임 디자인을 했고, 애니메이션 『아크』의 캐릭터 디자인과 컬러 코디네이션 및 일러스트 작업을 했다. 그동안 그림을 그린 책으로는 『어린 왕자』, 『피터 팬』, 『왕자와 거지』, 『이상한 나라의 앨리스』, 『거울 나라의 앨리스』, 『오즈의 마법사』, 『나무, 바람을 사랑하다』 등이 있다.

정글북 아름다운고전시리즈 ㉖

지은이 | 러디어드 키플링 **옮긴이** | 정윤희 **그린이** | 김민지
펴낸이 | 김종길 **펴낸 곳** | 인디고
편집 | 이은지 · 이경숙 · 김보라 · 김윤아 **영업** | 성홍진
디자인 | 손소정 **마케팅** | 김민지 **관리** | 김예솔
출판등록 | 1998년 12월 30일 제2013-000314호 **주소** | (04029) 서울특별시 마포구 월드컵로8길 41 (서교동 483-9)
홈페이지 | indigostory.co.kr **전화** | (02)998-7030 **팩스** | (02)998-7924
블로그 | blog.naver.com/geuldam4u **페이스북** | www.facebook.com/geuldam4u
이메일 | geuldam4u@geuldam.com **인스타그램** | geuldam
초판 1쇄 인쇄 | 2017년 12월 10일 **초판 5쇄 발행** | 2023년 5월 10일 **정가** | 14,800원
ISBN 979-11-5935-025-2 (02840)

The Jungle Book 정글북

러디어드 키플링 지음
정윤희 옮김 | 김민지 그림

indigo
Story and make

| 서문 |

이런 종류의 작품을 완성하려면 수많은 전문가에게 아낌없는 도움을 받아야 한다. 그러니 그런 은혜를 베풀어 준 분들께 감사의 말한마디 하지 않는다면, 그 편집자는 처음부터 그런 관대한 대접을 받을 자격도 없는 사람일 것이다.

제일 먼저 고마움을 표해야 할 분은 높은 학식과 교양을 지녔던 바하두르 샤다. 바하두르 샤는 '위대한 왕'이라는 뜻인데 인도의 호적등본에 '짐꾼 코끼리 174'로 등록되어 있으며, 사랑스러운 누이 푸드미니와 함께 「코끼리들의 투마이」 이야기를 들려준 장본인이기도 하다. 또한 「여황 폐하의 신하들」에 담긴 수많은 정보도 아낌없이 제공해 주었다. 모글리의 모험담은 여러 시기에 걸쳐 여러 장소에서 수많은 정보원에게 전해 들은 이야기를 엮은 것인데, 도움을 준 이들은 모두 자신의 이름을 밝히지 말라고 부탁했다. 하지만 이렇듯 오랜 세월이 지난 데다 오래된 암석 위에 사는, 그러니까 자코 언덕 위 높게 뜬 구름에 거주하는 참으로 존경스러운 힌두교 신사였던 분께 뒤늦게나마 감사의 말씀을 전하는 게 지나친 결례는 아니리라 생각한다. 그는 자신을 포함한 노년층에 대해서는 신랄한 평가를 했지만, 그래도 누구나 인정할 만한 설득력 있는 평가를 해주었다.

끝없는 탐구열과 성실함의 대명사였던 학자 사히는 얼마 전 해체된 시오니 늑대 무리의 일원으로, 인도 남부의 시골 장터에서는 아주 유명한 예술가로 불렸다. 특히 주둥이를 망으로 가리고 주인과 함께 흥겹게 춤을 추면서 마을에 사는 남녀노소의 시선을 한눈에 사로잡기도 했다. 그는 인간의 관습과 풍습에 대한 소중한 자료들을 기꺼이 재공해 주었다. 그 덕분에 「호랑이다! 호랑이!」, 「카아의 사냥」, 「모글리의 형제들」 이야기가 탄생할 수 있었다.

그리고 「리키-티키-타비」의 큰 줄거리는 인도 북부에서 파충류 전문가로 활동하던 동물학자의 도움이 없었다면 결코 완성되지 못했을 것이다. 그 전문가는 '먹고사는 것이 아니라 진정한 깨달음을 추구해야 한다'는 일념으로 두려움 없이 외로운 연구에 몰두한 분으로 알려져 있다. 하지만 동양의 독사, 타나토피디아 연구에 지나치게 몰두하다가 안타깝게도 세상을 등지고 말았다.

언젠가 편집자가 '인도의 황후'라는 이름의 영국 전함을 타고 여행을 하던 중 우연히 사고가 발생했던 적이 있다. 그때 함께 탔던 승객에게 소소한 도움을 베풀었는데, 그 일로 엄청나게 큰 보상을 받았다. 당시 편집자가 받은 도움이 얼마나 커다란 행운이었는지는 「하얀 물개」를 읽으면서 독자 여러분이 스스로 판단해 보시기를 바란다.

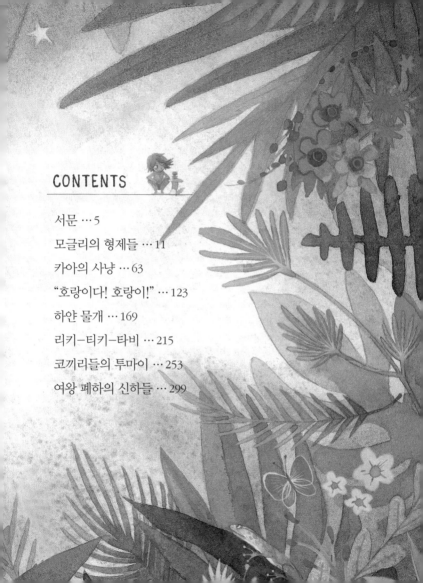

CONTENTS

모글리의
형제들

박쥐 '망'이 풀어 놓은 밤을
마침내 솔개 '칠'이 집으로 데려온다.

가축들은 외양간과 오두막에 갇혔다네.
새벽 동이 틀 때까지 마음껏 돌아다니는 우리 때문에.

지금은 자긍심과 힘,
발톱과 송곳니의 시간이라네.

아, 저 소리를 들어라!
정글의 법칙을 지키는 모두에게
사냥의 행운이 따르기를!

- 정글의 밤 노래 -

후텁지근한 저녁 7시, 시오니 언덕에서 낮잠을 자고 있던 아빠 늑대가 잠에서 깨어나 온몸을 긁으며 입을 벌리고 하품을 했다. 그러고는 남은 졸음을 털어 내기 위해 앞다리와 뒷다리를 쭉 뻗으며 기지개를 켰다. 엄마 늑대는 이리저리 뒤치며 낑낑거리는 네 마리 새끼들 사이에 큼직한 잿빛 코를 파묻은 채 누워 있었다. 늑대 가족이 사는 동굴 입구로 새하얀 달빛이 새어들었다.

"아우! 다시 사냥을 나갈 시간이 됐군."

아빠 늑대가 언덕 아래로 뛰어 내려가려는 찰나, 덥수룩한 꼬리가 달린 조그만 그림자 하나가 동굴 입구로 들어와 애처로운 울음소리를 냈다.

"오, 위대한 늑대의 우두머리여. 부디 사냥에 행운이 따르기를 빕니다. 더불어 고귀한 새끼 늑대들에게도 행운이 함께하고 튼튼하고 새하얀 이빨이 자라기를 기원합니다. 저 아이들도 이 세상에 굶주린 동물들이 있다는 사실을 절대 잊지 않겠지요."

그 목소리의 주인공은 일명 '쓰레기 청소부'라는 별명을 가진 자칼 타바키였다. 인도 늑대들에게 타바키는 경멸의 대상이었다. 이곳저곳을 오가며 못된 짓을 일삼고 헛소문을 퍼트리고, 그것도 모자라 마을의 쓰레기 더미를 뒤져 가죽 쪼가리나 주워 먹고 다니는 작자이기 때문이다. 그러나 한편으로는 내심 그를 두려워하기도 했다. 정글의 그 누구보다 성질이 급해 발끈 화를 잘 내고, 한번 화가 나면 미친 듯이 숲속을 내달리며 정글에서 마주치는 모든 것을 닥치는 대로 물어뜯기 때문이다. 야생동물에게 갑자기 찾아오는 이러한 광기는 그들에게 가장 수치스러운 모습이었기 때문에, 타바키가 날뛰는 날에는 호랑이마저도 그를 피해 슬그머니 구석에 몸을 숨기곤 했다. 우리 인간들이 '광견병'이라고 부르는 그런 광기를 그들은 '데와니'라 부르며 저만치 줄행랑을 놨다.

아빠 늑대가 무뚝뚝한 목소리로 말했다.

"직접 확인해 보아라. 여기도 먹을 게 없는 건 마찬가지니까."

"늑대가 먹을 건 없겠죠. 하지만 저처럼 미천한 놈에게는 말라붙은 뼈다귀도 진수성찬입니다. 저희 같은 기더로그(자칼 족)들이 이거

저거 가릴 처지겠습니까?"

그 말이 끝나기가 무섭게 타바키가 종종걸음으로 동굴 안쪽으로 들어가더니 군데군데 살점이 붙어 있는 수사슴 뼈를 찾아냈다. 그러고는 자리에 털썩 주저앉아서 신나게 뼈다귀를 물어뜯기 시작했다.

"이런 맛있는 음식을 주시다니, 정말 감사합니다." 타바키가 혀로 입술을 핥으며 말했다. "세상에, 새끼들이 정말 귀티가 나는군요. 눈동자도 부리부리하고! 아직 어린 새끼일 뿐인데도 말입니다. 하긴, 왕의 핏줄은 태어날 때부터 늠름하다는 걸 깜빡 잊고 있었네요."

부모 앞에서 아이들을 대놓고 칭찬하면 나중에 불길한 일이 생긴다는 것을 타바키도 정글의 다른 동물들처럼 잘 알고 있었다. 그래서 아빠 늑대와 엄마 늑대가 불편한 표정을 짓는 모습을 보며 내심 고소해 했다.

타바키는 일부러 못된 말을 뱉어 놓고 기분이 좋아져서 한참을 그대로 앉아 있었다. 그러다가 이내 심술궂은 목소리로 말했다.

"호랑이 우두머리 시어 칸이 사냥터를 옮겼다고 하더군요. 다음 달이 뜰 때부터는 이쪽 언덕에 와서 사냥할 거라던데요. 저한테 그렇게 말했어요."

시어 칸은 동굴에서 30킬로미터 떨어진 와인궁가 강 근처에 사는 호랑이다.

"어림없는 소리!" 아빠 늑대가 머리끝까지 화가 나서 소리쳤다.

"정글의 법칙에 따르면, 미리 예고하지 않고 사냥 구역을 바꿀 수는 없어! 자칫 반경 16킬로미터 내에 있는 사냥감들이 놀라서 전부 달아날 수도 있다고. 게다가 요즘 나는 두 몫의 사냥을 해야 한단 말이야."

엄마 늑대가 나긋나긋한 목소리로 거들었다. "괜히 그 어미가 시어 칸을 룬그리(절름발이)라고 불렀겠어요? 날 때부터 한쪽 다리를 절었으니까 그런 거죠. 그래서 가축만 사냥하잖아요. 가축을 잡아먹으니까 와잉궁가 마을 사람들이 화를 내서, 이리로 오는 모양이네요. 얼마 후면 우리 마을 사람들도 거기 사람들처럼 화를 내겠죠. 마을 사람들이 시어 칸을 잡으려고 정글을 이 잡듯 뒤질 텐데. 그때쯤이면 시어 칸은 이미 멀리 도망치고 없겠죠. 행여 숲에 불이라도 놓는 날에는 우리까지 아이들을 데리고 도망쳐야 할 테고요. 어찌나 고마운지 눈물이 다 날 지경이네요!"

"시어 칸에게 고맙다고 전할까요?" 타바키가 능글대며 말했다. 그러자 아빠 늑대가 화가 나서 쏘아붙였다.

"썩 꺼지지 못해! 가서 그 잘난 시어 칸 놈이랑 사냥이나 하라고! 오늘 하룻밤 심술은 이만하면 충분하니까!"

타바키가 꼬리를 내리고 나지막이 대답했다.

"분부대로 합죠. 저 아래쪽 덤불에서 시어 칸이 돌아다니는 소리가 들리네요. 제가 굳이 소식을 전하지 않았어도 금방 아셨겠어요."

그 말에 아빠 늑대가 가만히 귀를 기울였다. 그러자 작은 강과 맞닿은 계곡 밑에서 찢어지는 목소리로 화가 난 듯 으르렁대는 호랑이 소리가 들리는 게 아닌가. 사냥감을 잡지 못했다는 사실을 온 정글이 알게 돼도 상관없는 모양이었다.

"머저리 같은 놈!" 아빠 늑대가 소리쳤다. "저렇게 시끄럽게 굴면서 밤 사냥을 하겠다니! 정글에 사는 수사슴이 와잉궁가에서 잡던 어린 황소처럼 멀뚱히 서 있을 거라고 생각하는 모양이지?"

"쉬잇. 오늘 밤 시어 칸이 노리는 사냥감은 수사슴도 황소도 아닐 거예요. 바로 인간이겠죠." 엄마 늑대가 말했다.

시어 칸의 울부짖는 소리가 어느새 낮게 그르렁대는 소리로 바뀌어 사방으로 퍼져 나갔다. 야외에서 잠을 청하던 나무꾼과 집시들이 그 소리를 듣는다면 잠에서 깨어 정신없이 이리저리 허둥대다가 결국에는 호랑이 밥이 될 판이었다.

"인간을 잡아먹는다고?" 아빠 늑대가 머리끝까지 화가 나서 하얀 이를 드러내며 그르렁거렸다. "맙소사! 강가에서 딱정벌레와 개구리를 잡아먹더니 그것도 모자라서 이제는 인간까지 잡아먹겠다는 건가? 그것도 우리 영역에서?"

정글의 법칙이 내세우는 준수 사항에는 모두 그럴 만한 이유가 충분히 있었다. 모든 동물이 따라야 하는 정글의 법칙 중에는 절대로 인간을 잡아먹어서는 안 된다는 사항도 포함돼 있었다. 물론 새끼가 태어나 사냥하는 법을 가르쳐야 할 때는 예외지만, 그 또한 자신이 속한 무리의 영역에서 멀리 벗어난 곳에서만 가능한 일이었다. 이처럼 인간을 해하는 것을 금기시하는 데는 특히 현실적인 이유가 있었다. 짐승이 인간을 사냥하면 빠르든 늦든 결국에는 백인들이 코끼리를 타고 총을 든 채로 정글에 나타나게 되어 있다. 그것도 이글거리는 횃불을 하늘을 향해 번쩍 든 수백 명의 흑인을 대동하고서 말이다. 그러면 정글에 사는 모든 동물이 수난을 겪게 될 터였다. 물론 동물들끼리는 다른 이유 때문이라고 생각했다. 인간은 생명을 지닌 모든 것들 중 제일 연약하고 힘없는 존재이기 때문에 그런 나약한 인간에게 손을 대는 것 자체가 비열하다는 거였다. 그뿐만 아니라 이건 사실이기도 한데, 인간을 잡아먹으면 온몸에 두드러기가 돋고 이빨이 뭉텅 빠져 버린다는 소문도 있었다.

그르렁대는 소리가 서서히 커지더니 마침내 사냥감을 공격할 때 내는 무시무시한 울음소리가 이어졌다. "어흥!"

그런데 곧이어 전혀 호랑이답지 않게 그르렁거리며 울부짖는 소리가 들렸다. 엄마 늑대가 말했다. "사냥감을 놓쳤나 보군요. 대체 어떤 사냥감이었을까요?"

아빠 늑대가 동굴 밖으로 걸어 나가자 저 멀리 덤불에서 시어 칸이 온몸으로 뒹굴며 투덜대는 소리가 들렸다.

"바보 같은 녀석. 나무꾼이 피워 둔 모닥불을 넘다가 발을 데인 모양이군. 타바키 녀석도 함께 있는 모양이야." 아빠 늑대가 마뜩 찮은 목소리로 말했다.

"누군가 언덕으로 올라오고 있어요. 조심하세요." 엄마 늑대가 한쪽 귀를 쫑긋 세우며 말했다.

잡목이 우거진 덤불이 바스락거리자, 아빠 늑대가 땅바닥에 배를 바짝 대고 엎드린 상태로 공격할 채비를 했다. 만약 여러분이 그 자리에 있었다면 세상에서 제일 진기한 광경을 목격할 수 있었을 것이다. 늑대가 공격하기 위해 공중으로 번쩍 뛰어올랐다가 중간에 그대로 멈칫하는 그 멋진 모습을. 아빠 늑대는 상대가 뭔지도 모르고 공격을 시작했지만, 자신이 덮치려던 상대가 누구인지 발견하고는 순간 자기 행동에 제동을 걸었다. 그 바람에 아빠 늑대는 1미터 넘게 뛰어올랐다가 곧바로 그 자리에 내려앉을 수밖에 없었다.

"인간이잖아!" 아빠 늑대가 외쳤다.
"인간의 새끼 같은데. 저것 봐!"

아빠 늑대 앞쪽에 구릿빛 피부에 실오라기 하나 걸치지 않은 아기가 나뭇가지 아랫쪽을 잡고 서 있었다. 이제 겨우 걸음마를 뗀 어린 아기였다. 어두컴컴한 밤, 그것도 늑대가 모여 사는 동굴에 부드러운 피부에 작은 보조개가 파인 아기가 나타난 건 처음 있는 일이었다. 아기는 아빠 늑대의 얼굴을 빤히 쳐다보더니 까르르 웃음을 터뜨렸다.

"저게 인간의 새끼란 말이에요? 난생처음 봐요. 이쪽으로 데려와 보세요." 엄마 늑대가 말했다.

본래 늑대들은 새끼를 입으로 물어 이리저리 옮기는 데 익숙한 터라 달걀을 물어서 옮기라고 해도 절대 깨뜨리지 않을 정도로 단련이 돼 있었다. 아빠 늑대가 아기의 등을 물어 늑대 새끼들 사이에 내려놓았고, 가냘프기 짝이 없는 아기의 등에는 이빨 자국 하나 남지 않았다.

"어쩜! 어찌 이리 조그만 새끼가 있담! 벌거벗고 있는데도 몸을 웅크리지도 않네요!" 엄마 늑대가 온화한 목소리로 말했다. 아기는 늑대 새끼들 사이를 파고들더니 따뜻한 곳에 몸을 기댔다.

"세상에, 우리 애들이랑 같이 젖을 빨잖아요! 세상에, 이게 인간의 새끼란 말이죠? 여보, 혹시 인간의 새끼를 키워 봤다고 자랑하는 늑대 본 적 있어요?"

"가끔 그런 일이 생긴다고는 하던데, 우리 무리 중에서는 그런 경우가 한 번도 없었어. 우리 때 그런 일이 있었다는 얘기도 못 들었고. 그런데 이 아기, 털 하나 없군. 발로 툭 건드리기만 해도 죽을 것 같은데. 어라, 올려다보는 것 좀 봐. 겁도 없어."

순간 동굴 입구를 환하게 비추던 달빛 사이로 무언가 쑥 하고 나타났다. 시어 칸의 커다란 머리와 위풍당당한 어깨가 동굴 앞에 불쑥 나타난 것이다. 타바키가 뒤에서 뭐라고 빽빽거렸다.

"대장님, 대장님, 사냥감이 동굴 안으로 도망쳤습니다!"

"시어 칸이 여기까지 행차하시다니 이거 영광이로군." 말은 그렇게 했지만 아빠 늑대의 눈빛은 노여움으로 이글거렸다. "무슨 일로 여기까지 오셨나?"

"내 사냥감을 찾으러 왔어. 인간의 새끼가 이리 들어왔다고 하던데. 그 부모는 달아나 버렸지. 얼른 내 사냥감을 내놓으시지."

아빠 늑대가 말했던 것처럼 시어 칸은 모닥불 위로 뛰어들었다가 발을 데어서 이미 화가 머리 꼭대기까지 난 상태였다. 하지만 아빠 늑대는 동굴 입구가 워낙 좁아서 시어 칸이 안으로 들어올 수 없다는 걸 잘 알고 있었다. 지금도 동굴 입구에 양쪽 어깨와 앞발이 낀 상태로 오도 가도 못하는 상태였다. 마치 통 속에 끼인 채로 싸우려고 버둥거리는 것처럼 말이다.

"늑대들은 자유로운 종족이오. 우리는 우두머리의 명령에만 따를 뿐 가축이나 잡아먹는 줄무늬 짐승의 명령에는 따르지 않소. 인간의 새끼는 우리 것이고 죽이든 살리든 우리가 선택할 일이오." 아빠 늑대가 대답했다.

"선택이라? 선택을 한다고? 그게 무슨 말도 안 되는 소리야? 내가 사냥한 황소를 걸고 말하는데, 마땅히 내 몫이 돼야 할 먹잇감을 찾겠다는 거야. 내가 지금 이렇게 개 족속의 동굴 안에 코를 들이밀고 있는데도, 안 된다는 건가? 내가 누군지 모르는 모양인데, 바로 시어 칸이란 말이야!"

천둥처럼 요란한 울음소리가 동굴을 가득 메웠다. 그때, 엄마 늑대가 제 몸에 매달려 있던 새끼들을 밀어내고 앞으로 나섰다. 시커먼 어둠 속에서 분노에 이글거리는 두 개의 푸른 달 같은 엄마 늑대의 눈동자가 시어 칸의 두 눈과 마주쳤다.

"나, 락샤(악마)가 대답해 주지. 여기 이 인간의 새끼는 내 것이다, 절름발이. 내 것이라고! 그 누구도 죽이지 못해! 이 인간의 아기는 끝까지 살아서 늑대 무리와 함께 달리고, 또 사냥할 것이다. 잘 들어. 털도 안 난 어린 새끼들을 잡아먹고 개구리와 물고기까지 사냥하는 너, 시어칸은 결국 이 아기의 사냥감이 될 거야. 나는 굶주린 소 따위는 잡아먹지 않지. 이건 내가 사냥했던 사슴을 걸고 하는 말이야. 당장 네 엄마한테나 가 버려. 정글의 짐승이면서 불에 데여 예전보다 더 절뚝이고 있구나. 빨리 꺼져 버려!"

아빠 늑대가 깜짝 놀라 엄마 늑대를 쳐다봤다. 그제야 다른 수컷 늑대 다섯 마리와 결투를 벌인 끝에 엄마 늑대를 차지했던 때가 떠올랐다. 당시 엄마 늑대는 다른 늑대들과 함께 종횡무진 활약했고, 악마라고 불렸었다. 괜히 그런 별명이 붙은 게 아니었다. 시어 칸이 아빠 늑대에게 덤벼들 수는 있겠지만 엄마 늑대와 맞붙으면 견뎌 내지 못할 수도 있다. 더구나 지금 상황으로 보면 모든 면에서 엄마 늑대가 유리한 데다 만약 싸움이 벌어지면 목숨을 걸고 끝까지 싸울 게 분명했다. 시어 칸은 으르렁거리면서 동굴 뒤로 물러섰고 밖으로 몸을 빼내고 나서야 큰 소리를 쳤다.

"한낱 개들도 자기 집 마당에서는 크게 짖는 법이지! 인간 새끼를 키운다고 하면 너희 무리가 뭐라고 할지 궁금하군. 그 인간 새끼는 어차피 내 것이야. 결국 내 입에 들어오게 돼 있어. 이 도둑놈들아!"

엄마 늑대가 가쁜 숨을 몰아쉬며 새끼들 가운데 주저앉았다. 아빠 늑대가 심각한 목소리로 말했다.

"시어 칸 말도 일리가 있어. 우리 무리에게 아기를 보여 줘야 하잖아. 끝까지 키울 생각이야?"

"당연하죠!" 엄마 늑대가 가쁜 숨을 몰아쉬며 대답했다. "저 어린 것이 한밤중에 벌거벗고 굶주린 채로 혼자 여기까지 왔어요. 그런데 전혀 무서워하는 기색이 없잖아요! 저것 봐요! 벌써 우리 새끼 하나를 밀어내고 자리를 차지했어요. 그냥 뒀으면 저 절름발이 호랑이가 아기를 잡아먹고 와잉궁가로 줄행랑을 쳤겠죠. 그럼 마을 사람들이 인간을 잡아먹은 것에 대한 복수를 한답시고 우리 동굴을 쥐 잡듯 뒤졌을 거예요. 키울 거냐고요? 당연히 키워야죠. 괜찮아, 그냥 누워 있으렴, 귀여운 개구리야. 아, 너를 개구리라는 뜻의 '모글리'로 불러야겠구나. 시어 칸이 너를 사냥했던 날처럼 언젠가 네가 시어 칸을 사냥할 날이 올 거야."

"하지만 다른 늑대들이 뭐라고 할지 모르겠군." 아빠 늑대가 걱정스러운 목소리로 말했다.

정글의 법칙에 따르면 어느 늑대든 일단 결혼해서 가족을 이루면 자신이 속한 무리에서 벗어나 독립을 해야 한다. 하지만 새끼가 태어나고 그 새끼가 혼자 움직일 수 있을 만큼 자라면 반드시 종족 회의에 데려와야 한다. 종족 회의는 한 달에 한 번, 보름달이 뜨는 날 열린다. 그렇게 자기 새끼를 소개하고 나면 누구든 자유롭게 들판을 누비며 달릴 수 있게 된다. 새끼가 자라서 처음으로 사슴 사냥에 성공하기 전까지는 아무리 어른이라고 해도 마음대로 새끼를 죽일 수 없다. 만약 멋대로 새끼를 죽인 사실이 밝혀지는 날에는 누구라도 그 벌로 죽임을 당한다. 조금만 생각해 봐도 왜 이런 법이 필요한지 여러분도 이해할 수 있을 것이다.

아빠 늑대는 새끼들이 조금씩 달릴 수 있을 정도로 자라자 늑대 회의가 열리는 날 밤, 엄마 늑대와 함께 새끼들과 모글리를 회의가 열리는 바위로 데려갔다. 험준한 바위와 돌로 뒤덮여 있어서 족히 100여 마리의 늑대가 숨을 수 있을 만한 곳이었다. 힘과 지혜로 늑대 무리를 이끄는 고독한 회색 늑대, 위대한 아켈라가 바위 위에 몸을 쭉 펴고 엎드려 있었다. 그 아래 몸집도 색도 제각각인 다른 늑대들이 40마리도 넘게 앉아 있었다. 수사슴 한 마리쯤은 거뜬히 사냥할 수 있는 오소리 색의 노련한 어른 늑대부터, 그 정도는 자기도 할 수 있다고 자신하지만 아직은 어린 늑대들까지 모두 함께였다.

아켈라가 늑대 무리의 지도자가 된 지도 벌써 1년이 됐다. 젊을 적에 두 번인가 덫에 걸렸고, 맞아 죽을 뻔한 적도 있기 때문에 그 누구보다 인간의 습성과 행동을 꿰뚫고 있었다.

바위 주변에 모인 늑대 무리는 별말이 없었다. 엄마 아빠 늑대는 둥글게 원을 그리고 모여 앉았고, 그 가운데서 새끼들이 뒹굴며 장난을 쳤다. 간혹 나이든 늑대가 그런 새끼들에게 조용히 다가가 가만히 살펴보고는 발소리조차 내지 않고 자기 자리로 돌아오곤 했다. 어떤 엄마 늑대는 행여 자기 새끼의 모습이 제대로 보이지 않을까 싶어, 밝은 달빛이 비치는 쪽에 자기 새끼를 쓱 밀어 두기도 했다. 바위 위에 엎드려 있던 아켈라가 외쳤다.

"늑대들이여, 모두들 정글의 법칙은 잘 알고 있겠지! 정글의 법칙 말이다. 잘 보아라!"

그러자 걱정스러운 표정의 엄마 늑대들이 똑같이 따라 외쳤다.

"늑대들이여, 보세요. 잘 살펴보세요!"

마침내 차례가 되자 긴장한 엄마 늑대가 목털을 곧추세웠다. 아빠 늑대가 '모글리'를 늑대 무리 한가운데로 밀었고, 모글리는 영문도 모른 채 활짝 웃으며 자리에 앉아 달빛에 반짝거리는 조약돌을 주물럭거렸다.

아켈라는 고개도 들지 않은 채 같은 말을 지루하게 반복해서 외쳤다.

"똑똑히 보아라!"

바로 그때 바위 뒤에서 목소리를 잔뜩 내리깔며 으르렁거리는 소리가 들렸다. 시어 칸이 목에 잔뜩 힘을 주고 외치는 소리였다.

"저 아이는 내 것이다! 내게 돌려줘! 자유로운 늑대 무리가 인간의 새끼를 데리고 뭐 하는 짓인가?"

하지만 아켈라는 미동도 하지 않았다. 대신 똑같은 말만 내뱉었다.

"늑대들이여, 똑똑히 보아라! 자유로운 종족은 다른 종족의 명령을 받지 않는다! 똑똑히 보아라!"

곧이어 으르렁대는 목소리가 합창하듯 터져 나왔다. 그중 네 살된 젊은 늑대가 시어 칸이 던진 질문을 아켈라에게 되풀이했다.

"우리 같은 자유로운 종족이 인간의 새끼를 데리고 뭘 할 수 있겠습니까?"

정글의 법칙에 따르면, 같은 종족이 아닌 새끼를 받아들이려면 부모를 제외하고 둘 이상의 구성원이 그 새끼를 지지해야만 했다.

"누가 인간의 새끼를 지지하겠는가?" 아켈라가 말했다. "자유로운 늑대 종족 중에서 이 어린것을 지지할 자가 있는가?"

아무 소리도 들리지 않았다. 나서는 늑대가 하나도 없었다. 엄마늑대는 각오를 단단히 다졌다. 싸워야 한다면 목숨을 버릴 각오로 싸우리라 마음먹었다.

바로 그때 늑대 무리가 아닌 종족으로는 유일하게 회의에 참석하고 있던 갈색 곰 발루가 졸린 듯 나지막한 소리로 그르렁거리며 입을 열었다. 발루는 새끼 늑대들에게 정글의 법칙을 가르치는 선생님으로 나무 열매와 뿌리, 그리고 꿀만 먹는 식성을 가져서 언제 어디든 마음대로 오갈 수 있었다.

"인간이라, 인간의 새끼란 말이오? 그렇다면 내가 그 아이를 지지하리라. 인간의 새끼는 우리 짐승들에게 아무런 해를 끼치지 않소. 내가 말주변이 없기는 하나 그 말은 사실이오. 저 아이가 늑대와 뛰놀 수 있게 해 줍시다. 내가 직접 아이를 가르치겠소."

아켈라가 다시 입을 열었다.

"이것만으로는 부족하다. 다른 지지자가 하나 더 있어야 한다. 우리 늑대의 새끼들을 가르치는 발루 선생이 먼저 인간의 새끼를 지지한다고 말했다. 또 누가 지지하겠는가?"

순간 원을 그리고 앉은 늑대 무리 사이로 검은 그림자 하나가 내려앉았다. 흑표범 바기라였다. 잉크를 바른 것처럼 온몸이 새까맣지만 비단이 물에 젖으면 은은한 무늬가 나타나듯 바기라도 빛을 받으면 표범이라는 것을 드러내는 점들이 나타난다. 정글의 짐승들은 모두 바기라를 잘 알았다. 타바키만큼 영리하고 야생 들소처럼 대담하며, 상처 입은 코끼리처럼 앞뒤 안 가릴 정도로 난폭했기에 그 누구도 바기라가 가는 길을 가는 길을 막아서려고 들지 않았다. 하지만 바기라의 목소리는 나무에서 방울방울 떨어지는 야생 벌꿀처럼 부드러웠고, 털은 솜털처럼 부드러웠다. 바기라가 가르랑거리며 말했다.

"아켈라여, 그리고 자유로운 늑대 종족이여. 감히 늑대 회의에 끼어들 권한은 없지만, 정글의 법칙에 따르면 어린 새끼와 관련해서 죽이고 살리는 문제 이외에 다른 문제로 의혹이 생기면 그 새끼의 목숨은 누군가 일정한 대가를 지불하고 살 수 있다고 알고 있습니다. 또한 누가 대가를 지불할 자격이 있는지 없는지는 정글의 법칙에 나와 있지 않습니다. 제 말이 맞습니까?"

"옳습니다, 옳소!" 항상 배고파하는 젊은 늑대들이 입을 모아 외쳤다. "바기라의 말이 맞습니다. 누구든 대가만 지불하면 저 아이의 목숨을 살 수 있습니다. 그게 정글의 법칙입니다."

"좀 전에도 말씀드렸지만, 저한테는 늑대 회의에서 발언할 자격이 없습니다. 그렇기에 이렇게 여러분에게 허락을 얻어 제 생각을 말씀드리고자 합니다."

"그럼 어디 말씀해 보세요." 스무 마리 넘는 늑대가 한목소리로 외쳤다.

"벌거벗은 어린 새끼를 죽이는 것은 부끄러운 짓 아닙니까. 또한 인간의 새끼가 자라면 여러분에게는 좋은 놀잇감이 될 겁니다. 발루가 인간 새끼의 목숨을 지지하고 나섰으니 저는 거기다 황소 한 마리를 더

할까 합니다. 여기서 그리 멀지 않은 곳에 갓 잡은 통통한 황소 한 마리가 있습니다. 그거면 인간의 새끼를 늑대 무리에 받아 주실 수 있겠습니까?"

늑대들이 한꺼번에 아우성을 치며 떠들어 댔다.

"안 될 것도 없잖아? 어차피 겨울에 비가 내리면 죽을지도 모르는데. 어쩌면 뜨거운 태양 아래 타 죽고 말 거야. 맨몸뚱이 개구리 같은 녀석이 우리에게 해를 끼쳐 봐야 얼마나 끼치겠어? 안 그래? 그냥 우리 무리로 받아 주자. 바기라, 황소는 어디에 있지? 저 아이를 받아들입시다!"

그러자 아켈라가 쩌렁쩌렁한 목소리로 외쳤다.

"늑대들이여, 똑똑히 보아라!"

모글리는 여전히 조약돌을 만지작거리는 데 정신이 팔려서 늑대들이 한 마리씩 다가와 자신을 유심히 살피고 가는 것도 눈치채지 못했다. 마침내 아켈라와 바기라, 발루, 그리고 모글리를 키우게 될 늑대 가족들만 바위에 남고 늑대들 전부가 바기라가 잡아 놓은 황소를 찾아 언덕 아래로 내려갔다. 시어 칸은 모글리를 빼앗지 못해 무척 화가 났는지 어두운 공기를 뒤흔들 정도로 시끄럽게 포효했다.

"목청 한번 어마어마하군." 바기라가 낮게 중얼거렸다. "이 벌거벗은 인간의 새끼가 지금과 다른 이유로 널 다시 울부짖게 만들 날이 올 테니 두고 봐라. 난 인간이 어떤지 잘 알거든."

"이제 모든 게 다 잘 끝난 셈이오. 인간과 그 새끼들은 머리가 비상하니까 언젠가 위기가 닥쳤을 때 우리에게 도움이 될 겁니다." 아켈라가 말했다.

"그렇습니다. 꼭 필요할 때 도움이 될 겁니다. 영원한 우두머리는 세상 어디에도 없으니까요." 바기라가 말했다.

아켈라는 아무 대답도 하지 않았다. 한 종족을 이끄는 우두머리라면 누구나 마지막 순간을 염두에 두게 마련이다. 세월이 가고 서서히 힘이 빠지면, 어느 순간 다른 늑대들에게 죽임을 당하고 새로운 우두머리가 무리를 이끌게 되는 법이니까. 그 우두머리도 때가 되면 다른 늑대의 손에 목숨을 잃게 될 테고.

"아이를 데리고 가라." 아켈라가 아빠 늑대에게 말했다. "그리고 자유로운 늑대의 일원이 되도록 훈련시켜라."

이렇게 해서 모글리는 갓 잡은 황소 한 마리와 발루의 지지 덕에 늑대 무리의 일원이 되었다.

이제부터 여러분은 10년, 아니 11년의 세월이 지난 후의 이야기를 듣게 될 것이다. 그사이 모글리가 늑대들과 얼마나 즐거운 시간을 보냈는지는 여러분의 상상에 맡기도록 하겠다. 그 이야기를 전부 들려주려면 책 한 권으로는 어림도 없기 때문이다. 모글리는 새끼 늑대들과 함께 무럭무럭 자랐다. 물론 모글리가 갓난아기 티를 벗기도 전에 다른 새끼 늑대들은 이미 다 자라 버렸지만 말이다.

아빠 늑대는 모글리에게 정글의 법칙을 가르쳤다. 그리하여 모글리는 정글에서 벌어지는 모든 일을 깨치게 되었다. 풀숲 사이로 들리는 바스락거리는 소리, 후끈한 밤공기, 머리 위로 날아가는 올빼미의 울음소리, 나무 위에 내려앉은 박쥐의 사각대는 발톱 소리, 물웅덩이에서 파닥파닥 뛰어오르는 물고기의 소리까지, 모든 정글의 소리를 배웠고 그 모두가 모글리에게 매우 중요한 의미가 되었다. 마치 직장인이 회사 일을 하나씩 배워 나가는 것과 비슷했다. 아빠 늑대와 공부를 하지 않을 때에는 따뜻한 햇볕을 받으며 낮잠을 잤고, 다시 일어나 배를 채우고 또다시 잠을 청했다. 몸이 더럽거나 날씨가 더운 날에는 숲속에 있는 웅덩이로 들어가서 헤엄을 쳤다. 그리고 달콤한 꿀이 먹고 싶을 때에는 (발루가 날고기만큼 꿀과 나무 열매가 맛있다는 것을 가르쳤다) 꿀을 따기 위해 나무 위로 기어 올라갔다. 나무에 오르는 법은 바기라에게 배웠다. 바기라는 종종 나뭇가지 위에 몸을 걸치고 모글리를 불렀다.

"어린 형제, 이리 올라와 봐."

처음에는 나무늘보처럼 가지 위에 대롱대롱 매달리는 게 전부였다. 하지만 나중에는 모글리도 회색 원숭이처럼 날렵하게 몸을 날리며 나뭇가지 사이를 재빠르게 날아다닐 수 있게 됐다.

늑대 무리의 회의가 있는 날이면, 모글리도 회의가 열리는 바위

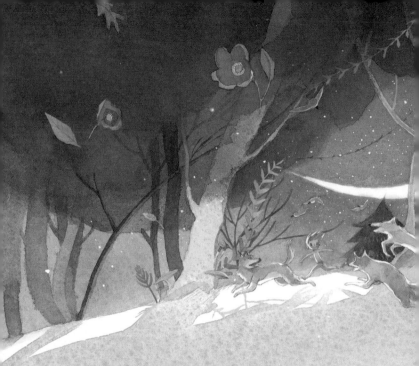

근처에서 자리를 잡고 앉았다. 그리고 한 가지 새로운 사실을 깨달았다. 자신이 다른 늑대를 뚫어지게 쳐다보면 누구라도 눈을 내리깔고 슬며시 피한다는 것을 말이다. 그래서 가끔 장난삼아 주변의 늑대들을 잡아먹을 듯 뚫어져라 쳐다보기도 했다. 그뿐만이 아니라, 늑대 친구들이 가시에 찔리면 손수 발바닥에 박힌 가시를 빼 주기도 했다. 늑대들은 발에 가시가 찔려 고생하는 일이 많았기 때문

이다. 어두운 밤이면 언덕 아래 경작지 쪽으로 내려가서 오두막에서 사는 마을 사람들을 호기심 가득한 눈으로 지켜보기도 했다. 하지만 인간을 믿지는 않았다. 바기라에게서 인간이 만든 무서운 상자에 대해 배웠기 때문이다. 자칫 잘못해서 상자 안에 들어갔다가는 그대로 갇히고 만다고 했다. 실제 모글리도 그 상자 위로 걸어가다가 빠질 뻔한 적이 있다. 바기라는 그것이 인간이 놓은 '덫'이라고 알려 줬다.

모글리는 낮잠을 늘어지게 자고 일어나 어둠이 깔릴 무렵 포근한 숲 한가운데로 가서 바기라가 사냥하는 모습을 지켜보는 걸 제일 좋아했다. 바기라는 배가 고프다 싶으면 닥치는 대로 사냥을 했다. 모글리도 마찬가지였다. 물론 딱 하나 예외는 있었다. 바기라는 모글리가 말귀를 알아들을 만큼 자라고 나서부터는 절대로 황소를 사냥해서는 안 된다고 단단히 가르쳤다. 황소 목숨을 대가로 모글리가 늑대 무리의 일원이 될 수 있었기 때문이라는 거였다.

"정글 안에 있는 건 모두 네 것이다. 네 힘이 닿는 한 뭐든 사냥해도 좋아. 하지만 너를 위해 죽어 간 황소를 생각해서라도 어린 황소건 늙은 황소건 간에 황소는 절대로 죽여서도 먹어서도 안 돼. 그게 바로 정글의 법칙이란다."

모글리는 바기라의 당부를 절대로 잊지 않았다.

그렇게 모글리는 나날이 더 튼튼하고 건강한 아이로 자랐다. 어린아이들이 보통 그렇듯 자라면서 자기도 모르게 스스로 뭘 배우면서도 그 사실은 알지 못한 채, 그리고 다른 것은 다 제쳐 두고 그저 먹는 데만 관심을 두면서.

엄마 늑대는 시어 칸은 절대로 믿어서는 안 되며, 언젠가 시어 칸을 죽여야 한다는 점을 수차례 일러 줬다. 젊은 늑대였다면 어미의 말을 기억했겠지만 모글리는 어린아이에 불과했기 때문에 엄마 늑대가 했던 말을 까맣게 잊어버렸다. 만약 모글리가 인간의 말을 배웠다면 자기는 늑대라고 말했겠지만 어쨌든 모글리는 아직 어린아이에 불과했다.

시어 칸은 끈질기게 모글리 주위를 맴돌았다. 아켈라가 점점 나이 들고 쇠약해지자, 절름발이 호랑이는 늑대 종족의 젊은 늑대들과 어울리기 시작했다. 젊은 늑대들은 시어 칸이 먹다 버린 고기 찌꺼기나마 얻어먹으려고 그를 졸졸 따라다녔다. 만약 아켈라가 예전의 위용을 간직하고 있었다면 그 꼴을 절대 가만히 두고 보지는 않았을 것이다. 시어 칸은 이제 늙어서 하루가 다르게 죽어 가는 아켈라와 인간의 새끼에게 질질 끌려다니는 젊은 늑대들이 도저히 이해되지 않는다며 은근히 그들을 부추겼다.

"소문을 듣자 하니, 늑대 회의에서 인간 새끼의 눈도 똑바로 바라보지 못한다던데."

시어 칸이 약을 올릴 때마다 젊은 늑대들은 분노로 으르렁거리면서 털을 쭈뼛 세웠다.

사방팔방에 눈과 귀를 두고 있던 바기라가 이런 상황을 모를 리 없었다. 그래서 한두 번인가 기회가 있을 때 모글리에게 이런저런 상황을 설명해 가면서 언젠가 시어 칸이 그를 죽이려 할 거라고 경고했다. 하지만 그럴 때마다 모글리는 빙긋 웃으면서 이렇게 대답했다.

"나한테는 늑대 가족들도 있고 바기라도 있잖아요. 게다가 동작은

느리지만 발루 선생님도 날 위해 주먹을 날려 주실 테고요. 겁낼 필요 있나요?"

어느 후텁지근한 날, 바기라에게 문득 새로운 생각이 떠올랐다. 이 생각은 언젠가 가시털이 달린 호저, 이키가 해 준 말에서 비롯되었는지도 모른다. 바기라가 정글 깊숙한 곳에서 자신의 탐스러운 검정 털 위에 머리를 기대고 누운 모글리를 보며 말했다.

"어린 형제, 내가 시어 칸이 너의 적이라고 몇 번이나 말했는지 알고 있니?"

"아마 저기 매달린 야자수 열매만큼 많을걸요." 숫자 세는 법을 모르는 모글리가 대답했다. "그래서 왜요? 바기라, 나 졸려요. 시어 칸이 잘났다 해도 긴 꼬리와 말 많은 거 빼면 아무것도 아니거든요. 공작새 마오랑 다를 거 하나 없어요."

"지금 한가하게 눈 붙일 때가 아니야. 발루도 알고, 나도 알고, 늑대 무리 전부가 다 알아. 멍청하기 짝이 없는 사슴까지도 다 아는 얘기라고. 아마 타바키도 너한테 얘기했을걸."

"하! 하!" 모글리가 웃으며 말했다. "얼마 전에 타바키가 날 찾아와서 버릇없이 말도 안 되는 얘기를 하더라고요. 제가 천둥벌거숭이 인간의 새끼라고 말이에요. 그러면서 땅을 파서 호두나무 열매도 캐내지 못한다나? 그래서 그 버르장머리를 고쳐 주느라 꼬리를 잡아서 야자나무에 집어 던져 버렸어요."

"바로 그 점이 어리석다는 거야. 물론 타바키가 이간질이나 하고 다니는 못된 놈이기는 해도 너와 관련된 중요한 얘기를 해 줄 수도 있었을 텐데. 이봐, 어린 형제야. 내 말 똑똑히 들어. 제아무리 시어 칸이라도 정글에서 감히 너를 해칠 수는 없어. 하지만 기억해. 아켈라는 이제 늙었어. 얼마 후면 수사슴도 제대로 잡지 못하는 날이 올 거야. 그러면 더는 늑대 우두머리의 자리를 지킬 수 없어. 네가 처음 늑대 회의에 나타났던 날, 널 받아 줬던 늑대들도 이제는 전부 늙었어. 하지만 젊은 늑대들은 시어 칸의 꼬임에 넘어가서 인간의 새끼를 늑대 무리에 끼워 주면 안 된다고 생각한다고. 게다가 얼마 후면 너도 다 큰 어른이 될 거야."

"늑대 형제들과 마음껏 뛰어놀 수 없다면 어른이 된들 무슨 소용이 있겠어요?" 모글리가 말했다. "나는 정글에서 태어났어요. 정글의 법칙도 잘 따랐고요. 우리 늑대들 가운데 내가 발바닥에 박힌 가시를 빼 주지 않은 늑대 있으면 어디 나와 보라고 하세요. 한 마리도 없을 거예요. 당연히 그 늑대들은 다 제 형제들이에요!"

바기라가 몸을 쭉 펴고 두 눈을 감으며 말했다. "어린 형제야, 내

턱 밑을 좀 만져 보렴."

모글리가 탄탄한 구릿빛 손을 천천히 들어, 윤기 흐르는 털에 가려진 바기라의 매끈한 턱 바로 아래를 매만졌다. 불뚝한 억센 근육과 더불어 털이 빠져서 맨살로 느껴지는 부분이 손에 만져졌다.

"나, 바기라에게 이런 상처가 있다는 건 정글의 그 누구도 몰라. 목줄에 매달렸을 때 생긴 상처야. 어린 형제야, 나는 인간들 사이에서 태어났어. 우리 어머니는 인간들 사이에서 돌아가셨지. 우다이푸르 왕궁의 우리에서 말이야. 벌거숭이였던 너를 늑대 회의에서 살려 주자고 말했던 것도 바로 그 때문이었어. 그래, 나 역시도 인간들 사이에서 태어났으니까. 나는 정글이 뭔지도 몰랐어. 인간들은 쇠 그릇에 먹이를 넣어서 우리 안에 던져 줬지. 그러던 어느 날 밤, 문득 이런 생각이 들었어. 나는 인간의 노예가 아니라 표범이라는. 그래서 그 조잡한 자물쇠를 앞발로 부숴 버리고 도망쳐 나온 거야. 그때 인간의 습성이 어떤지 똑똑히 보고 배웠기 때문에 정글에서 시어 칸보다 더 무서운 존재가 된 거고. 어때, 그렇지 않아?"

"당연하죠." 모글리가 대답했다. "정글의 모든 동물이 바기라를 무서워하죠. 저, 모글리만 빼고."

"그래, 넌 인간의 새끼잖아." 검은 표범이 다정한 목소리로 말했다. "내가 정글로 돌아온 것처럼 너도 언젠가 인간들에게 돌아가야만 해. 너의 형제는 인간들이니까. 물론 늑대 회의에서 죽임을 당하지 않는다면 말이야."

"그런데 왜 나를 죽이고 싶어서 안달인 거죠?" 모글리가 물었다.

"나를 쳐다봐." 바기라의 말에 모글리가 똑바로 시선을 맞췄다. 그러자 얼마 지나지 않아 덩치 큰 표범 바기라가 고개를 돌려 모글리의 눈길을 피했다.

"바로 이런 것 때문이야. 나도 너를 똑바로 바라볼 수가 없어. 난 인간들 사이에서 태어났고 너를 사랑하는데도 말야." 검은 표범이 앞발로 나뭇잎을 이리저리 헤치면서 대답했다. "어린 형제야, 다른 동물들은 너를 똑바로 바라볼 수 없기 때문에, 네가 지혜롭기 때문에, 자기 발에 박힌 가시를 뽑아 줬기 때문에 너를 미워하는 거야. 네가 인간이니까."

"그런 줄 몰랐어요." 모글리가 풀 죽은 목소리로 대답하고는 굵고 시커먼 눈썹을 찌푸리며 인상을 썼다.

"정글의 법칙이 뭐지? 짖기 전에 먼저 공격해야 한다는 거지. 그런데 너는 그런 법칙 따윈 아랑곳하지 않기 때문에 네가 인간이라는 사실을 다른 늑대들이 깨닫게 되는 거란다. 그러니까 지혜롭게 행동해야 돼. 아켈라의 힘이 점점 약해지고 있어. 다음번 사냥에서 수사슴을 놓치는 날에는 늑대 무리가 아켈라와 네게서 등을 돌릴 테니까. 그리고 바위에 모여서 늑대 회의를 열겠지, 그리고 그때는…… 아, 그러면 되겠다!" 바기라가 벌떡 몸을 일으켰다.

"지금 당장 골짜기로 내려가서 인간들이 사는 오두막으로 가. 가서 인간들이 키우는 빨간 꽃을 가지고 와. 언젠가 때가 되면 그게 발루와 나, 너를 아끼는 늑대들보다 더 강력한 힘이 돼 줄 테니까. 얼른 빨간 꽃을 가지고 오렴."

바기라가 '빨간 꽃'이라고 부른 건 바로 불이었다. 정글에 사는 동물 중 그 누구도 '불'을 제대로 불이라고 부르지 못했다. 짐승들은 불을 극도로 두려워해서 부르는 이름도 제각각이었다.

"빨간 꽃?" 모글리가 되물었다. "밤이 되면 오두막 앞에 자라나는 거 말이지요? 내가 저녁에 가서 가지고 올게요."

"역시 인간의 새끼답구나." 바기라가 자랑스러운 목소리로 말했다. "그 꽃은 조그만 항아리 안에 들어 있어. 얼른 가져와서 나중에 필요할 때를 위해서 준비해 두도록 해."

"알았어요!" 모글리가 바기라의 목을 끌어안고 그의 커다란 눈을 빤히 쳐다보면서 말했다. "그렇게 할게요. 그런데, 바기라. 정말 이 모든 게 시어 칸이 꾸민 일이라는 게 분명하죠?"

"물론이지. 내가 부수고 나온 자물쇠를 걸고 맹세할게. 정말이야, 어린 형제야."

"그럼, 나는 나를 구하기 위해 바쳤던 황소를 걸고 맹세할게요. 반드시 시어 칸에게 그대로 갚아 주겠어요. 아니, 그보다 더하면 더 했지 못하진 않을 거예요." 모글리는 말을 끝내자마자 부리나케 달려갔다.

"역시 인간의 새끼다워. 어딜 봐도 인간이라니까." 바기라가 다시 바닥에 드러누우며 중얼거렸다. "시어 칸, 10년 전에 개구리 사냥을 했던 건 최악의 불운이었어."

모글리는 심장이 터질 정도로 열심히 숲을 가로지르며 달렸다. 그리고 뿌연 저녁 안개가 피어오를 무렵 동굴로 돌아와 깊은숨을 들이쉬며 골짜기를 내려다봤다. 자기와 같이 자란 늑대 형제들은 전부 동굴 밖에 나가고 없었다. 동굴 안쪽에 혼자 있던 엄마 늑대는 모글리의 숨소리만 듣고도 뭔가 심상치 않은 낌새를 알아챘다.

"아들아, 무슨 일이니?" 엄마 늑대가 물었다.

"박쥐들한테 시어 칸 얘기를 들었어요. 오늘 밤에 인간의 경작지로 가서 사냥을 할 거래요." 모글리가 말했다.

모글리는 수북이 자란 풀을 헤치고 골짜기 아래까지 번개같이 뛰어 내려갔다. 그러고 자리에 서서 귀를 쫑긋이 세웠다. 늑대 무리가 사냥하는 소리, 늑대에게 잡혀 울부짖는 삼바의 비명, 궁지에 몰려 가쁜 콧김을 내뿜는 사슴의 소리까지 들을 수 있었다. 바로 그때, 젊은 늑대들이 시커먼 속셈으로 내지르는 고함이 울려 퍼졌다.

"아켈라! 아켈라! 고독한 늑대의 힘을 보여 주지 그래요! 우두머리로서 시범을 보여 봐요! 아켈라, 덤벼요!"

우리의 고독한 늑대가 공중으로 뛰어올랐지만 아무래도 사냥감을 놓친 모양이다. 이빨이 딱 하고 부딪히는 소리가 들리는가 싶더니 삼바의 발길질에 차인 고독한 늑대의 울부짖음이 들렸기 때문이다.

머뭇거릴 시간이 없다고 생각한 모글리는 마을 사람들이 사는 경작지까지 죽을힘을 다해 내달렸다. 인간들이 사는 경작지에 도착할 무렵, 늑대들의 울부짖는 소리도 점점 희미해졌다.

"바기라의 말이 옳았어." 모글리가 어느 오두막 창가 옆에 쌓아 둔 건초 더미에 몸을 기대고 가쁜 숨을 내쉬며 말했다. "내일은 아 켈라에게도 나에게도 운명적인 날이 되겠어."

곧이어 모글리는 창문에 얼굴을 바짝 붙이고 난롯가에서 활활 타 오르는 불꽃을 바라봤다. 밤이 되자 농부의 아내가 검은 덩어리를 던져 불꽃을 키웠다. 얼마 후 사방에 안개가 피어오르면서 새벽이 밝았고, 인간의 아이가 안에 흙을 덧바른 고리버들 단지를 꺼내 붉 게 달아오른 덩어리를 몇 개 집어넣었다. 그러고는 단지를 담요로 감싸 안은 채 외양간으로 향했다.

"고작 저거였어?" 모글리가 말했다. "저 인간 아이가 할 수 있는 일이라면 나라고 못 할 것도 없지." 모글리는 서둘러 모퉁이를 돌아 오두막에서 나오는 어린아이와 마주쳤다. 어린아이의 손에 들린 단 지를 빼앗은 모글리는 순식간에 안개 속으로 사라졌고, 놀란 아이 는 겁에 질려 울음을 터뜨렸다.

"나랑 비슷하게 생겼네." 농부의 아내가 했던 것처럼 단지에 후후 입김을 불며 모글리가 중얼거렸다. "먹이를 주지 않으면 곧 죽어 버 릴 텐데." 모글리는 잔가지와 나무껍질을 뻘건 덩어리 위에 뿌렸다. 그렇게 언덕 중간쯤까지 올라갔을까? 바기라가 나타났다. 새까만 털 위에 내려앉은 아침 이슬이 보석처럼 반짝거리며 빛났다.

"아켈라가 사냥감을 놓쳤어. 다른 늑대들이 어젯밤에 그를 죽일 수도 있었는데 살려 뒀단다. 너도 찾아서 같이 죽이려는 속셈이야. 언덕에서는 지금 너를 찾는다고 난리도 아니다."

"경작지에 갔었어요. 어쨌든 가져왔어요. 이것 보세요!" 모글리가 불덩이가 든 단지를 들어 올리며 말했다.

"잘했어! 인간들이 마른 나뭇가지를 집어넣으니까 빨간 꽃이 피어나던데. 넌 그 꽃이 무섭지 않니?"

"아니, 무서울 게 뭐가 있어요? 사실 기억나는 게 하나 있는데요. 기억이 가물가물하긴 하지만 분명 꿈은 아니에요. 내가 늑대가 되기 전에는 이런 빨간 꽃 옆에 누워 있었던 것 같아요. 따뜻하고 포근해서 기분이 정말 좋았어요."

그날 내내 모글리는 동굴에 들어앉아서 불이 든 단지를 정성스럽게 살폈다. 마른 가지를 꺾어다가 단지에 집어넣고, 활활 타오르는 불꽃을 유심히 바라보기도 했다. 그런 다음 만약을 위해 특별히 잘 탈 것 같은 나뭇가지 하나를 준비해 뒀다. 그날 저녁, 타바키가 동굴에 찾아와서 늑대 회의가 열릴 테니 바위로 오라고 건방진 태도로 말했다. 모글리는 큰 소리로 웃으며 타바키를 저만치 쫓아 버렸다. 꽁무니가 빠져라 달아나는 타바키의 꼴을 보고 모글리가 웃음을 지으며 늑대 회의가 열리는 바위로 향했다.

고독한 늑대 아켈라는 항상 앉았던 바위 위가 아니라 그 옆에 엎드려 있었다. 늑대 우두머리의 자리가 비었다는 뜻이다. 그리고 시어 칸은 자기가 먹다 남은 사냥감을 주워 먹는 젊은 늑대들을 거느리고 여기저기 어슬렁거리고 있었다. 바기라가 다가와 모글리 옆에 바짝 붙었다. 모글리의 무릎 사이에는 숯불 단지가 놓여 있었다. 모든 늑대들이 모이자 시어 칸이 입을 열었다. 아켈라가 늑대의 우두머리일 때는 감히 상상조차 할 수 없는 일이었다.

"시어 칸에게는 말할 권리가 없어." 바기라가 모글리의 귀에 대고 속삭였다. "네가 나서서 그렇게 말해. 저놈은 개의 자식이니 네 말에 겁먹을 거야."

모글리가 자리에서 벌떡 일어나 크게 외쳤다. "자유로운 늑대들이여! 시어 칸이 늑대의 우두머리가 되는 겁니까? 아니, 어떻게 호랑이가 늑대의 우두머리가 될 수 있단 말입니까?"

"우두머리 자리가 비었고, 나더러 연설을 해 달라고 부탁하기에……." 시어 칸이 대답했다.

모글리가 시어 칸의 말허리를 자르고 언성을 높였다. "대체 누가 부탁을 했단 말입니까? 가축이나 잡아먹는 놈에게 부탁 따위를 하다니, 우리 늑대가 알랑거리는 자칼입니까? 늑대의 우두머리는 늑대만이 차지할 수 있습니다."

순간 여기저기서 야유가 터져 나왔다. "닥쳐, 인간 새끼 주제에!"

"말하게 내버려 둬라. 적어도 모글리는 정글의 법칙을 어긴 적이 없으니까." 나이 든 늑대 무리 중 하나가 호통을 쳤다. "자, 이제 '죽은 늑대'의 말을 들어 보자."

늑대의 우두머리가 사냥감을 놓치고 나면, 그때부터 그는 살아 있는 동안에도 '죽은 늑대'라고 불리게 된다. 물론 어차피 얼마 지나지 않아 죽게 되겠지만.

아켈라가 힘없이 고개를 들었다. "자유로운 늑대들이여, 그리고 시어 칸의 자칼들이여. 나는 수많은 계절 동안 너희들을 이끌고 온 갖 곳을 다니며 사냥을 했다. 그러는 동안 어느 누구도 덫에 걸리거나 다치지 않았다. 그런데 바로 어제 나는 사냥감을 놓치고야 말았다. 너희는 알 것이다. 그 뒤에 어떤 계략이 있었는지. 내가 약하다는 것을 모두에게 보이려고 누구 하나 잡아 본 적 없는 사슴이 있는 곳으로 나를 데려간 것 아니더냐. 그래, 아주 교활한 계략이었어. 이제 여러분은 바위에 누운 나를 죽일 권리를 갖게 됐다. 묻겠다. 누가 이 고독한 늑대의 목숨을 빼앗겠는가? 자, 한 놈씩 나와서 덤벼라. 이건 정글의 법칙에 따른 나의 권리이다."

오랜 침묵이 이어졌다. 어떤 늑대도 아켈라와 사생결단의 싸움을 하고 싶지 않았기 때문이다. 그러자 시어 칸이 큰 소리로 외쳤다.

"쳇! 이빨 빠진 늙은이가 하는 말은 들을 필요도 없어! 어차피 곧 죽을 목숨이잖아! 오히려 저 인간 새끼를 죽여야 해. 인간 주제에 너무 오래 살았어! 자유로운 늑대들이여, 저 인간 새끼는 애초에 내 것이었으니 나에게 넘겨라. 10년이나 끌어서 아주 지긋지긋하다.

저 녀석은 10년 동안 정글에서 말썽만 피우지 않았나! 이제 나에게 넘겨. 그러지 않으면 난 여기를 떠나지 않을 거야. 계속 이곳에서 사냥하면서 당신들한테는 뼈다귀 하나 남겨 주지 않겠어. 모글리, 저 녀석은 인간이야, 인간의 새끼라고! 나는 뼛속까지 저 녀석을 증오한다고!"

그러자 늑대 무리 중 절반 이상이 앞다퉈 외쳤다. "인간이다! 인간의 새끼야! 대체 인간을 왜 살려 두는 건가! 저 녀석을 인간들에게 돌려보내라!"

"그러면 인간들이 우리를 잡으려고 혈안이 될 텐데?" 시어 칸이 외쳤다. "그러면 안 되지. 그냥 나에게 놈을 넘겨라. 어차피 인간이야. 우리는 저 녀석을 똑바로 바라보지도 못하지 않는가!"

아켈라가 다시 고개를 들었다. "모글리는 우리와 같은 걸 먹고, 우리와 함께 잠을 청했다. 또 우리를 위해 사냥감을 몰았다. 지금까지 정글의 법칙을 어긴 적이 한 번도 없었다."

"게다가 나는 저 아이를 늑대 무리에 받아들이는 대가로 황소 한 마리를 바쳤소. 황소 한 마리는 보잘것없는 댓가지만 나의 명예는 소중하오. 나, 바기라는 명예를 지키기 위해 끝까지 싸울 거요." 바기라가 최대한 부드러운 목소리로 덧붙였다.

"고작 10년 전에 황소 한 마리 내놓은 걸로 그러는 건가? 그딴 케케묵은 얘기는 우리가 알 바 아니야." 나머지 늑대들이 으르렁거리며 소리쳤다.

"나에게 약속하지 않았나?" 바기라가 그제야 입술 아래로 날카로운 하얀 이빨을 드러내며 받아쳤다. "그러고도 그대들이 자유로운 늑대 종족이란 말인가?"

"인간의 새끼는 정글의 무리와 함께 어울릴 수 없다. 나에게 넘겨라!" 시어 칸이 큰 소리로 으르렁거렸다.

아켈라가 다시 나서며 말했다. "모글리는 피를 나눈 형제와도 같다. 그런데 우리 형제를 여기서 죽이겠다는 것인가? 내가 너무 오래 살았군. 우리 무리 중에서 가축을 잡아먹고, 시어 칸을 쫓아다니면서 밤마다 인간의 집으로 찾아가서 어린 새끼들을 잡아 오는 자들이 있다고 들었다. 그자들이야말로 겁쟁이가 아니고 뭐겠는가. 겁쟁이들은 잘 들어라. 나는 곧 죽을 목숨이고 이제 와서 목숨을 부지할 이유도 없다. 그렇지 않다면야 당연히 이 인간의 아이를 위해 내 목숨을 내놓을 테지만 내 목숨이 그럴 가치나 있는지 모르겠다.

우두머리가 없어서 늑대로서의 명예 따위는 까맣게 잊은 모양이지만, 내 늑대의 이름을 걸고 약속하지. 만약 너희들이 저 아이를 원래 있던 곳으로 돌려보낸다면, 나도 너희들을 공격하지 않고 때가 되면 조용히 이빨 하나 드러내지 않고 죽음을 맞이하겠다. 그러면 적어도 무리 가운데 셋의 목숨은 살릴 수 있겠지. 나도 셋 이상은 자신이 없으니. 하지만 끝까지 싸우겠다면, 아무 잘못도 없는 형제를 죽이느라 손을 더럽히지 않도록 내가 앞장서 막을 것이다. 정당한 대가를 치르고 지지를 얻어 늑대 무리에 들어온 우리의 형제를 말이다."

"저 녀석은 인간이야! 인간이라고!"

늑대 무리가 으르렁거렸다. 수십 마리의 늑대들이 시어 칸 주위로 모여들기 시작하자, 시어 칸이 꼬리를 세우고 힘차게 이리저리 흔들었다.

"이제 모든 건 네 손에 달렸어." 바기라가 모글리에게 말했다. "결국 싸우는 수밖에 없겠다."

그러자 모글리가 불이 든 단지를 들고 자리에서 벌떡 일어났다. 이어서 팔을 쭉 뻗으며 입이 찢어져라 하품을 했다. 걷잡을 수 없는 분노가 치밀었지만 한편으로는 슬프기도 했다. 늑대들은 여태 단 한 번도 지금처럼 모글리를 미워하는 마음을 내비치지 않았기 때문이다.

"늑대들이여, 잘 들어 보세요!" 모글리가 소리 높여 외쳤다. "저런 하찮은 개가 떠드는 소리는 들을 필요도 없습니다. 오늘 밤 내내 나를 인간의 새끼라고 떠들어 대는데, 만약 이런 일이 없었다면 나는 죽을 때까지 늑대로 살 수 있었을 겁니다. 나도 이제 여러분을 제 형제라고 하지 않겠습니다. 인간들이 여러분을 부를 때 하는 말, 그 말대로 여러분을 새그, 그러니까 '개'라고 부르겠습니다. 앞으로 뭘 하고 안 하고는 이제 여러분의 손에 달려 있지 않습니다. 제가 결정할 일이지요. 얘기를 좀 더 쉽게 하죠. 인간인 제가 여기 여러분이 두려워하는 빨간 꽃을 가져왔거든요."

모글리가 단지를 땅바닥에 내던졌다. 단지에 들어 있던 붉은 덩어리가 마른 이끼에 옮겨붙자 불길이 활활 타오르기 시작했고, 늑대들은 겁에 질려 주춤거리며 뒤로 물러섰다.

모글리가 미리 준비해 둔 나뭇가지를 불꽃에 던져 넣자 탁탁 소리를 내며 거센 불길이 올랐다. 모글리는 불이 붙은 나뭇가지를 머리 위로 들고 늑대 무리 위로 휘휘 휘둘렀다.

"어린 형제, 이제 네가 늑대들의 우두머리다. 이제 아켈라를 구해 줘. 아켈라는 언제나 네 친구였으니까." 바기라가 말했다.

늙은 늑대 아켈라는 평생 동안 다른 이의 자비를 구한 적이 없었다. 하지만 이제 애처로운 눈빛으로 모글리를 바라보고 있다. 모글리는 활활 타오르는 불꽃 아래 검은 머리카락을 휘날리며 벌거벗은 채로 서 있었다.

"좋습니다!" 모글리가 주위를 둘러보며 말했다. "이제 알겠어요. 여러분이 개라는 사실을. 저는 이제 여러분을 떠나 인간들에게 돌아가겠습니다. 여러분 말처럼 인간들이 내 종족이니까. 정글이 나를 버렸으니 나 역시 여러분과의 우정을 잊겠습니다. 하지만 나는 여러분과 똑같이 행동하지는 않겠습니다. 여러분은 저를 배신했지만, 같은 피를 나눈 형제와 다름없는데 어찌 제가 인간들과 산다고 해서 여러분을 배신하겠습니까." 모글리가 발로 불꽃을 걷어차자 주위로 불똥이 휘날렸다.

"앞으로 인간과 늑대 무리 사이에 전쟁이 있어서는 안 되겠지요. 하지만 떠나기 전에 마지막으로 빚을 갚아야겠습니다." 눈을 껌뻑이며 멍하니 불꽃을 바라보는 시어 칸 쪽으로 모글리가 성큼성큼 걸어갔다. 바기라가 만약의 사태에 대비해 모글리의 뒤를 따랐다. 어느새 시어 칸 앞에 다다른 모글리가 그의 턱수염을 덥석 움켜쥐며 외쳤다.

"일어나, 이 하찮은 개야! 인간이 말을 하면 들어야지! 안 그러면 네 몸에 불을 붙이겠다!"

이글이글 타오르는 불붙은 나뭇가지가 코앞까지 다가오자, 시어 칸은 양쪽 귀를 얼굴에 딱 붙이고 두 눈을 감았다.

"감히 늑대 회의에서 나를 죽이겠다고 떠들었단 말이지. 가축이

나 잡아먹는 놈이 나를 새끼 때부터 못 죽여서 안달이 났구나. 좋아, 인간이 개를 어떻게 다루는지 똑똑히 보여 주마. 어디 수염 하나라도 움직여 봐, 이 절름발이야. 그랬다가는 네 모가지에 이 빨간 꽃을 쑤셔 넣어 버릴 테니까." 모글리가 불붙은 나뭇가지로 시어 칸의 머리를 내리치자 겁에 질린 호랑이가 두려움에 떨며 구슬프게 깽깽댔다.

"이것 봐라! 불에 덴 고양이가 따로 없군. 당장 꺼져! 여러분, 잊지 마세요. 제가 다음에 인간이 되어 이 자리에 올 때는 시어 칸의 가죽을 벗겨서 머리에 쓰고 나타날 겁니다. 또 하나, 아켈라는 앞으로 남은 삶을 자유롭게 살 겁니다. 누구도 아켈라를 건드려선 안 됩니다. 그게 내가 바라는 바니까요. 앞으로 무슨 대단한 일이라도 하는 것처럼 혀를 쑥 내밀고 이곳에 모일 필요도 없습니다. 결국 인간 새끼한테 내쫓기는 하찮은 신세니까요. 다들 어서 가세요!"

모글리가 성난 듯 활활 타오르는 나뭇가지를 들고 늑대 무리가 원을 그리며 앉아 있는 곳곳을 찌르듯 휘휘 휘둘렀다. 늑대들은 제 몸에 불꽃이 튀자 깽깽대며 저만치 도망쳤다. 마침내 그곳에는 아켈라와 바기라, 모글리의 편을 들어 준 늑대 열 마리 정도만 남게 되었다. 바로 그때, 모글리는 난생처음으로 찌릿한 가슴 통증을 느꼈다. 예전에는 한 번도 느껴 보지 못한 통증이었다. 모글리가 숨죽여 울기 시작했다. 뜨거운 눈물이 얼굴을 타고 흘러내렸다.

"이게 뭐지? 왜 이러는 거야?" 모글리가 울먹이며 말했다. "나는 정글을 떠나고 싶지 않아요. 그런데 이게 뭔지 모르겠어요. 바기라, 내가 죽는 건가요?"

"어린 형제, 그게 아니야. 그건 인간이 가끔씩 흘리는 눈물이라는 거야." 바기라가 말했다. "이제야 알겠다. 네가 인간 아이가 아니라 어른이 다 된 인간이라는 것을. 앞으로는 정글에 들어오지 못하겠구나. 모글리, 그냥 눈물이 흐르도록 둬. 그저 눈물일 뿐이니까."

모글리는 가슴이 찢어질 것 같은 아픔을 느끼며 자리에 주저앉아 엉엉 울었다. 태어나서 이렇게 울어 본 건 처음이었다.

"이제 나는 인간들에게 돌아가야겠어요. 하지만 떠나기 전에 엄마에게 인사를 하고 싶어요." 모글리가 말했다. 그리고 동굴로 가서 엄마 늑대의 따뜻한 품에 안겨서 얼굴을 묻고 목놓아 울었다. 다른 늑대 새끼 네 마리도 모글리를 따라 구슬픈 울음소리를 냈다.

"날 잊지 않을 거지?" 모글리가

말했다.

"네 흔적을 찾을 수 있는 한 절대 잊을 수가 없지." 형제들이 대답했다. "인간이 되더라도 언덕 기슭으로 나와 봐. 그러면 우리가 너와 얘기를 나눌 수 있을 거야. 밤에는 우리가 경작지로 내려가 너랑 놀 수 있을 거야."

"빨리 돌아오렴." 아빠 늑대가 말했다. "우리 영특한 개구리야. 얼른 돌아와야 한다. 네 엄마와 나도 이제 많이 늙었잖니."

"그래, 얼른 돌아와!" 엄마 늑대도 겨우 말문을 열었다. "벌거숭이 내 아들, 인간의 아이지만 난 내 새끼 못지않게 너를 사랑했단다. 더 많이 사랑했어."

"반드시 돌아올게요." 모글리가 말했다. "그날이 오면 반드시 시어 칸의 가죽을 벗겨 회의가 열리는 바위 위에 펼쳐 놓을 거예요. 부디 저를 잊지 마세요! 정글의 다른 동물들에게도 말해 주세요, 저를 절대로 잊지 말라고!"

뿌연 동이 틀 무렵, 모글리는 인간이라는 미지의 존재를 만나기 위해서 홀로 언덕 아래로 내려갔다.

시오니 무리의 사냥 노래

새벽 동이 트자 삼바가 운다.
한 번, 두 번, 그리고 또 한 번!
암사슴이 폴짝, 암사슴 한 마리가 폴짝 뛰어오른다!
숲속의 연못으로 목을 축이러 나온 사슴.
홀로 살펴보러 나온 내가 그 모습을 지켜본다.
한 번, 두 번, 그리고 또 한 번!

새벽 동이 트자 삼바가 운다.
한 번, 두 번, 그리고 또 한 번!
늑대가 몰래 슬금슬금 되돌아갔네, 늑대 한 마리가 돌아갔네!
소식을 기다리는 늑대의 무리들.
우리는 사냥감의 흔적을 찾아 울부짖는다.
한 번, 두 번, 그리고 또 한 번!

새벽 동이 트자 늑대 무리가 울부짖는다.
한 번, 두 번, 그리고 또 한 번!
흔적을 남기지 않는 발걸음.

어둠 속에서, 어둠 속을 꿰뚫어보는 눈.
짖어라, 짖어 대라! 들어라, 오, 들어라!
한 번, 두 번, 그리고 또 한 번!

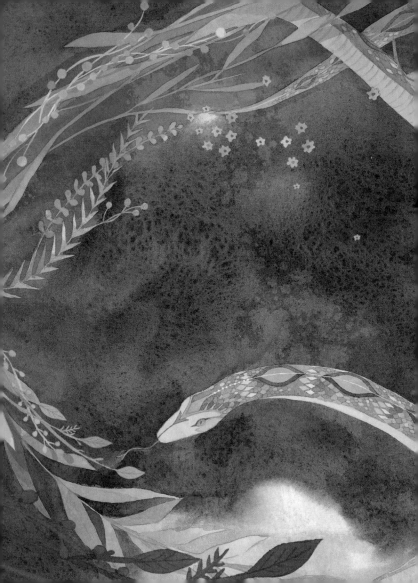

카아의
사냥

얼룩무늬는 표범의 기쁨, 뿔은 물소의 자부심이라.
몸을 청결히 할지어다.
사냥꾼의 힘은 윤기 흐르는 몸에서 드러나는 법.

황소가 그대를 내동댕이칠 수 있고,
잔뜩 화가 난 삼바가 그대를 들이받을 수 있다는 걸 알게 됐대도
하던 일을 멈추고 그 사실을 알릴 필요는 없으니
이미 오래전부터 우리가 알고 있는 사실이기에.

낯선 이의 새끼를 괴롭히지 말 것이며
형제와 자매로 받아들여라.
어리고 서툴러 보여도
그들의 어미가 거대한 몸집의 곰일 수도 있으니.

"난 최고의 사냥꾼이야!"
어린 새끼가 첫 사냥에 성공하면 이렇게 으스대지만
정글은 넓디넓고 어린 새끼는 아주 작은 법.
하여 신중히 생각하고 겸손해지도록 하라.

– 발루의 격언 –

지금부터 들려주려는 이야기는 모글리가 시오니 늑대 무리 곁을 떠나기 얼마 전, 그러니까 호랑이 시어 칸에게 복수를 하기 전에 일어난 일이다. 더 정확히 말하자면 모글리가 발루에게 한창 정글의 법칙을 배우던 때의 이야기다. 신중한 성격에 덩치가 크고 나이가 지긋한 갈색 곰 발루는 영리한 제자를 두게 되어 내심 기뻤다. 다른 어린 늑대들은 자기 무리에 적용되는 정글의 법칙만 배우고는 다음에 이어지는 '사냥의 노래'를 암송할 정도가 되면 하나같이 줄행랑을 치기 바빴기 때문이다. '소리 없는 발걸음, 어둠을 꿰뚫는 눈, 동굴 안에서도 바람을 듣는 귀, 날카로운 하얀 이빨, 그것이 우리가 형제라는 증거라네. 우리가 혐오하는 자칼 타바키와 하이에나만 빼고.' 하지만 인간의 새끼인 모글리는 다른 늑대들보다 훨씬 더 많은 것을 배워야 했다. 가끔씩 흑표범 바기라가 어슬렁거리며 찾아와서 자기가 귀여워하는 모글리가 얼마나 공부를 열심히 하는지 지켜보곤 했다. 그리고 그날 배운 내용을 발루 앞에서 암송하는 모글리의 모습을 보면 나무에 머리를 비비면서 흡족한 표정을 짓곤 했다.

모글리는 나무도 잘 탔고 달리기나 수영도 곧잘 하는 편이었다. 그래서 발루는 정글의 법칙 이외에도 숲과 물의 법칙을 가르쳤다. 썩은 나뭇가지와 튼튼한 나뭇가지를 어떻게 구별하는지, 바닥에서 15미터 이상 높은 곳에 매달린 벌집을 발견했을 때 꿀벌들에게 어떻게 공손하게 말해야 하는지, 대낮에 나뭇가지에 매달려 잠을 자던 박쥐 망을 깨웠을 때 무슨 말을 해야 하는지, 웅덩이에 뛰어들기 전에 물뱀들에게 어떻게 경고해야 하는지까지. 정글에 사는 동물들은 방해받는 것을 싫어해서 훼방꾼이나 침입자가 나타나면 언제든 공격할 태세를 갖추고 있기 때문이었다. 또한 모글리는 '낯선 자들의 사냥 신호'에 대해서도 배웠다. 정글에 사는 동물들은 자기 영역을 벗어나 사냥할 경우, 먼저 이렇게 외치고 대답을 기다려야 했다. "배가 고프니 사냥을 할 수 있도록 허락해 주시오!" 그러면 보통은 다음과 같은 대답이 돌아왔다. "주린 배를 채울 정도로만 사냥하시오. 재미로 사냥해서는 안 됩니다."

이쯤 되면 모글리가 얼마나 많은 것을 배워야 했는지 눈치채고도 남을 것이다. 결국 모글리는 똑같은 말을 수백 번 반복하며 외다가 지쳐 버렸다. 그러던 어느 날에는 잘 못 외운다고 발루가 손바닥으로 한 대 때리자 발끈 성을 내며 도망쳐 버렸다. 발루가 바기라에게 말했다.

"인간의 아이는 인간의 아이로군. 그럴수록 더욱 정글의 법칙을 하나도 빠뜨리지 않고 잘 배워 둬야 할 텐데."

"아직 어리잖아. 그 작은 머릿속에 어찌 끝도 없이 이어지는 당신의 말을 다 담을 수 있겠나?" 흑표범이 모글리 편을 들었다. 모글리를 직접 가르쳤다면 분명 버르장머리라고는 없는 아이로 자랐을지도 모를 일이었다.

"정글에서는 아무리 작아도 봐주는 법이 없어. 사실 그렇잖아. 그래서 모글리에게 모든 걸 가르치려는 거야. 잊어버리면 당연히 혼내고 때려야지. 아주 살살 때리기는 하지만."

"살살이라고? 그 무지막지한 발로 살살 때린다는 게 가능하기나 해? 아까 보니까 그 앞발에 맞아서 애가 멍투성이가 됐던데 말이야." 바기라가 툴툴거리며 받아쳤다.

"정글의 법칙을 몰라서 해를 입느니, 차라리 걔를 사랑하는 내가 머리끝에서부터 발끝까지 좀 때려 주는 게 낫지." 발루가 진지하게 대답했다. "요즘은 정글의 핵심 언어를 가르치고 있어. 새들과 뱀, 늑대를 제외한 네발짐승으로부터 목숨을 부지할 수 있는 말들을 말

이야. 그 언어만 잘 기억하면 정글 어디서건 모든 동물에게 도움을 청할 수 있을 테니까. 좀 맞더라도 배우는 편이 백번 낫지."

"아무튼 애가 다치지 않도록 조심 좀 해. 그 애는 자네 발톱이나 갈아 대는 나무줄기가 아니니까. 근데 그 핵심 언어라는 게 뭐야? 나야 도움받을 일보다 도움 줄 일이 많기는 하지만, 그래도 궁금하긴 하군." 바기라가 보란 듯이 한 발을 쭉 뻗어 끝부분에서 강철처럼 서슬 퍼렇게 번뜩이는 발톱을 흐뭇한 표정으로 바라보며 말했다.

"모글리를 불러서 한번 외워 보라고 해 보지. 그 애가 알려 줄 거야. 물론 마음이 내켜야겠지만. 어린 형제, 이리 와 봐."

"머릿속이 벌떼가 든 것처럼 아직 윙윙 울린단 말이에요." 발루와 바기라의 머리 위에서 모글리가 투덜거리는 소리가 들렸다. 모글리는 뚱한 표정으로 나무줄기를 타고 아래로 내려왔다. 그러고는 아직도 분이 안 풀리는지 화난 목소리로 덧붙였다. "바기라를 만나러 내려온 거지, 늙고 뚱뚱한 발루 아저씨는 보기 싫어요!"

"나를 뭐라고 부르건 상관없어." 발루가 상처받은 마음을 애써 숨기며 대답했다. "바기라 앞에서 오늘 배운 정글의 핵심 언어를 말해 보렴."

"어느 종족의 핵심 언어요? 정글에는 많은 언어가 있지만 전 다 알아요." 자랑할 거리가 생겨서 들뜬 모글리가 신나서 되물었다.

"네가 아는 건 빙산의 일각이거든! 바기라, 내가 뭐랬어? 요즘 애들은 선생한테 고마워할 줄도 모른다니까. 어린 늑대들을 아무리 가르친들 무슨 소용인가. 나중에 찾아와서 고맙다고 말하는 놈 하나 없는데. 어쨌든 좋아, 우등생 씨. 사냥 종족의 핵심 언어부터 한 번 말해 봐."

"너와 나, 우리는 피를 나눈 형제다." 모글리가 모든 사냥 종족이 사용하는 그 말을 곰의 억양으로 읊었다.

"잘했어. 그럼 이제 새들의 핵심 언어."

모글리가 같은 문장을 되풀이했다. 대신 이번에는 끝에 솔개의 휘파람 소리를 넣었다.

"이번에는 뱀."

모글리가 무슨 뜻인지 모를 쉿쉿 소리를 냈다. 자기가 봐도 잘했다는 생각이 들었는지 신이 나서 발을 동동 구르며 박수를 쳤다. 그러고는 바기라의 등에 올라타 윤기 흐르는 검은 털을 두드리며 발루를 향해 얼굴을 짠뜩 구겨 보였다.

"그래, 알았어. 그쯤 해 둬. 그 정도면 멍들 정도로 맞은 보람은 있군." 발루가 진지한 목소리로 말했다. "언젠가는 내가 떠오를 때가 있을 게다." 그러고는 몸을 돌려 바기라를 보며 자기가 얼마나 애를 썼는지 털어놓기 시작했다. 모든 것에 정통한 야생 코끼리 하티에게 핵심 언어들을 알려 달라고 계속 사정사정한 얘기며, 자기는 뱀의 언어를 발음할 수가 없어서 하티에게 부탁해서 모글리를 물웅덩이로 데려가 물뱀한테 뱀의 언어를 배우게 한 일 등을 죄다 들려줬다. 그래서 이제는 뱀도 새도, 그리고 그 밖의 짐승들도 모글리에게 해를 가할 위험이 없어서 어디든 안전하게 다닐 수 있을 거라고 덧붙였다.

"앞으로는 그 어떤 동물도 두려워할 필요 없어." 발루가 뿌듯한 표정으로 털로 뒤덮인 볼록한 배를 툭툭 두드리며 말을 마쳤다. 그러자 바기라가 목소리를 낮춰 말했다.

"자기 종족은 예외지." 그러고는 이내 모글리를 보며 외쳤다. "어린 형제, 그러다가 내 갈비뼈 부러지겠어. 내 등 위에서 춤이라도 추는 거야?"

모글리는 바기라의 양쪽 어깨를 잡고 발을 동동 구르면서 자기 얘기 좀 들어 달라고 칭얼거리는 중이었다. 마침내 발루와 바기라가 자신을 쳐다보자 모글리가 목이 터져라 큰 소리로 외쳤다.

"난 이제 내 종족과 어울릴 거예요. 내 종족을 이끌고 온종일 숲속을 오가며 즐길 거예요!"

"그게 무슨 뚱딴지 같은 소리야? 잠꼬대하는 거야?" 바기라가 받아쳤다.

"진짜예요. 그래서 늙은 발루에게

나뭇가지와 흙을 집어 던질 거예요." 모글리가 씩씩하게 말을 이었다. "그들이 그러겠다고 나랑 약속했거든요. 흥!"

"으샤!" 발루가 큼직한 앞발로 바기라의 등에서 모글리를 끌어내려 바닥에 눕혔다. 발루의 큼직한 앞발 사이에 낀 모글리는 그제야 발루가 몹시 화났다는 사실을 깨달았다.

"모글리, 혹시 반다로그, 그 원숭이 무리랑 어울린 게냐?" 발루가 물었다.

모글리는 바기라도 화가 났나 싶어 괜히 눈치를 살폈다. 바기라의 눈동자가 옥석처럼 단단하게 빛나고 있었다.

"원숭이 종족, 그놈의 회색 원숭이들과 어울린 거야? 아무거나 닥치는 대로 주워 먹는 무법자 무리와? 부끄러운 줄 알아!"

모글리가 누운 상태에서 대답했다.

"발루 아저씨한테 머리를 맞고 도망쳤을 때 회색 원숭이들이 나무에서 내려와 나를 위로해 줬단 말이에요. 다른 동물들 누가 나한테 신경이나 썼나요? 아무도 없었단 말이에요." 모글리가 훌쩍이며 말했다.

"원숭이한테 위로를 받았다고?" 발루가 콧방귀를 뀌며 소리쳤다. "차라리 산에 흐르는 개울이 아무 소리도 내지 않고, 한여름 뙤약볕이 시원하다고 하지 그래? 아무튼 인간들이란! 그래서? 그다음엔?"

"그리고…… 그런 다음에는 나한테 땅콩도 가져다주고 나무 열매

72

도 줬어요. 두 팔로 나를 안고 나무 꼭대기까지 올라가서 내가 비록 꼬리는 없지만 자신들과 형제나 다름없다고, 언젠가는 자기네 지도자가 될 거라고 했어요."

"그놈들에게는 애초에 지도자가 없어. 거짓말이야. 회색 원숭이들은 거짓말을 밥 먹듯이 하니까." 바기라가 말했다.

"그래도 나를 굉장히 다정하게 대해 줬는걸요. 꼭 다시 놀러 오라고도 했고. 왜 예전에는 원숭이들과 어울릴 생각을 안 했나 몰라요. 걔네들도 저처럼 두 발로 서잖아요. 누구처럼 앞발로 때리지도 않고. 게다가 원숭이들은 하루 종일 신나게 놀기만 하잖아요. 이제 절 일으켜 주세요. 나쁜 발루 아저씨, 절 일으켜 달란 말이에요. 난 그 원숭이들이랑 놀 거예요!"

그러자 발루가 후끈한 여름밤에 울려 퍼지는 천둥소리만큼이나 우렁찬 목소리로 말했다.

"인간의 아이야, 내 말 잘 들어. 나는 너에게 정글에 사는 모든 종족이 지켜야 하는 법칙을 전부 가르쳐 줬어. 딱 하나, 저 나무에 사는 원숭이 종족은 해당이 안 돼. 그들에게는 법칙이라는 게 없으니까. 추방당한 놈들이야. 고유의 언어도 없지. 나뭇가지 위에 앉아 있다가 다른 동물들을 몰래 엿보거나 말을 엿듣고는 귀동냥한 그 말을 마치 제 말처럼 훔쳐서 사용하지. 그 녀석들은 사는 방식이 우리와 달라. 우두머리도 없고, 뭐든 기억하려 들지도 않아. 나무 위에서 시끌벅적, 뭔가 대단한 일이라도 하는 양 떠들어 대지만 나무 열매 하나만 떨어져도 낄낄대면서 이전 일을 모조리 잊어버리는 녀석들이야. 그래서 우리 정글 동물들은 상대조차 하지 않아. 원숭이들이 물을 마시는 곳에서는 물을 마시지 않고, 녀석들이 다니는 길에는 얼씬도 안 해. 그놈들이 사냥하는 곳에서는 절대 사냥하지 않고, 그놈들이 죽는 곳에서는 죽지도 않아. 지금까지 내가 반다로그라는 말을 꺼낸 적 있니, 없니?"

발루의 말이 끝나자마자 정글에 고요한 정적이 흘렀다.

"없어요." 모글리가 기어드는 목소리로 대답했다.

"정글에 사는 동물들은 반다로그에 대한 얘기는 입에 올리지도 않을뿐더러 생각조차 하지 않아. 그 원숭이들은 바글바글 숫자만 많지, 사악하고 지저분하고 염치도 없거든. 그러면서도 정글의 다른 동물들에게 인정받고 싶어 하지. 하지만 누가 눈여겨보기나 할까? 그놈들이 우리 머리 위로 열매나 쓰레기를 내던져도 눈 하나 깜짝하지 않고 쳐다보지도 않아."

그 말이 끝나기가 무섭게 나뭇가지 사이로 나무 열매와 나뭇가지가 소나기처럼 후드득 떨어졌다. 그리고 꽥꽥 기침하고 아우성치는 소리와 함께 화가 나서 공중으로 펄쩍펄쩍 뛰어오르는 소리가 나뭇가지 사이로 들려왔다.

"원숭이들과 가까이 지내서는 안 돼. 정글 식구들에게는 금지된 일이야, 명심해라." 발루가 말했다.

"당연히 그래야지." 바기라도 한마디 보탰다.
"그런데 말이야, 모글리한테 미리 그런 얘기
를 좀 해 주지 그랬어?"

"내 탓이라고? 모글리가 저 쓰레기 같은
녀석들이랑 어울릴 줄 내 어찌 상상이나
했겠어? 반다로그와 어울리다니, 내
참!" 발루가 발끈했다.

그러자 머리 위로 다시 나뭇가지와 열매들이 소나기처럼 쏟아져
내렸다. 발루와 바기라는 모글리를 안고 저만치 몸을 피했다.

발루의 말은 틀림없는 사실이었다. 반다로그는 나무 위에서 생활
했고 정글의 동물은 거의 위를 바라볼 일이 없어서 서로 마주칠 일
이 없었다. 하지만 반다로그들은 병든 늑대와 상처 입은 호랑이나
곰을 보면 까닭 없이 괴롭히기 일쑤였다. 가끔은 주의를 끌기 위해
서 일부러 나뭇가지와 열매를 집어던지기도 했다. 뿐만 아니라 말
도 안 되는 노래를 불러 동물들을 나무 위로 유인한 다음, 나무에
올라가면 싸우자고 마구 덤벼 대기도 했다. 별것 아닌 일로 자기들
끼리 다툼을 벌이는가 하면, 어쩌다 죽는 놈이 있으면 정글 식구들
이 잘 볼 수 있는 곳에 내다 버렸다. 늘 자기네한테도 우두머리가
생길 것이고 자기네만의 법칙과 관습이 만들어질 거라고 떠벌렸지

만, 그뿐이었다. 기억력이 하루를 넘기지 못해 다음 날이면 자기들이 했던 말을 새까맣게 잊었던 것이다. 그래서 그들은 자신들의 약점을 가리기 위해 말도 안 되는 격언, 그러니까 '반다로그가 오늘 생각하는 것을 정글은 나중에야 깨닫는다' 같은 말을 만들어 나름대로 위안을 삼았다.

정글의 어느 동물들도 그들에게 가까이 다가갈 수 없었지만, 다른 한편으로 보면 어떤 동물도 원숭이들에게 관심을 내보이지 않았다. 그런 연유로 모글리가 자신들과 어울렸다는 사실을 발루가 알고 화내는 모습을 보며 못내 고소해 했던 것이다.

원숭이들은 그냥 그렇게 재미를 찾으면 됐지 그 이상의 뭔가를 할 생각은 전혀 하지 않았다. 반다로그는 사실 그 어떤 것에도 별 의미를 두지 않는 종족이었다. 하지만 무리 중 하나가 나름 기발한 생각이라며 다른 원숭이들에게 이런 말을 했다. 나무를 한데 엮어 바람막이를 만들어 내는 기술이 있는 모글리를 자기네 곁에 두면 꽤 쓸모가 있을 테니 일단 모글리를 붙잡아 그 기술을 가르쳐 달라고 하자는 것이었다. 사실 모글리는 나무꾼의 아들이었기 때문에 아버지의 손재주를 그대로 물려받았다. 그래서 땅에 떨어진 나뭇가지들을 주워서 대수롭지 않은 듯 아주 작은 오두막 같은 것을 만든 적이 있다. 나무 위에서 그 모습을 지켜본 원숭이들은 놀라움을 금치 못했다. 그래서 지금이야말로 자신들의 우두머리를 뽑을 때고, 그러면 정글에서 가장 똑똑한 종족이 될 거라고 말했다. 그렇게 되면 다른 종족들의 부러움을 한몸에 받을 수 있을 거라고 생각했다. 원숭이들은 살금살금 발루와 바기라, 그리고 모글리의 뒤를 따라 정글에 들어가 낮잠 잘 시간이 될 때까지 기다렸다. 자신이 얼마나 부끄러운 행동을 했었는지 깨달은 모글리는 다시는 원숭이 무리와 어울리지 않겠다고 다짐하며 바기라와 발루 사이에서 달콤한 잠을 청했다.

잠시 후 모글리는 작지만 단단하고 억센 손이 자신의 팔다리를 더듬고 있다는 느낌을 받았다. 잠에 취해 단지 그것만 기억났다. 그 다음에는 철썩철썩 때리듯 얼굴에 부딪히는 나뭇가지들이 느껴졌다. 놀라서 눈을 뜨고 발아래로 흔들리는 나뭇가지를 내려다봤다. 잠에서 깬 발루가 큰 소리로 울며 정글을 깨웠고, 바기라는 하얀 이빨을 드러낸 채 나무 위로 뛰어올랐다. 반다로그는 바기라가 올라올 수 없는 가느다란 나뭇가지 쪽으로 잽싸게 날아다녔다. 그리고는 승리감에 취해 의기양양한 목소리로 이렇게 외쳤다.

"바기라가 이제야 우리가 누군지 알아차린 거야! 우리 존재를 의식하는 거라고! 이제 정글의 모든 동물들이 우리의 신출귀몰한 재주와 능력에 감탄하게 될 거야!"

원숭이들이 다시 공중으로 정신없이 날아다니기 시작했다. 숲을 가로지르며 정글을 휩쓸고 지나가는 원숭이 무리의 움직임은 사실 그 누구도 제대로 설명하기 힘들었다. 평소 자주 다니는 그들만의

길목과 교차로가 있었고, 거기에도 오르막과 내리막이 존재했다. 원숭이들이 다니는 숲길은 15미터에서 20미터, 때로는 30미터에 이르는 높이까지 이어졌고 마음만 먹으면 밤에도 움직일 수 있었다.

가장 힘이 센 원숭이 두 마리가 모글리를 양쪽에서 겨드랑이에 끼고, 한 번에 6미터 정도씩 나무 꼭대기 사이를 정신없이 날아다녔다. 물론 혼자 몸이라면 한 번에 그 두 배 이상의 거리를 날아다녔을 테지만 모글리의 몸무게 때문에 그러지 못했다. 모글리는 한편으로 속이 메슥거려 토할 것 같았지만 다른 한편으로는 흥분됐다. 물론 저만치 아래로 언뜻언뜻 땅이 보이면 겁이 났고, 허공으로 몸이 이리저리 움직일 때면 누군가 몸을 휙 잡아당기는 느낌이 들면서 심장이 덜컹 멈출 것 같은 공포에 휩싸이기도 했다. 모글리를 붙잡은 원숭이 두 마리는 나무 꼭대기까지 온몸을 던졌다. 제일 꼭대기에 있는 가느다란 나뭇가지를 잡았다가 부러질 것 같으면, 다시 큰 소리를 지르며 허공으로 몸을 날려서 아래로 떨어지면서 손이나 발을 뻗어 아래쪽에 있는 나뭇가지를 잡는 식이었다. 배의 돛대 위에서 저만치 앞을 내다보듯이, 모글리는 울창하고 고요한 정글 너머의 풍경까지 볼 수 있었다. 그러다 나뭇가지가 얼굴을 때리면 잠시 정신이 번쩍 들었다가 순식간에 아래로 쑥 하고 내려가곤 했다. 그렇게 반다로그들과 모글리는 쉴 새 없이 비명을 지르면서 정글 숲 사이를 가로질렀다.

처음에 모글리는 이러다 나무 아래로 떨어지면 어쩌나 싶어 두려웠다. 그러다가 시간이 지날수록 화가 치밀었다. 하지만 빠져나오려고 버둥거려 봤자 소용없다는 것을 깨닫고는 차분히 생각하기 시작했다. 우선은 발루와 바기라에게 자신의 위치를 알려야 했다. 원숭이들이 워낙 재빠르게 움직여서 발루와 바기라보다 한참 앞서 있을 것이 분명했다. 하지만 발아래를 내려다봐도 아무것도 보이지 않았고, 그저 온통 나뭇가지뿐이었다. 안 되겠다 싶어 고개를 들어 하늘을 쳐다봤다. 저 멀리서 먹잇감을 찾아서 둥글게 원을 그리며 날고 있는 솔개 칠이 보였다. 그는 원숭이들이 뭔가를 잡아서 데리고 가는 모습을 보고 먹을 건가 싶어서 잽싸게 수백 미터 아래로 내려왔다. 그런데 모글리가 원숭이들에게 끌려 나무 꼭대기로 오르는 모습을 보고는 휘파람 소리를 내질렀다. 칠은 곧이어 모글리가 자기에게 하는 말을 들었다.

"너와 나, 우리는 피를 나눈 형제다."

물결치듯 흔들리는 나뭇가지 때문에 모글리의 모습이 제대로 보이지는 않았지만 솔개 칠은 어떻게 해서든 모글리를 자세히 보기 위해 저만치 나무 위에 자리를 잡고 앉았다. 잠시 뒤 모글리의 작은 구릿빛 얼굴이 눈에 들어왔다.

"내가 어디로 가는지 기억했다가, 시오니 늑대 종족의 발루와 늑대 회의가 열리는 바위에 있는 바기라에게 전해 줘."

"형제여, 누구라고 전할까?" 솔개 칠도 모글리 이야기를 들은 적은 있지만 실제로는 한 번도 못 봤기에 이렇게 물었다.

"개구리 모글리, 인간의 새끼라고 하면 알 거야. 내가 어디로 가는지 꼭 둘에게 전해 줘."

원숭이들이 모글리를 데리고 공중으로 휙 날고 있어서 마지막 말은 마치 날카로운 비명처럼 들렸다. 하지만 솔개 칠은 모글리의 이야기를 용케 알아들었고, 까만 점처럼 보일 때까지 하늘 위로 날아올랐다. 그리고 망원경처럼 밝은 눈으로 나무 꼭대기가 흔들리는 것을 지켜봤다. 원숭이들이 나무를 탈 때마다 생기는 현상이었다.

"저 원숭이들, 멀리 못 가." 솔개 칠이 키득거렸다. "원숭이들은 애초에 계획했던 걸 제대로 실행에 옮기는 법이 없으니까. 새로운 게 나타났다 싶으면 그냥 지나치지 못하는 종족이야. 보아하니 반다로그들이 이번엔 제 발등을 찍은 것 같군. 발루는 노련한 곰이고 바기라는 보통 사냥꾼이 아니니까."

솔개 칠은 두 발을 모으고 날개를 퍼덕이면서 공중에서 기다렸다.

한편 발루와 바기라는 분노와 슬픔에 잠겨 반쯤 정신이 나갈 지경이었다. 바기라는 예전에는 한 번도 올라가 보지 않은 높은 곳까지 올라갔지만, 워낙 체중이 나가는 터라 나뭇가지가 우지끈 소리를 내며 힘없이 부러져 버렸다. 바기라는 그대로 나무 아래로 미끄러졌고 나무 둥치에는 날카로운 발톱 자국이 가득했다.

"왜 미리 경고하지 않은 거야?" 바기라가 발루에게 버럭 화를 냈다. 발루는 무거운 몸을 뒤뚱거리면서 원숭이를 잡겠다고 열심히 뛰어가는 중이었다. "그런 것도 제대로 알려 주지 않으면서, 때리기는 왜 때린 거야?"

"서둘러! 얼른 서둘러야 돼! 잘하면…… 따라잡을 수 있을 거야." 발루가 가쁜 숨을 내쉬며 말했다.

"그 속도로? 그렇게 해서는 다친 소도 몰 수 없을걸. 선생이랍시고, 정글의 법칙을 가르친답시고 애를 때리기나 하고 말이야! 그렇게 달려 봤자 얼마 못 가 지쳐 쓰러질 거야. 그냥 여기서 생각이란 걸 좀 해 보자! 무작정 따라간다고 될 일이 아니야. 괜히 바짝 따라갔다가 모글리를 내팽개치면 어째!"

"세상에! 벌써 싫증이 나서 모글리를 내동댕이쳤을 수도 있어! 원숭이들이 어떤 종족인데! 차라리 내 머리에 죽은 박쥐를 던져 줘. 썩은 뼈다귀도 던지고. 벌에 쏘여 죽고 싶으니까 벌집에 처넣던가. 내가 죽거들랑 하이에나와 함께 묻어 줘! 난 한심하기 짝이 없는 곰이니까! 세상에, 이럴 수가! 모글리, 모글리! 괜히 머리나 때리고, 차라리 그 시간에 원숭이들을 조심하라고 가르칠 것을! 혹시 종족의 언어도 전부 잊어버리고 혼자서 정글을 헤매는 건 아닐까?"

발루가 앞발로 귀를 감싸 안고 고통에 찬 비명을 지르면서 데굴데굴 굴렀다.

"방금 전까지만 해도, 다른 종족의 언어를 정확히 말했잖아. 발루, 넌 기억력도 없고 자존심도 없어? 검은 표범인 내가 가시털 호저 이키처럼 온몸을 웅크리고 엉엉 운다고 생각해 봐. 다른 정글의 동물들이 그걸 보고 뭐라고 하겠어?" 바기라가 못 들어 주겠다는 듯 쏘아붙였다.

"그딴 게 무슨 상관이야? 모글리가 지금 죽었는지 살았는지도 모르는 판국에."

"원숭이들이 장난한답시고, 나뭇가지 위에서 떨어뜨리거나 죽이지만 않았다면 별일 없을 거야. 모글리는 워낙 똑똑하고 제대로 교육도 받았잖아. 무엇보다 정글의 모든 동물들이 두려워하는 눈빛을 가졌잖아. 하지만 지금 제일 큰 문제는 모글리가 반다로그의 손에 붙잡혀 있고, 그놈들은 나무 위에 살기 때문에 다른 동물들을 전혀 두려워하지 않는다는 거야." 바기라가 뭔가를 곰곰이 생각하며 혀로 앞발을 핥았다.

"난 정말 바보야! 나무뿌리나 캐 먹는 뚱보 같으니!" 발루가 자책하다 말고 갑자기 자리에서 벌떡 일어나며 외쳤다. "코끼리 하티의 말이 맞아. '누구나 두려워하는 게 하나씩은 있다'고 했어. 반다로그의 원숭이들은 비단구렁이 카아를 제일 무서워해. 카아도 원숭이 못지않게 나무를 잘 타니까. 밤에 몰래 원숭이 새끼들을 물어 갈 수도 있거든. 원숭이들은 카아의 이름만 들어도 겁에 질려서 그 사악한 꼬리를 돌돌 말아 버린다니까. 자, 카아한테 가자고."

"그렇다고 카아가 뭘 해 줄 수 있겠어? 발도 없고 우리 종족도 아니잖아. 그 요상한 눈은 또 어떻고." 바기라가 탐탁찮게 말했다.

"카아는 연륜이 있고 꾀도 많아. 무엇보다 항상 배가 고프단 말이야. 염소를 잔뜩 잡아다 준다고 하면 돼." 발루가 기대에 부푼 목소리로 말했다.

"그런데 그 친구, 한번 잔뜩 뭘 먹고 나면 한 달은 꼬박 자잖아. 지금도 자고 있을지 몰라. 혹시 깨 있다고 해도 직접 염소를 잡겠다고 하면 어쩌려고?" 바기라는 카아를 잘 알지 못해서 못내 미심쩍은 눈치였다.

"그러면 노련한 사냥꾼인 우리 둘이 힘을 합쳐서 카아를 잘 설득해야지." 발루가 그렇게 말하고는 갈색 어깨로 바기라를 떠밀 듯 비벼 댔다. 그렇게 해서 둘은 비단구렁이 카아를 찾아 길을 나섰다.

발루와 바기라는 앞으로 툭 튀어나온 어느 따뜻한 바위 위에 오후 햇살을 받으며 제 몸을 쭉 늘어뜨린 채 누워 있는 카아를 발견했다. 지난 열흘 동안 허물을 벗느라 힘을 써서 모처럼 휴식을 취하고 있던 카아는 아름답게 변신한 자신의 새 몸을 흐뭇하게 감상하고 있었다. 정말 번쩍번쩍 광채가 나는 가죽이었다. 카아는 10미터가 넘는 몸으로 멋지게 똬리를 틀고 앉아, 뭉툭한 코가 달린 커다란 머리를 이리저리 쑥쑥 내밀고 혀를 날름거리며 저녁은 뭘 먹나 고민

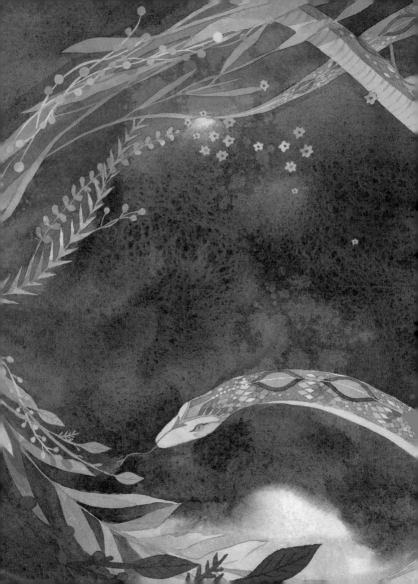

중이었다.

"다행히 아직 저녁을 안 먹은 모양이야." 발루가 갈색 몸통에 노란 점이 군데군데 박힌 카아의 아름다운 피부를 보며 안도의 숨을 내쉬며 말했다. "바기라, 조심해. 카아는 허물을 벗고 난 직후에는 눈이 좀 어두워져서 뭐라도 보인다 싶으면 성질 급하게 마구잡이로 공격하거든."

카아는 독사가 아니었다. 오히려 카아는 독사는 겁쟁이라면서 무시했다. 독은 없지만 몸통 힘이 어마어마해서, 일단 카아의 몸통에 걸리는 날에는 누구도 찍소리 내지 못하고 죽음을 맞게 된다.

"안녕하시오!"

발루가 카아의 엉덩이 부근에 털썩 주저앉으며 외쳤다. 다른 뱀들과 마찬가지로 카아도 귀가 어두웠고, 그래서 처음에는 발루의 목소리를 제대로 듣지 못했다. 그러나 다음 순간, 만일을 위해 몸을 둥글게 말고 머리를 낮춰 공격 태세를 취하며 대답했다.

"안녕하시오. 오, 발루, 무슨 일로 여기까지 오셨나? 안녕하시오, 바기라. 우리 셋 중 하나는 사냥에 성공해야 할 텐데. 혹시 사냥감을 쫓고 있소? 암사슴도 좋고, 어린 수사슴이라도 좋지. 속이 얼마나 텅텅 비었는지 물이 바짝 마른 우물 같다니까요."

"우리도 먹이를 쫓고 있소." 발루가 태평한 목소리로 말했다. 워낙 덩치가 커서 자칫 카아를 재촉하거나 서두르게 해서는 안 된다는 걸 발루는 잘 알고 있었다.

"그렇소? 나도 끼워 주시오. 바기라나 발루, 당신들한테야 사냥이 별일 아니겠지만 나는 숲속에서 며칠을 기다리거나 아니면 거의 밤새 나무를 기어올라야 어쩌다 어린 원숭이 하나 건질까 말까요. 젠장! 더구나 요즘 나뭇가지들은 내가 젊었을 때와는 영 딴판이오. 다 썩고 말라붙어 버려서 말이야."

"그보다 몸이 너무 커져서 그런 거 아닐까?" 발루가 말했다.

"내 몸은 이 정도 길이가 딱 적당하오." 카아가 내심 우쭐해 하면서 대답했다. "새로 자란 나무들이 워낙 약해서 그런 거요. 저번에는 사냥을 하다가, 정말 거의 잡아먹기 일보 직전이었는데 하마터면 나무에서 떨어질 뻔했다니까. 꼬리가 나무에 단단히 감기질 않아서 스윽 미끄러지고 말았거든. 그 소리에 반다로그 녀석들이 잠에서 깼지 뭐요. 그 덕분에 난생처음 끔찍한 별명을 얻었다니까."

"발도 없는 누런 지렁이라고 했다지?" 바기라가 뭔가 기억해 낸 것처럼 중얼거렸다.

"뭐가 어째? 원숭이들이 나를 지렁이라고 불렀단 말이오?" 카아가 버럭 화를 냈다.

"지난 달밤에 그 비슷한 얘기를 했는데, 제대로 듣지 않아서 모르겠소. 워낙 아무 말이나 지껄이는 놈들이니까. 뭐라더라, 이빨이 다 빠져 버렸다고도 했고. 어린 새끼보다 몸집이 크면 건드리지도 못한다고 했던가. 숫염소 뿔을 무서워하기 때문이라는 거지. 반대로 그들은 정말 뻔뻔한 놈들이야." 바기라가 조곤조곤 말을 이어 갔다.

뱀이란 종족은, 특히 카아처럼 몸집이 큰 뱀은 어지간해서는 화가 났다는 것을 크게 내색하지 않는 편이다. 하지만 발루와 바기라는 카아의 목 주변 근육이 실룩거리는 것을 놓치지 않고 봤다. 곧이어 카아가 조용히 입을 열었다.

"반다로그 녀석들이 영역을 옮긴 모양이더군. 오늘 아침에 해를 쬐러 나왔는데 나무 꼭대기에서 시끄럽게 떠드는 소리를 들었지."

'우리도 지금 반다로그를 쫓고 있어.' 발루가 하고 싶은 말이었다. 하지만 이 말은 목구멍에 걸려 입 밖으로 나오지 못했다. 그런 말을 했다가는 정글의 동물이 한낱 원숭이에게 관심을 두고 있다는 사실을 인정하는 꼴이 되고 말 테니까.

"아무튼 정글의 우두머리 격인 사냥꾼들이 반다로그를 쫓고 있다니, 보통 일은 아닌 것 같은데." 카아가 호기심을 느꼈는지 몸을 잔뜩 부풀렸다.

"우두머리는 무슨. 난 이제 늙었고, 이따금 시오니의 어린 늑대들에게 정글의 법칙을 가르친다고는 하지만 어리석기 그지없는 선생에 불과하오. 그리고 여기 바기라는……."

"그냥 바기라고." 검은 표범 바기라가 딱 잘라 말했다. 스스로를 낮추는 겸손함을 잊지 않는 그가 턱을 꽉 깨물고 다시 입을 열었다.

"카아, 사실은 문제가 있소. 열매나 훔쳐 먹고 야자수 잎이나 뜯어 먹던 원숭이들이 인간의 새끼를 납치했소. 아마 그 아이에 관한 얘기는 한 번쯤 들어 봤을 거요."

"얼핏 듣기야 했지. 날카로운 가시 하나 믿고 까부는 호저 아키한테. 인간 새끼가 늑대 종족에 들어갔다던데, 사실 믿지는 않았소. 아키가 전하는 얘기 중 반은 다른 데서 들은 거고, 게다가 제대로 정확하게 전해 주는 게 아니라서."

"믿기지 않겠지만 사실이라오. 정말 그렇게 대단한 아이는 처음 봤소." 발루가 말했다. "인간의 아이 중 가장 똑똑하고 영리하고 용감한 아이라오. 내가 그 아이를 가르쳤는데 그 아이 덕분에 분명 나 발루의 이름이 온 정글에 유명해질 거요. 그리고 나는 아니 우리는 그 아이를 진심으로 아끼고 사랑하오."

"쉭쉭익!" 카아가 머리를 좌우로 흔들며 말했다. "사랑이라면 나도 좀 알지, 나도 예전에는 말이야……."

"그 이야기는 일단 배부터 채운 다음에 남 칭찬하기에 좋은 맑은 밤에 듣는 게 어떻겠소?" 바기라가 얼른 나서서 말을 가로막았다. "그 아이가 지금 반다로그들한테 잡혀 있소. 정글에 알려진 대로 그들이 유일하게 두려워하는 게 있다면 바로 당신이잖소."

"그건 그래. 원숭이 놈들은 나만 무서워하지. 그럴 만한 이유가 있소. 말 많고 어리석고 허풍 센 놈들. 겉멋만 들고 멍청해서 꽥꽥

거리기만 하는 게 원숭이거든. 그런 놈들한테 붙잡히다니 그 아이도 정말 운이 없군. 원숭이들은 열매를 따 놓고도 금방 싫증을 내고 내팽개치니까. 나뭇가지를 꺾어서 종일 들고 다니다가도 어느 순간 반으로 쪼개 버리는 게 놈들의 습성이야. 참 딱하게 됐군. 그런데 나를 뭐라고 불렀다고 했소? 노리끼리한 생선?"

"벌레, 벌레라고 했소. 지렁이라고." 바기라가 말했다. "어디 그뿐인 줄 아시오? 그것 말고 다른 말도 했는데 차마 입에 담기 싫을 정도라서."

"이번 기회에 그놈들 버릇을 단단히 고쳐 줘야겠어. 쉬익, 건방지게 주인을 씹어 대다니. 오락가락하는 기억력도 붙잡아 줘야겠고. 그래서 인간 새끼를 데리고 어디로 갔다고?"

"정글만이 알겠지. 아무래도 해가 지는 쪽으로 간 것 같소. 당신이라면 어디로 갔는지 알 거라고 생각했는데." 발루가 대답했다.

"내가? 그걸 어떻게 알겠소? 난 놈들이 근처에 오면 잡아먹을 뿐인데. 내가 반다로그나 개구리를 사냥하러 다니지는 않잖소. 말이 나왔으니 하는 말이지만, 아무리 배가 고파도 물웅덩이의 그 푸르스름한 찌꺼기는 건드리지도 않는다오."

"위를 봐! 위를 보라고! 여기야, 여기! 시오니 늑대 종족의 발루, 위를 보라니까!"

발루가 소리 나는 쪽으로 고개를 들었다. 솔개 칠이 미끄러지듯 빠르게 아래로 향하는 중이었다. 하늘 높이 뻗은 날개 너머로 환한 해가 저물고 있었다. 솔개 칠은 이제 잠자리에 들 시간이 다 됐는데도 하늘에서 눈이 빠지도록 정글을 살피며 발루를 찾던 중이었다. 울창한 수풀에 가려 발루의 모습이 잘 보이지 않기 때문이다.

"무슨 일이야?" 발루가 물었다.

"반다로그에게 모글리가 잡혀가는 걸 봤어. 나더러 어디로 잡혀가는지 전해 달라고 부탁하더군. 원숭이들은 모글리를 데리고 강 너머에 있는 '추운 소굴'로 갔어. 거기 얼마나 있을지는 모르지. 하루, 열흘, 아니 한 시간일 수도 있어. 박쥐들한테 날이 저물고 나면 원숭이들이 어디로 움직이는지 봐 달라고 부탁해 놓긴 했는데. 어쨌든 내가 전할 소식은 이게 다야. 아래 계신 분들, 행운을 빌어요!"

"저녁 든든히 먹고 푹 쉬게나, 솔개 칠! 다음 사냥에서는 자네 몫으로 머리를 남겨 둘 테니까. 자네는 솔개 중에서도 가장 위대한 솔개야!" 바기라가 외쳤다.

"별로 대단한 일을 한 것도 아닌데. 그 아이가 새 종족의 언어로 말했거든. 나야말로 할 일을 한 것뿐이야." 솔개 칠은 크게 원을 그리며 하늘을 날아 자신의 보금자리로 돌아갔다.

"모글리가 배운 걸 잊지 않았군." 발루가 자랑스러운 듯 웃었다.

"어린아이가 원숭이들에게 끌려가면서도 새 종족의 핵심 언어를 기억해 내다니."

"귀에 못이 박히도록 가르쳤잖아. 어쨌든 자랑스러운 일이야. 그럼 이제 '추운 소굴'로 가자고." 바기라가 말했다.

'추운 소굴'이 어딘지는 누구나 알았다. 하지만 정글 동물들은 좀처럼 발길을 하지 않는 곳이었다. 추운 소굴은 인간들이 살다가 버리고 떠난 정글 속에 묻힌 옛 도시였다. 한번 인간들이 살았던 곳에는 누구도 발걸음을 하지 않았다. 멧돼지라면 모를까, 사냥을 하는 동물들은 그곳에 가지 않았다. 하지만 원숭이들은 어디든 보금자리로 삼는 종족이고, 인간이 사용하다가 버린 장소를 자신들의 거처로 삼는 데 주저함이 없었다. 그러나 자존심 있는 동물들은 그 근처는 물론 멀든 가깝든 그곳이 보이는 곳이라면 어디든 얼씬도 하지 않았다. 아주 예외적으로 심한 가뭄이 들었을 때, 부서진 수조와 저수지에 고인 물을 마시러 갈 때는 어쩔 수 없이 그곳을 찾긴 했지만.

"꼬박 밤을 새울 정도는 아니지만 한참 걸리겠는데. 전속력으로 달려도 말이야." 바기라가 말했다. 그 말을 들은 발루의 표정이 굳어졌다.

"최선을 다해서 달려 볼게." 발루가 진지한 목소리로 말했다.

"발루, 우리가 먼저 갈게. 너는 뒤따라 와. 카아와 나는 먼저 출발하는 게 좋겠어."

"내가 발이 없기는 해도, 네발 달린 짐승에게 절대로 뒤처지지 않을 자신 있어." 카아가 짧게 잘라 말했다.

발루도 걸음을 재촉했지만 곧 숨을 헐떡이면서 주저앉았다. 결국 바기라와 카아는 발루를 뒤로 한 채, 앞장서 나갔다. 카아는 아무 말 없이 바기라와 엇비슷한 속도를 냈다. 과연 비단구렁이다운 속도였다. 언덕을 내려와 개울에 도착하자 바기라가 살짝 앞섰다. 바기라는 폴짝폴짝 냇물을 뛰어 건넜지만 카아는 머리를 들고 목을 새운 채 헤엄쳐야 했기 때문이다. 하지만 땅에 도착하자 다시 카아가 속도를 높여 둘 사이의 거리를 좁혔다.

"나를 자유의 몸으로 만들어 준 부서진 자물쇠를 걸고 말하는데, 너도 꽤 빠른 편이네." 뉘엿뉘엿 해가 저물 무렵 바기라가 말했다.

"배가 너무 고프거든. 놈들이 나를 점박이 개구리라고 불렀다고 하니." 카아가 응수하듯 말했다.

"지렁이라고 했어. 그것도 노란 지렁이."

"개구리나 지렁이나, 그게 그거지. 빨리 가기나 합시다."

카아는 앞만 보면서 지름길을 찾아 거침없이 몸을 움직였다.

'추운 소굴'에 들어선 반다로그 무리는 모글리 일행의 존재는 까맣게 잊고 있었다. 그저 폐허가 된 도시에 모글리를 데려다 놓고, 한참 신이 나서 떠들썩했다. 인도의 도시라고는 한 번도 본 적 없는 모글리로서는 폐허 더미에 불과한 그곳이 놀라울 만치 화려하고 멋

있게 느껴졌다. 추운 소굴은 오래전 어느 왕이 조그마한 언덕 위에 세운 도시였다. 돌길을 따라 걸어가면, 다 낡아 녹슨 경첩과 마지막 남은 나뭇 조각 몇 개가 달려 있는 부서진 성문이 나왔다. 이리저리 벽을 뚫고 나무들이 자라 있었고 성벽 사이사이 흙벽은 무너진 상태였으며 성벽 위 망루의 창밖으로는 담쟁이덩굴이 무성하게 덩어리를 이루며 뻗어 있었다.

언덕 꼭대기에는 지붕 없는 거대한 왕궁이 있었다. 궁전 안뜰과 분수를 장식하고 있는 대리석은 쩍쩍 갈라진 데다 벌겋고 푸르스름한 얼룩이 군데군데 붙어 있었다. 과거 왕의 코끼리들이 노닐던 안뜰의 자갈밭에는 잡초와 어린 나무들이 수북하게 자라 있었고 자갈이 떨어져 나와 흉하게 나뒹굴기도 했다. 궁전에서는 지붕이 없는 집들을 한눈에 내려다볼 수 있었는데 도시 전체가 검은 구멍만 휑하니 남은 텅 빈 벌집처럼 보였다. 네 개의 도로가 사방으로 나 있는 광장에는 한때 석상이었지만 이제는 형체조차 알아볼 수 없는 돌덩이가 서 있었다. 공동으로 사용하던 우물도 이제는 움푹 파인 구덩이만 남았다. 여기저기가 부서진 사원의 돔 주위에는 야생 무화과가 싹을 틔우고 있었다.

원숭이들은 그곳을 자기들의 도시라고 부르며 다른 정글 식구들을 얕잡아봤다. 하지만 그런 원숭이들도 도시의 건물이 무슨 용도로 지어졌는지, 어떻게 사용해야 하는지에 대해서는 전혀 몰랐다.

그저 왕이 사용하던 회의실에 둘러앉아서 서로 벼룩이나 잡아 주면서 인간 흉내를 내는 것이 고작이었다. 가끔은 지붕도 없는 집을 이리저리 뒤지면서, 나뭇조각과 부서진 벽돌을 구석에 모아 두기도 했다. 그러고 나서 어디에 뒀는지 잊어버리고 서로 큰 소리로 아옹대며 싸우기 일쑤였다. 하지만 그 난리를 피우다가도 금세 왕의 정원에 있는 테라스를 오르락내리락하면서 장난을 쳤다. 장미 나무와 오렌지 나무를 흔들어서 꽃이나 열매를 바닥에 떨어트리며 낄낄대기도 했다. 그렇게 궁전과 수백 개의 조그만 방, 어두운 통로를 샅샅이 헤집고 다녔지만 기억력이 좋지 않아서 왔던 길도 금세 잊어버렸다. 그러면서도 둘, 셋이 짝을 지어 곳곳을 헤매고 다니면서 자신들이 인간과 다를 바 없다고 우쭐거렸다. 물탱크에 고인 물을 마시다가 물을 흙탕물로 만들고는 누가 그랬냐며 서로 죽일 듯이 싸웠다. 그리고 떼를 지어 몰려다니면서 끽끽대며 이렇게 소리쳤다.

"정글에서 반다로그처럼 지혜롭고 영리하고 강하고 예의 바른 종족은 없다!"

추운 소굴에서 그렇게 얼마 동안 떠들어 대다가 도시 생활이 싫증 난다 싶으면 다시 정글로 돌아가서 다른 동물들의 관심을 끌기 위해 무던히 애를 썼다.

발루에게 정글의 법칙을 배운 모글리로서는 원숭이들의 이런 방식을 좋아할 수도, 이해할 수도 없었다. 오후 늦게야 모글리를 데

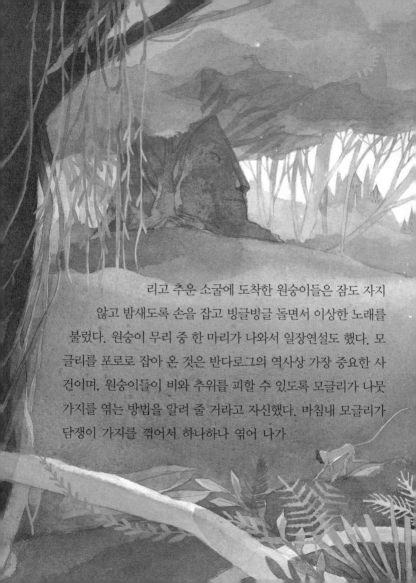

리고 추운 소굴에 도착한 원숭이들은 잠도 자지 않고 밤새도록 손을 잡고 빙글빙글 돌면서 이상한 노래를 불렀다. 원숭이 무리 중 한 마리가 나와서 일장연설도 했다. 모글리를 포로로 잡아 온 것은 반다로그의 역사상 가장 중요한 사건이며, 원숭이들이 비와 추위를 피할 수 있도록 모글리가 나뭇가지를 엮는 방법을 알려 줄 거라고 자신했다. 마침내 모글리가 담쟁이 가지를 꺾어서 하나하나 엮어 나가

기 시작했다. 처음에는 원숭이들도 모글리를 잘 따라 하는가 싶었지만, 몇 분 지나지 않아 흥미를 잃고 다른 원숭이의 꼬리를 잡아당기고 장난을 치고 킥킥대며 사방을 뛰어다니기 시작했다.

"뭘 좀 먹어야겠어. 난 여기에 처음 와 봐서 잘 모르잖아. 그러니까 먹을 걸 좀 갖다 줘. 아니면 여기서 사냥할 수 있게 해 주든지." 모글리가 말했다.

20 혹은 30마리의 원숭이가 모글리에게 나무 열매와 파파야를 가져다주겠다며 냅다 뛰어갔다. 그러는 와중에도 서로 싸우는 바람에 뭘 가져올 수가 없었다. 설혹 가져온다고 해도 먹을 만한 게 제대로 남아 있을 리 없었다. 너무 배가 고픈 데다 속이 쓰릴 정도로 화가 난 모글리는 텅 빈 도시를 거닐며 이따금 '낯선 자들의 사냥 신호'를 보냈지만 아무런 응답도 얻지 못했다. 마침내 모글리는 정말 오지 말아야 할 곳에 발을 들였다는 생각을 하면서 혼자 중얼거렸다.

"발루가 반다로그에 대해 했던 말은 전부 사실이었어. 원숭이들은 법도 없고, 사냥 신호도 없고, 우두머리도 없는 종족이야. 멍청한 얘기나 떠들어 대고 남의 거나 훔칠 줄 알지. 여기서 굶어 죽는다고 해도 전부 내 탓이야. 정글에 돌아가야겠어. 발루한테 혼이 나겠지만, 원숭이들이랑 장미 잎사귀나 쫓아다니는 것보다야 낫겠지."

모글리가 성벽 쪽으로 걸음을 돌리려고 했지만 곧바로 원숭이들 손에 붙잡혔다. 그러고는 여기 온 게 행운이라며, 모글리를 마구 꼬집고 고마워해야 한다고 다그쳤다. 모글리는 입을 다물고 끽끽대며 소리를 지르는 원숭이들을 따라서 빗물이 반쯤 차 있는 붉은 사암 저수지 위의 테라스로 향했다. 테라스 한가운데 거의 쓰러져 가는 하얀 대리석 정자가 있었다. 100년 전쯤 세상을 떠난 여왕들이 사용하던 정자인데, 이제는 폐허가 된 채 놓여 있었다. 그 정자의 둥근 지붕이 안쪽으로 절반쯤 무너져 내리는 바람에 왕비들이 궁에서 나와 정자로 향할 때 사용하던 지하 통로는 막힌 상태였다. 하지만 격자무늬가 새겨진 대리석 벽돌과 아름다운 마노, 홍옥, 벽옥, 청금석 장식은 그대로였다. 언덕 위로 밝은 달이 뜨는 날이면 무늬 사이의 구멍으로 스며든 달빛이 검은 벨벳의 자수 장식처럼 보이는 그림자를 바닥에 드리우곤 했다. 모글리는 화도 나고 배도 고팠다. 하지만 스무 마리가 넘는 반다로그들이 주위를 에워싸고, 원숭이가 얼마나 위대하고 똑똑하고 강하고 예의 바른지 떠들어 대는 모습을 보며 자기도 모르게 웃음이 터졌다. 반다로그들은 자신들을 두고 도망치려는 건 바보 같은 짓이라고도 했다.

"우리는 위대한 종족이야. 자유로운 종족이잖아. 얼마나 멋지다고. 정글에서는 우리가 최고야! 우리가 그렇게 말하니까 그건 사실인 거야. 이제 네가 우리 얘기를 들었으니까 정글에 사는 동물들에게 전해 줘. 그럼 앞으로는 동물들이 우리를 달리 볼 거야. 우리 반다로그가 얼마나 위대한지 설명해 줄게."

모글리가 거절하지 않고 잠자코 있자 원숭이 수백 마리가 떼를 지어 테라스로 모여들었다. 그러고는 연설을 하겠다고 나선 원숭이들이 칭송하며 늘어놓는 말에 귀를 기울였다. 그러다가 연설자가 숨을 고르기 위해 잠시 말을 멈추면 모두가 나서서 함께 소리쳤다.

"이건 다 사실이야. 우리가 그렇게 말하니까!"

모글리는 눈을 깜빡이며 그저 고개를 끄덕일 수밖에 없었다. 그리고 원숭이들이 질문을 할 때마다 그냥 "예, 맞아요"라고 대답했다. 하지만 시끄러운 소리 때문에 머리가 어지러워 죽을 맛이었다.

"이 원숭이들 죄다 자칼 타바키한테 물렸던 게 분명해." 모글리가 중얼거렸다. "그래서 다들 미친 모양이야. 이건 데와니, 광견병의 광기야. 잠도 없나? 저기 저 구름이 달을 완전히 가릴 만큼 크다면 어둠을 틈타서 달아날 수도 있을 텐데. 휴, 그런데 너무 지치고 피곤해서 그럴 수나 있을지 모르겠네."

모글리가 바라보고 있는 구름을 도시 성벽 아래 무너진 도랑에서 그의 두 친구도 지켜보고 있었다. 바기라와 카아는 원숭이들이 떼로 몰려 있으면 상당히 위험하다는 걸 잘 알고 있었다. 때문에 조용히 때를 기다렸다. 원숭이들은 100대 1 정도의 수적 우세가 보장돼야 싸움에 나서는 종족이었다. 당연히 100마리가 넘는 원숭이 무리와 싸우자고 덤비는 동물도 없었다.

"나는 서쪽 성벽으로 가겠소." 카아가 속삭였다. "그러다 기회를 틈타서 언덕 비탈을 타고 내려가서 공격하겠소. 아무리 수백 마리가 모여 있다고 해도 내 등을 덮치지는 않겠지. 그런데……."

"무슨 뜻인지 알아요." 바기라가 대답했다. "발루가 함께 있었다면 좋았겠지만, 어쩔 수 없지. 우리 둘이라도 힘을 합쳐 보자고요. 달이 구름에 가려지면 테라스 쪽으로 이동하겠소. 모글리를 데려다 놓고 저쪽에서 회의를 하는 모양이던데."

"조심하시오!" 카아가 비장한 목소리로 당부하고는 서쪽 성벽으로 미끄러지듯 나아갔다. 서쪽 벽은 그나마 훼손이 덜 된 곳이다. 그곳에서 카아는 잠시 멈춘 다음 돌담을 타고 오를 수 있는 길을 찾았다.

이윽고 구름이 달을 가려 주위가 깜깜해졌고, 모글리는 앞으로 어떤 일이 생길지 몰라 걱정하고 있었다. 바로 그때 테라스 쪽에서 바기라의 조용한 발자국 소리가 들렸다. 검은 표범 바기라는 발소리도 내지 않고 비탈길을 한달음에 올라와서 눈 깜짝할 사이 원숭이들을 덮쳤다. 바기라는 원숭이를 한 마리씩 이빨로 물어뜯느라 시간을 허비해서는 안 된다는 걸 너무나 잘 알았다. 그는 몸을 날려 원숭이 무리를 후려쳤다. 모글리를 겹겹이 둘러싸고 있던 원숭이 무리는 바기라의 습격에 놀라 공포와 분노에 찬 비명을 질렀다. 잠시 뒤 바기라는 데굴데굴 구르며 발길질을 해 대는 원숭이들의 몸에 걸려 그만 넘어지고 말았다. 그때 원숭이 하나가 외쳤다.

"한 놈 밖에 없다! 죽여라! 죽여!"

순간 원숭이들이 떼로 몰려들어 바기라를 물고 할퀴고 잡아당기며 둥글게 에워쌌다. 그 사이 대여섯 마리의 원숭이가 모글리를 붙잡고 정자 쪽으로 끌고 가더니 둥근 지붕 사이에 난 구멍 속으로 밀어 넣었다. 구멍의 높이만 해도 족히 5미터는 됐기 때문에 보통 아이였다면 심하게 다치고도 남았을 상황이었다. 하지만 모글리는 발루에게 배운 대로 바닥으로 안전하게 착지하는 데 성공했다.

"꼼짝 말고 거기 있어!" 원숭이들이 외쳤다. "네 친구들을 전부 해치운 다음에 다시 놀아 줄 테니까. 물론 독을 가진 종족이 그때까지 너를 살려 둔다면 말이야."

"너와 나, 우리는 피를 나눈 형제다." 모글리가 재빨리 뱀 종족의 언어로 말했다. 그러자 주변에 쌓인 쓰레기 더미 사이에서 쉭쉭대는 소리와 더불어 뭔가 바스락대는 소리가 들렸다. 그 소리를 듣고 확실히 해 두자는 마음에서 모글리가 다시 한 번 신호를 보냈다.

"진정하고! 모두 머리를 숙여!" 여섯 마리의 뱀이 목소리를 낮춰 외치는 소리가 들렸다. 인도에 남은 폐허 도시는 조금만 지나면 뱀들의 독무대가 된다. 이 오래된 정자의 둥근 지붕 아래에도 코브라가 득실대고 있었다. "어린 형제, 그대로 서 있어. 자 칫하면 네 발 때문에 우리가 다칠 수 있으니까."

결국 모글리는 꼼짝도 하지 못하고 그 자리에 서서 둥근 지붕 사 이로 난 틈새를 바라보며, 검은 표범 바기라와 원숭이들이 한바탕 결투를 벌이는 소리에 귀를 기울였다. 캑캑대는 원숭이들의 가쁜 숨소리와 고함, 그리고 발을 질질 끌며 붙잡고 싸우는 소리가 들렸 다. 이어서 뒤로 물러섰다가 다시 뛰어오르고 몸을 마구 흔들면서 원숭이 무리 속으로 돌진하는 바기라의 굵고 거친 숨소리도 들려왔 다. 바기라는 생전 처음 목숨을 걸고 싸우는 중이었다.

"발루도 근처 어디에 있을 거야. 바기라 혼자 오지는 않았을 테 지." 모글리는 이렇게 생각하고 곧이어 큰 소리로 외쳤다. "바기라, 물탱크, 물탱크로 가요! 가서 물속으로 뛰어들어요! 물속으로!"

바기라는 모글리의 외침을 들었다. 그 소리는 모글리가 살아 있 다는 증거였기에 다시금 힘이 솟았다. 그래서 끝까지 원숭이들과 맞서 싸우면서 필사적으로 물탱크가 있는 쪽으로 조금씩 움직였다. 그때 정글 가까운 곳에 있는 무너진 성벽에서 발루가 싸울 때 내지 르는 천둥소리 같은 우렁찬 고함이 울려 퍼졌다. 늙은 곰 발루가 죽 어라 달려서 드디어 성벽에 도착한 것이다.

"바기라! 내가 왔어! 내가 왔어! 드디어 올라왔다고! 에고고, 돌이 얼마나 미끄러운지. 곧 갈 테니까 기다려, 사악한 반다로그 원숭이들아!" 발루가 소리쳤다.

발루는 숨을 헐떡이며 테라스로 올라갔지만 원숭이 무리가 떼로 덤벼드는 바람에 그대로 묻혀 버렸다. 하지만 엉덩이를 바닥에 대고 앉아서 몰려드는 원숭이들을 품에 끌어안고, 사정없이 주먹으로 때리기 시작했다. 마치 증기선 뒤에서 물을 차며 돌아가는 바퀴처럼 규칙적으로 퍽, 퍽, 퍽, 원숭이들을 후려갈겼다.

바로 그때 첨벙하고 물소리가 들렸다. 그제야 모글리는 바기라가 원숭이를 피해서 물탱크까지 도망쳤다는 것을 알았다. 원숭이들도 더는 바기라를 쫓을 수 없을 것이다. 바기라는 얼굴만 물 밖에 내밀고 물속에 누워 가쁜 숨을 내쉬었다. 붉은 계단 위에 늘어선 원숭이들은 약이 올라서 펄쩍펄쩍 뛰면서 발루를 돕기 위해 바기라가 물 밖으로 나오면 한꺼번에 덤벼들 태세로 바기라에게서 눈을 떼지 않았다. 이윽고 숨을 고른 바기라는 어찌할 수 없었는지 물속에 잠겼던 턱을 쓱 들어 올리며 절박한 심정으로 뱀에게 도움을 요청했다.

"너와 나, 우리는 피를 나눈 형제다." 사실 바기라는 카아가 마지막 순간에 친구를 버리고 도망쳤다고 의심했다. 도움을 청하는 바기라의 목소리를 들은 발루는 테라스 한쪽 끝에서 원숭이들에게 짓눌려 거의 숨도 못 쉴 지경이면서도 킬킬대며 웃지 않을 수 없었다.

카아는 그제야 비로소 서쪽 성벽을 타고 넘어서는 몸을 비틀며 바닥에 내려섰다. 그 바람에 갓돌 하나가 도랑에 굴러 떨어졌다. 땅바닥을 최대한 유리하게 이용하면서 앞으로 전진하던 카아는 자신의 긴 몸이 제대로 잘 움직이는지 확인하려고 한두 차례 몸을 꼬아 감았다가 다시 풀었다. 그러는 사이에도 원숭이들은 바기라가 들어간 물탱크 안에 대고 고래고래 소리를 질렀다. 박쥐 망은 주변을 맴돌며 상황을 확인하고 정글로 가서 반다로그와 모글리 무리 사이에 싸움이 벌어졌음을 알렸다. 그 소식을 들은 야생 코끼리 하티는 지축이 흔들릴 정도로 큰 소리로 울부짖었고, 저 멀리에 살던 원숭이 종족들도 잠에서 깨어 황급히 나무를 타고 추운 소굴로 달려오기 시작했다. 마침내 추운 소굴의 시끌벅적한 소리 때문에 근방 수 킬로미터 거리 내에 있던 새들도 전부 잠에서 깨어났다.

드디어 카아가 덤비면 죄다 죽이겠다는 기세로 원숭이 무리를 향해 돌진했다. 비단구렁이는 온몸의 체중을 머리에 실어 사냥감을 순식간에 후려치면서 자신의 힘을 드러낸다. 날카로운 창, 혹은 성문을 부술 때 사용하는 공성 망치나 무게가 거의 500킬로그램쯤 되는 거대한 쇠망치를 들고 차분하고 냉정하게 상대를 후려갈기는 모습을 상상해 보면, 카아가 어떻게 싸우는지 알 수 있을 것이다. 1미터 50센티미터 길이의 비단뱀이 성인 남자의 가슴을 정통으로 가격하기만 해도 한 번에 쓰러진다. 그런데 카아는 몸통 길이만 10미터가 넘는 거대한 비단구렁이 아닌가. 카아가 발루 주위를 에워싸고 있던 원숭이 무리를 향해 묵직한 머리를 날렸다. 다시 공격할 필요도 없이 순식간에 원숭이 무리가 사방으로 흩어졌다.

"카아다! 도망쳐! 어서!"

어린 원숭이부터 늙은 원숭이까지, 거대한 뱀 카아의 무시무시한 이야기를 듣지 않고 자란 원숭이는 없었다. 어두운 밤이면 쥐도 새도 모르게 나뭇가지를 타고 나타나서 제일 힘이 센 원숭이를 잡아간다는 공포의 비단구렁이 카아의 이야기를. 어른들은 카아의 이야기를 들려주며 어린 원숭이들에게 겁을 줬고 얌전하게 행동하도록 가르쳤다. 나이만큼이나 노련한 뱀 카아는 자신의 몸을 썩은 나무 밑동이나 죽은 나뭇가지처럼 보이도록 위장할 수 있어서, 제아무리 똑똑한 원숭이라도 카아의 입속에 들어갈 때가 돼서야 그 존재를 알아차릴 정도라는 얘기에는 겁이 날 수밖에 없었다. 과연 카아는 정글의 원숭이들이 제일 두려워하는 대상이었다. 누구도 카아의 힘이 얼마나 센지 정확히 가늠하지 못했으며 어떤 원숭이도 카아를 똑바로 바라볼 수 없었다. 일단 카아의 몸통에 잡히기만 하면 살아남을 원숭이는 아무도 없었다. 원숭이들은 겁에 질리고 너무 놀라 더듬거리며, 벽과 지붕을 타고 부리나케 도망쳤다.

발루는 그제야 안도의 한숨을 깊이 내쉬었다. 그의 털가죽은 바기라의 매끈한 그것보다 훨씬 두꺼웠지만 포악한 원숭이들의 공격을 받아 온몸이 욱신거리고 부상도 심했다. 바로 그때 카아가 입을 열고 길게 쉬익 소리를 냈다. 그러자 추운 소굴을 지키기 위해 멀리서 달려오던 원숭이들이 겁에 질려 얼음처럼 굳어졌다. 원숭이들의 무게를 이기지 못하고 나뭇가지가 딱딱 부러지는 소리까지 들렸다. 성벽과 빈 집에 숨어 있던 원숭이들도 고함을 멈췄다. 그렇게 도시에는 무거운 정적이 흘렀다. 그사이 물탱크 안에서 나온 바기라가 젖은 몸을 터는 소리가 모글리의 귓가에 들렸다. 곧이어 와자지껄한 소음이 터져 나왔다. 원숭이들은 성벽 위로 뛰어올랐고, 큰 석상의 목에 매달리거나 흉벽을 따라 이리저리 건너뛰면서 귀가 따갑도록 깩깩 소리를 질렀다. 모글리는 신이 나서 구덩이 안에서 덩실덩실 춤을 췄다. 그리고 대리석 벽의 장식 무늬 사이로 밖을 내다보며 올빼미 울음소리를 흉내 냈다. 반다로그들을 비웃는 소리였다.

"저 아이를 어서 꺼내 줘. 나는 더 이상 못 움직이겠어. 얼른 모글리를 데리고 가자. 녀석들이 다시 공격을 해 올지 몰라." 바기라가 헐떡거리며 말했다.

"내가 지시를 내리기 전까지는 절대 못 움직일 거야. 너희들, 가만히 있어!" 카아가 말했다. 카아가 쉬익 소리를 내자 또다시 추운 소굴에 정적이 흘렀다.

"조금 늦기는 했지만, 오는 길에 나한테 도움을 청하는 소리를 들은 것 같은데." 카아가 바기라를 보며 말했다.

"내가? 싸우다가 소릴 질렀을 수는 있겠지. 발루, 많이 다쳤어?" 바기라가 황급히 말을 돌렸다.

"모르겠어. 저놈들이 나를 100마리 어린 곰으로 갈기갈기 찢어 놓은 건 아닌지 모르겠어." 발루가 앞발을 흔들어 보이며 침통한 목소리로 중얼거렸다. "아, 욱신거려. 카아, 자네에게 우리 목숨을 빚졌소."

"별것도 아닌데. 인간의 새끼는 어디 있소?"

"나, 여기 있어요! 함정에 갇혔어요. 나 혼자서는 빠져나갈 수가 없어요." 모글리가 소리쳤다. 머리 위에 둥근 지붕이 막혀 있어서 도저히 나갈 수가 없었다.

"어서 이 아이를 데리고 가. 공작새 마오처럼 폴짝대는 통에 우리 새끼들이 밟힐까 봐 걱정돼 죽겠어." 함정 안에 있던 코브라들이 입을 모아 외쳤다.

"하하하! 인간의 새끼는 어디를 가도 친구를 사귀는 모양이군. 이봐! 뒤로 물러서. 그리고 독을 가진 종족들은 모두 몸을 피하고. 내가 벽을 부술 테니까."

벽을 주의 깊게 살피던 카아는 대리석 장식에서 그리 단단해 보이지 않는, 색이 바랜 틈새 하나를 찾아냈다. 그러고는 머리로 두세 번쯤 가볍게 툭툭 쳐서 거리를 재 보고는 커다란 몸을 2미터 남짓 일으켜 세워 있는 벽을 힘껏 들이받았다. 단단한 대리석 벽이 산산이 부서져 내렸고, 뿌연 연기가 일었다. 모글리는 갈라진 틈새로 달려 나와서 발루와 바기라의 두꺼운 목덜미를 양손으로 끌어안았다.

"다친 데는 없어?" 발루가 모글리를 다정하게 안으며 물었다.

"온몸이 아파요. 배도 고프고. 하지만 조금 멍든 것뿐이에요. 세상에, 원숭이 놈들이 내 형제한테 몹쓸 짓을 했나 보군요. 여기, 피 나는 것 좀 봐요."

"원숭이들도 많이 다쳤을 거야." 바기라는 혀로 입술을 핥으면서 테라스와 물탱크 주변에 널린 원숭이들의 시체를 바라봤다.

"이 정도 다친 건 아무것도 아니야. 너만 무사하다면 괜찮아. 아, 자랑스러운 우리 개구리." 발루가 훌쩍이며 말했다.

"정말 그런지는 나중에 판단해 보기로 하자고." 바기라가 차디찬 목소리로 말했다. 모글리는 바기라의 그런 냉정한 목소리가 정말 싫었다. "여기 카아도 있다. 우리가 싸움에서 이긴 건 다 카아 덕분이지. 네 목숨도 카아가 구한 거나 마찬가지야. 우리 관습에 따라서 카아에게 정식으로 감사의 인사를 하도록 해."

고개를 돌린 모글리는 그제야 자기 머리 위 약 30센티미터 높이에서 커다란 비단구렁이의 머리가 흔들리는 모습을 봤다.

"네가 바로 그 인간의 새끼로구나. 피부가 아주 매끄러워 보이네.

반다로그랑 조금 닮은 것도 같고. 앞으로 조심하렴. 행여 내가 허물을 벗은 날 저녁에 마주치면 너를 원숭이로 착각할지도 모르니까."

"당신과 나, 우린 피를 나눈 형제예요." 모글리가 대답했다. "오늘 밤 당신 덕분에 목숨을 구했어요. 나중에 혹시 배고프실 때가 있다면 그땐 제가 잡은 먹잇감을 전부 당신에게 드릴게요."

"정말 고맙군, 어린 형제." 말은 그렇게 했지만 카아가 의문스럽다는 듯 눈을 깜빡이며 물었다. "너처럼 용감한 사냥꾼은 대체 뭘 잡는지 궁금하구나. 다음 사냥에 내가 따라가도 되겠니?"

"아직 너무 어려서 사냥감을 죽이지는 못요. 하지만 염소 떼를 몰아 주는 것 정도는 충분히 할 수 있죠. 만약 당신이 배가 고플 때 나를 찾아오면, 내가 한 말이 사실이라는 걸 잘 알게 될 거예요. 나는 손을 잘 쓰거든요." 모글리가 양손을 활짝 펼쳐 보였다. "만약 당신이 덫에 걸린다면, 물론 바기라나 발루 아저씨도 마찬가지지만, 그땐 제가 은혜를 갚을 수 있을 거예요. 아무튼 정말 감사합니다!"

"아주 잘했어." 발루가 으르렁거리듯 크게 외쳤다. 모글리가 아주 훌륭하게 카아에게 감사 인사를 했기 때문이다. 비단구렁이 카아가 모글리의 어깨에 잠시 머리를 기댔다.

"용감하고 예의도 바르구나. 그런 태도라면 정글 어디를 가도 살아남을 수 있겠어. 이제 달이 지고 있으니 얼른 친구들과 돌아가서 잠을 청하렴. 달이 져 어두워지면 못 볼 걸 보게 될지도 모르니 말이야." 카아가 말했다.

어느새 하얀 달이 언덕 뒤편으로 기울었고 원숭이들은 사시나무처럼 떨면서 성벽과 흙벽을 따라서 늘어섰다. 그 모습이 마치 어떤 사물의 테두리가 다 해져 너덜거리는 것처럼 보였다. 발루는 목을 축인다고 저수지 쪽으로 내려갔고, 바기라는 조용히 털을 가다듬기 시작했다. 카아는 테라스 중앙으로 미끄러지듯이 이동해서 딱 소리를 울리며 턱을 꽉 다물었다. 그러자 모든 원숭이가 귀신에 홀린 듯 카아를 멍하니 바라봤다.

"달이 지고 있다. 그래도 아직 볼 수는 있지?" 카아가 외쳤다.

나무 꼭대기가 흔들리며 스산한 바람 소리를 내듯, 성벽에서 신음 같은 대답이 들려왔다.

"네, 카아. 보입니다."

"좋아, 그럼 이제부터 춤을 시작해 볼까? 굶주린 카아의 춤을. 조용히 앉아서 지켜보도록."

카아가 머리를 좌우로 꼬면서 두세 번 몸을 돌려 큰 원을 그렸다. 그런 다음에 몸을 비틀어 고리를 만드는가 싶더니 이내 '8'자 모양을 만들어 냈고, 곧이어 느물거리듯 부드럽게 몸을 움직여 삼각형을 만들더니 그다음에는 사각형, 오각형을 만들고, 다시 몸을 꼬아 돌돌 똬리를 틀었다. 한 번도 쉬지 않고 그러나 서두르지도 않고, 나지막한 콧노래와 함께 카아의 춤이 계속됐다. 그사이 달이 저물어서 카아의 모습은 제대로 보이지 않게 됐지만 어둠 속에서도 비늘이 스윽스윽 스치는 소리가 들렸다.

발루와 바기라는 목털을 바짝 세운 채로 돌처럼 그 자리에 굳은 자세로 서 있었다. 목구멍에서 으르렁 소리가 났다. 모글리는 그저 신기한 듯 눈을 동그랗게 뜨고 지켜봤다.

"반다로그!" 마침내 카아의 목소리가 들렸다. "내 명령 없이 손가락 하나라도 까딱할 수 있는가? 대답해!"

"오, 카아! 당신의 명령 없이는 절대로 움직일 수 없습니다."

"좋아! 다들 한 걸음 가까이 오라."

원숭이들이 길게 늘어선 채로 어기적어기적 카아가 있는 쪽으로 걸음을 옮겼고, 발루와 바기라까지도 원숭이들을 따라 쭈뼛거리며 한 발 앞으로 나섰다.

"더 가까이!" 카아의 쉬익 소리에 모두가 한 걸음을 더 내딛었다.

그때 모글리가 앞으로 못 나가게 하려고 발루와 바기라의 어깨를 잡았다. 그러자 발루와 바기라는 마치 깊은 잠에 빠져 있다가 깬 것처럼 화들짝 놀랐다.

"모글리, 우리 어깨를 잡고 있어. 안 그러면 우리도 모르게 카아한테 가고 말 테니까." 바기라가 조용히 속삭였다.

"늙은 카아는 그저 먼지를 일으키면서 빙빙 원을 그리고 있을 뿐인데요." 모글리가 말했다. "자, 우린 이제 얼른 가요." 모글리와 발루 그리고 바기라는 성벽의 벌어진 틈으로 슬며시 빠져나와 정글로 향했다.

"휴! 큰일 날 뻔했군." 흔들리지 않고 고요히 서 있는 나무 아래로 돌아오자 발루가 말했다. "다시는 카아와 한 편이 되지 못할 것 같아." 발루가 온몸을 부르르 떨었다.

"카아는 우리보다 훨씬 똑똑해." 바기라도 몸을 떨며 말했다. "조금만 더 그 자리에 있었다가는, 아마 카아의 입속으로 내 발로 걸어 들어갔을 거야."

"달이 뜨기 전에 여럿이 제 발로 카아의 입속으로 들어가겠지. 카아는 실컷 사냥을 즐기겠지, 자기 식대로 말이야." 발루가 말했다.

비단구렁이에게 최면 능력이 있다는 걸 전혀 모르는 모글리가 되물었다.

"그게 무슨 소리예요? 아까는 왜들 그런 거죠? 제가 보기엔 그냥 커다란 뱀 한 마리가 어두워질 때까지 우스꽝스럽게 원을 그린 것뿐인데요. 게다가 코끝도 하얗게 벗겨졌던데! 하하하!"

"모글리! 카아가 코를 다친 건 너 때문이야. 내 귀와 옆구리, 양쪽 발이 다친 것도, 발루가 목과 어깨를 다친 것도 전부 너를 구하려다가 그런 거라고. 발루도 나도 앞으로 며칠은 평소처럼 사냥을 하지 못할 거야." 바기라가 버럭 화를 내며 꾸짖었다.

"이 정도는 아무것도 아니야. 우리 모글리를 구했잖아." 발루가

말했다.

"그건 그렇지만, 모글리 때문에 사냥할 시간도 뺏기고 상처까지 생겼잖아. 봐, 내 등 털 절반이 다 빠졌다니까. 무엇보다 우리 체면이 뭐가 됐느냐고. 모글리, 기억해. 검은 표범인 내가 뱀에게 도움을 구했다는 걸. 발루와 내가 굶주린 카아의 최면에 걸려서 얼이 빠지기까지 했잖아. 이게 다 네가 반다로그 무리와 어울렸기 때문에 생긴 일이야."

"알아요. 맞는 말씀이에요." 모글리가 풀 죽은 목소리로 대답했다. "난 정말 나쁜 아이예요. 저도 제 자신에게 너무 화가 나서, 너무 분하고 슬퍼서 못 참겠어요."

"쯧쯧! 이럴 때는 정글의 법칙은 뭐라 하나, 발루?"

발루는 더 이상 모글리를 심하게 몰아붙이고 싶지 않았다. 하지만 정글의 법칙이란 누구도 바꿀 수 없는 절대적인 것이기에 발루는 그냥 얼버무리고 말았다. "슬프다고 벌을 피할 수 있는 건 아니야. 하지만 바기라, 모글리는 아직 어린 새끼라는 걸 잊지 마."

"나도 알아. 하지만 잘못했으면 벌을 받아야지. 때려 줘야 한다고. 모글리, 더 할 말 있니?"

"아니요. 내가 잘못했어요. 두 분 다 저 때문에 다쳤잖아요. 당연히 매를 맞아야죠."

바기라가 사랑의 매를 든답시고 대여섯 번 툭툭 건드리듯 때렸다. 사실 바기라 입장에서는 새끼 표범도 깨우지 못할 정도로 살살 때린 거였지만 일곱 살 어린아이 입장에서는 피하고 싶을 정도로 매서운 매였다. 매를 다 맞고 나자 모글리는 코를 훌쩍이며 아무 말 없이 일어섰다.

"자, 내 등에 올라타. 어린 형제! 이제 집에 가야지." 바기라가 말했다.

정글의 법칙에서 가장 좋은 점은 잘못한 일에 대해 벌을 받고 나면 다시는 그 일로 혼나지 않는다는 거였다. 일단 혼이 났기 때문에 다시는 잔소리 들을 일도 없었다.

모글리는 바기라의 등에 머리를 기댔고 곧바로 깊은 잠에 빠져들었다. 얼마나 깊이 잠들었으면 나중에 늑대 동굴에 도착해서 엄마 늑대 옆에 내려놓을 때까지도 눈을 뜨지 못했다.

반다로그의 행진곡

축 늘어진 꽃 줄을 타고 우리가 간다.
시샘하는 달을 향해서!
씩씩하게 행진하는 우리가 부러운가?
손이 몇 개 더 있으면 좋겠지?
이렇게 큐피드의 활처럼 휘어진 꼬리를
너희들도 갖고 싶지 않아?
화나겠지만, 어쩌겠어.
형제여, 그대 꼬리는 등 뒤로 축 늘어져 있구나!

나뭇가지 위에 우리가 나란히 앉아 있네.
우리가 아는 아름다운 것들을 생각하며,
앞으로 할 일을 꿈꾸면서.
곧 모든 일이 이뤄질 거야.
고귀하고 위대하고 멋진 일.
바라는 대로 모든 게 이뤄질 거야.

앞으로 우리가 뭘 하든, 어쩌겠어.
형제여, 그대 꼬리는 등 뒤로 축 늘어져 있구나!

우리가 들었던 모든 얘기는
박쥐와 짐승, 새들이 들려준 말.
가죽이나 비늘, 지느러미나 깃털로 뒤덮인
짐승들이 떠들어 댄 이야기들.
모두 함께 재잘거려 보자!
좋았어! 훌륭해! 한 번 더!

우리는 인간처럼 말을 하네.
한번 흉내나 내 볼까, 어쩌겠어.
형제여, 그대 꼬리가 등 뒤로 축 늘어져 있구나!
이게 바로 원숭이들이 살아가는 방식이라네.

우리 종족에 들어와, 함께 소나무 숲을 뒤흔들고
야생 머루 덩굴을 타고 하늘 높이 날아 보자.
우리가 지나간 자리는 난장판,
우리의 목소리는 시끌벅적해.
우리는 반드시, 반드시 위대한 과업을 이루리라!

"호랑이다!
호랑이!"

용감무쌍한 사냥꾼이여, 사냥은 어땠는가?
형제여, 기다림은 너무 길고 추웠다네.

자네가 노린 사냥감은 무엇이었는가?
형제여, 그자는 고요한 정글에서 풀을 뜯고 있었다네.

그대가 자랑하던 힘은 어디 갔는가?
형제여, 그 힘은 내 옆구리로 빠져 나갔다네.

그런데 어디를 그리 바삐 가는가?
형제여, 내 굴로 가는 중이라네. 죽음을 맞으러!

다시 첫 번째 이야기로 돌아가 보자. 늑대 무리의 회의가 열리던 바위에서 싸움을 벌인 후 모글리는 정든 동굴을 떠나서 마을 사람들이 사는 경작지로 내려갔다. 하지만 정글과 너무 가까웠기에 그곳에 머물지는 않았다. 마지막 늑대 회의에서 적어도 늑대 한 마리 이상과 철천지원수가 됐기 때문에 멈추지 않고 계속 걸었다. 모글리는 골짜기를 따라서 험준한 길을 계속해서 걸었다. 터벅터벅 꾸준한 걸음으로 거의 30킬로미터 정도 갔을까? 마침내 난생처음 보는 곳에 도착했다.

　모글리의 눈앞에 낯선 평원이 펼쳐졌다. 군데군데 바위가 보였고 조그만 계곡도 있었다. 골짜기 한쪽 끝에는 자그마한 마을이 있고,

반대쪽 끝에는 빽빽하게 우거진 정글과 경작지가 눈에 보일 정도로 뚜렷한 경계를 이루며 펼쳐져 있었다. 평원 곳곳에서 소와 물소들이 풀을 뜯고 있었다. 소 떼를 몰던 어린아이들은 모글리를 보고 화들짝 놀라서 소리를 지르며 달아났고, 인도 마을에서 흔히 볼 수 있는 누렁이들이 모글리를 보며 컹컹 짖었다. 모글리는 배가 고팠기 때문에 마을 입구까지 계속해서 걸었다. 그리고 해 질 녘이 되어 대문 앞에 쌓아 놓는 가시덤불이 한쪽으로 치워져 있는 모습을 봤다.

"흥!"

모글리는 예전에도 밤에 먹을거리를 찾아 어슬렁거리다가 그런 장애물과 여러 번 마주친 적이 있었다.

"그러니까 여기 사는 마을 사람들도 정글 식구들을 두려워한다는 뜻이로군." 모글리는 입구 근처에 앉아서 누군가 마주치길 기다렸다. 이윽고 한 남자가 나오자 입을 벌리고 손가락으로 가리켰다. 먹을 것이 필요하다는 뜻이었다. 남자는 모글리를 빤히 쳐다보고는 마을 쪽으로 부리나케 달려가더니 사제를 불러왔다. 사제는 하얀 옷을 입은 육중한 몸집의 남자로 이마에 붉은색과 노란색 점을 찍고 있었다. 그 뒤로 100명도 넘어 보이는 마을 사람들이 뒤따라왔다. 사람들은 너나할 것 없이 모글리를 쳐다보면서 수군거렸고 어떤 사람들은 손가락질을 하기도 했다.

"인간들은 정말 예의가 없군. 회색 원숭이들이나 저런 식으로 행동하는데." 모글리가 혼잣말을 했다. 그러고는 긴 머리카락을 넘기며 사람들을 향해 잔뜩 얼굴을 찌푸려 보였다.

"여러분, 두려워할 필요 없습니다. 저기 손과 팔에 난 상처를 보세요. 분명히 늑대에게 물린 자국입니다. 저 아이는 정글에서 도망친 늑대 소년이에요." 사제가 마을 사람들에게 말했다.

물론 늑대 새끼들과 함께 어울려 놀다 보면 여기저기 깨물릴 때도 있고, 의도했던 것보다 세게 물릴 때도 있었다. 덕분에 모글리의 팔과 다리는 온통 하얀 흉터투성이였다. 하지만 모글리는 그 흉터를 물린 자국이라고 생각하지 않았다. 제대로 늑대에게 물리면 어떻게 되는지 아주 잘 알고 있었기 때문이다.

"저런! 저런!" 아주머니 몇 명이 소리쳤다. "어린 것이 늑대에게 물리다니 가엾어라! 아주 잘생겼네. 눈동자가 활활 타는 불꽃 같아. 메수아, 예전에 호랑이한테 잡혀 간 당신 아들이랑 닮은 것 같은데."

"어디 봐요."

손목과 발목에 굵직한 구리 장신구를 두른 한 여자가 모글리를 자세히 뜯어보기 시작했다.

"제 아들은 아닌 것 같네요. 훨씬 말랐어요. 그래도 얼굴은 많이 닮았네."

사제는 머리 회전이 빠른 사람이었다. 그는 메수아의 남편이 마을에서 가장 부자라는 걸 알고 있었다. 그래서 잠시 하늘을 바라보다가 사뭇 진지한 목소리로 말했다.

"정글에서 빼앗아 갔던 아이를 돌려준 모양입니다. 자매님, 이 아이를 집으로 데리고 가세요. 그리고 사제가 여러분을 물심양면으로 돕고 있다는 걸 잊지 말고 반드시 보답하세요."

이 말을 들은 모글리가 혼자 중얼거렸다. "늑대 무리에 들어갈 때도 황소를 바쳤었는데⋯⋯. 인간들도 그때 늑대 무리처럼 나를 받아들이기 전에 뭔가 얘기를 나누는 것 같아. 그래, 내가 인간이라면 어떻게든 진짜 인간이 되어야겠지."

메수아가 모글리에게 자기 집으로 오라고 손짓하자, 모여 있던 사람들도 뿔뿔이 흩어졌다. 메수아가 사는 오두막집에는 붉은 옻칠을 한 침대 틀 하나, 겉에 아름다운 문양이 새겨진 토기 항아리 하나, 음식 만들 때 쓰는 구리 단지 여섯 개, 조그만 벽감에 세워진 힌두신 상이 있었다. 그리고 한쪽에는 장터에서 파는 것과 같은 진짜 거울이 걸려 있었다.

메수아는 우유를 가득 따라서 모글리에게 건네주고 빵도 챙겨 줬다. 그리고 나서 모글리 머리에 손을 얹고 두 눈을 찬찬히 들여다봤다. 어쩌면 이 아이가 호랑이에게 잡혀갔다가 정글에서 돌아온 진짜 아들일지도 모른다는 생각이 들었기 때문이다. 메수아가 아들 이름을 불렀다.

"나투, 오, 나투!"

모글리는 자기가 그 이름을 안다는 내색을 하지 않았다.

"엄마가 새 신발을 사 줬던 거 기억나니?" 메수아가 모글리의 발을 어루만졌다. 발바닥이 사슴뿔처럼 단단했다. "아니구나. 발을 보니까 한 번도 신발을 신어 보지 않은 것 같아. 하지만 너는 우리 아들과 정말 많이 닮았어. 이제부터는 우리 아들이 되어서 같이 살자꾸나."

모글리는 한 번도 지붕 있는 집에서 산 적이 없어서 답답해 죽을 지경이었다. 하지만 짚으로 엮어서 만든 지붕을 보아하니, 언제든 마음만 먹으면 뜯어낼 수 있을 것처럼 허술해 보였다. 게다가 창문에도 자물쇠가 걸려 있지 않았다. 언제든 원한다면 빠져나갈 수 있을 것 같았다. 모글리는 속으로 생각했다. '인간들이 하는 말을 못 알아들으면 인간이 되는 게 무슨 소용이겠어? 인간이 정글에 오면 그렇듯, 나도 여기선 완전 벙어리에 귀머거리인 셈이잖아. 얼른 인간들의 말부터 배워야겠어."

늑대 무리와 함께 지낼 때에 수사슴들이 강하게 저항하며 내는 소리와 멧돼지의 꿀꿀대는 소리를 흉내 냈던 건 그저 재미 때문만은 아니었다. 그랬기 때문에 모글리는 메수아가 단어를 가르쳐 줄 때마다 거의 똑같이 따라 할 수 있었다. 결국 모글리는 어둠이 내리기 전에 오두막 안에 있는 많은 것들의 이름을 알게 됐다.

하지만 막상 잠들 때가 되자 곤란한 일이 생겼다. 오두막이 마치 검은 표범을 잡으려고 놓은 덫처럼 생겨서 도저히 잠을 이룰 수가 없었던 것이다. 그런 데다 사람들이 문을 굳게 닫아 놓으니 도망치려면 창문을 이용하는 수밖에 없었다. 모글리는 창문을 넘어 밖으로 빠져나왔다.

"그냥 내버려 둬요." 메수아의 남편이 말했다. "한 번도 침대에서 자 본 적이 없는 아이잖아. 정말로 나투 대신 우리 집에 오게 된 아이라면 이대로 도망치지는 않을 거야."

밖으로 나온 모글리는 들판 끝자락에 있는 부드럽고 긴 풀밭 위에 몸을 누였다. 하지만 잠이 들기도 전에 매끈한 회색 코가 모글리의 턱 아래를 툭툭 건드렸다.

"맙소사!" 모글리의 늑대 형제들 중에서 제일 맏이인 회색 늑대였다. "고작 이런 꼴이나 보자고 30킬로미터가 넘는 거리를 따라온 건가! 벌써 나무 연기와 가축 냄새가 온몸에서 진동을 하는구나. 벌써 인간이 다 됐어. 어린 형제, 일어나. 할 얘기가 있어."

"정글에는 별일 없는 거지?" 모글리가 늑대를 껴안으며 말했다.

"붉은 꽃에 데인 늑대들만 제외하면 다들 잘 있어. 내 말 잘 들어. 시어 칸이 멀리 사냥을 떠났어. 털이 심하게 타 버려서 다시 털이 자랄 때까지는 돌아오지 않을 거래. 그러면서 다시 정글에 돌아오는 날 너를 와잉궁가에 묻을 거라고 맹세하더라."

"그럼, 우리 둘 다 맹세를 한 셈이네. 나도 조그만 맹세를 했으니까. 어쨌거나 새로운 소식은 언제나 환영이야. 오늘 밤은 너무 피곤해. 새로운 걸 아주 많이 배웠거든. 하지만 앞으로도 새로운 소식이 있으면 언제든 알려 줘, 알았지?"

"네가 늑대의 형제라는 건 잊지 않았지? 혹시 인간들 때문에 잊어버리면 어쩌지? 그러진 않겠지?" 회색 늑대가 걱정스러운 목소리로 물었다.

"절대 그럴 일은 없어. 너를 사랑하고, 동굴에 있는 우리 식구들 모두를 사랑하는데 어떻게 잊겠어? 하지만 내가 늑대 무리에서 쫓겨났다는 사실도 기억해야겠지." 모글리가 대답했다.

"어린 형제, 인간 무리에서도 너를 쫓아내려고 할지 몰라. 하지만

인간은 그냥 인간일 뿐이야. 인간들이 하는 얘기는 물속에서 뻐끔거리는 개구리들이 하는 말이랑 똑같아. 다음에 올 때는 목초지 끝에 있는 대나무 숲에서 기다릴게."

그날 밤 이후로 거의 세 달 가까이 모글리는 마을에서 한 걸음도 벗어날 수가 없었다. 인간들의 행동 방식과 관습을 배우느라 정신없이 바빴기 때문이다. 제일 먼저 모글리는 몸에 옷을 걸치고 다녀야 했는데, 그 옷이라는 게 여간 귀찮은 게 아니었다. 그리고 돈에 대해서도 배워야 했는데 아무리 들어도 이해가 되지 않았다. 게다가 밭을 가는 법도 배웠는데 대체 왜 이런 걸 하는지 이해가 되지 않았다. 마을의 꼬마들 때문에도 짜증이 났지만 정글의 법칙을 성실하게 배워 둔 덕분에 화를 내지 않고 참을 수 있었다. 정글에서는 목숨을 지키고 먹이를 구하려면 화를 잘 참아야 했다. 같이 어울려서 놀이를 잘하지 못하거나, 제대로 연을 날리지 못할 때, 그리고 단어를 정확히 발음하지 못할 때마다 마을에 사는 아이들이 모글리를 놀려 댔다. 그때마다 모글리는 부글부글 끓어오르는 화를 참기가 힘들었다. 하지만 작고 털이 나지 않은 새끼들을 죽이면 안 된다고 배웠기 때문에, 당장 아이들을 두 동강 내고 싶은 마음을 간신히 억눌렀다.

모글리는 자기 힘이 얼마나 센지 알지 못했다. 오히려 다른 동물들에 비해 힘이 약한 편이라고만 생각했다. 하지만 마을 사람들은 모글리가 황소만큼 힘이 세다고들 했다. 게다가 모글리는 사람들 사이에 신분 계층이 존재한다는 것도 전혀 알지 못했다. 그래서 옹기장이가 당나귀를 몰고 가다가 진흙에 빠졌을 때 당나귀 꼬리를 잡아서 끌어내 줬고, 칸이와라에서 열리는 시장에 갈 수 있도록 옹기를 쌓는 일까지 도와줬다. 모글리의 그런 행동은 마을 사람들에게 커다란 충격이었다. 왜냐하면 옹기장이는 천한 계급이었고 당나귀는 그보다 더 천한 동물이었기 때문이다. 사제가 모글리를 꾸짖자 모글리는 사제를 당나귀에 실어 버리겠다고 위협했다. 놀란 사제는 메수아의 남편을 찾아가서 빨리 모글리에게 일을 시키는 것이 좋겠다고 말했다. 그러자 마을 이장이 당장 내일부터 모글리에게 물소가 풀을 뜯을 동안 주변을 지키라고 지시했다. 그 말을 들은 모글리는 뛸 듯이 기뻐했다.

그날 밤 마을의 하인으로 임명된 모글리는 마을 사람들의 모임에 참석할 수 있게 됐다. 마을 사람들은 매일 저녁 커다란 무화과나무 아래 있는 돌로 만든 연단에서 모였다. 일종의 반상회였는데 마을 이장과 야경꾼, 마을의 온갖 소문을 죄다 알고 있는 이발사, 그리고 장총을 가지고 다니는 사냥꾼 불데오가 한데 모여 담배를 피웠다. 머리 위 나뭇가지에서는 원숭이들이 시끄럽게 떠들어 댔고 연단 아래에는 코브라가 사는 조그만 구멍이 있었다. 마을 사람들은 그 코브라를 신성하게 여겼기 때문에 매일 밤 조그만 접시에 우유를 담아 코브라가 목을 축일 수 있도록 해 줬다. 나이 든 노인들은 나무 주변에 둘러앉아서 물 담배를 피우며 밤늦게까지 도란도란 이야기를 나눴다. 노인들은 신과 인간 그리고 귀신에 대한 기이한 이야기를 아이들에게 들려줬다. 특히 불데오는 더욱 재미있는 이야기를 해 줬는데 대부분 정글에 사는 동물들의 습성에 관한 것이었다. 그러면 주위에 앉아 있던 아이들은 놀라서 눈을 동그랗게 떴다. 정글이 바로 코앞에 있다 보니 사슴과 멧돼지가 농작물을 파먹고, 이따금 해 질 녘이 되면 호랑이가 마을 입구에서 보일 만한 거리까지 와서 사람을 잡아가는 일이 벌어지곤 했기 때문이다.

사람들이 신이 나서 떠들어 대는 정글 이야기는 모글리에게 전혀 새롭지 않았다. 원래부터 알던 내용이었기 때문이다. 그리고 이야기를 듣다가 웃음이 나왔지만 티를 내지 않으려고 애써 얼굴을 가리지 않을 수 없었다. 그런 것도 모르고 불데오는 무릎 위에 장총을 올리고서 내용을 점점 부풀려 가며 다른 이야기를 계속 이어갔다. 더불어 웃음을 참는 모글리의 어깨도 계속 들썩였다.

불데오는 메수아의 아들을 물어 간 호랑이가 귀신에 씐 호랑이라고 했다. 몇 년 전에 세상을 떠난 사악하고 늙은 고리대금업자의 혼령이 그 호랑이 몸속에 들어간 거라고 말이다.

"내 말이 틀림없다니까. 예전에 큰 소동이 있었지. 그때 그 고리대금업자의 회계 장부에 불이 붙었는데 그걸 건지겠다고 하다가 다리를 다쳤고, 그 바람에 그때부터는 늘 다리를 절고 다녔거든. 그런데 내가 말한 그 호랑이도 다리를 전단 말이야. 양쪽 발자국이 서로 다른 걸 보면 절름발이라는 걸 알 수 있다고."

"맞아, 맞아. 틀림없는 사실이야." 머리가 하얗게 샌 노인들이 연신 고개를 끄덕였다.

"그게 무슨 뚱딴지같은 소리예요?" 모글리가 물었다. "그 호랑이가 태어날 때부터 절름발이였다는 건 누구나 아는 얘긴데요. 자칼만도 못한 겁쟁이 호랑이에게 고리대금업자의 귀신이 붙었다니, 그게 무슨 애들 말장난 같은 소리냐고요."

갑작스러운 모글리의 말에 불데오는 잠시 할 말을 잃고 말았다. 마을 이장이 모글리를 빤히 쳐다봤다.

"오호라! 네가 그 정글에서 왔다는 꼬마로구나! 맞지?" 불데오가 물었다. "네가 그렇게 똑똑하면 그 호랑이 가죽을 벗겨서 칸히와라로 가져가지 그래? 나라에서 현상금으로 100루피를 걸었으니까. 그리고 어른들이 말씀하실 때는 나서지 않은 거란다, 알겠냐?"

그 말에 모글리가 자리에서 일어나 걸음을 옮기다가 어깨 너머로 이렇게 외쳤다.

"저녁 내내 여기 누워서 아저씨 이야기를 들었는데요. 정글에 대한 얘기는 한두 가지만 빼고 전부 맞질 않던걸요? 엎어지면 바로 코 닿을 데에 정글이 있는데 그런 말도 안 되는 소리나 하고. 그러니 제가 어떻게 아저씨가 봤다는 유령이니 신이니 도깨비니 하는 말을 믿을 수 있겠어요?"

불데오가 그 말을 듣고 씩씩대자 마을 이장이 급히 그를 진정시키며 말했다.

"이제 저 아이가 소 풀을 먹일 시간이 됐군."

대부분 인도 마을에서는 사내아이들 몇몇이 모여서 아침 일찍 소와 물소를 데리고 나가서 풀을 먹이고, 저녁이 돼서야 돌아오곤 했다. 소들이 자기보다 훨씬 키가 큰 백인 남자한테는 금방이라도 밟아 죽일 것처럼 덤벼도, 자기네 코 높이도 안 되는 키 작은 꼬마들은 때리고 못살게 굴고 고함을 질러 대도 묵묵히 받아 줬기 때문이다. 아이들도 소와 함께 있으면 안전했다. 제아무리 호랑이라고 해도 소 떼를 보면 쉽게 덤벼들지 못했기 때문이다. 하지만 무리에서 뒤처져서 꽃이나 꺾고, 도마뱀이나 잡고 있다가는 호랑이에게 물려 갈 수도 있었다.

모글리는 소 중에서도 제일 몸집이 큰 라마의 등에 앉아서 이른 새벽부터 거리를 돌아다녔다. 푸른빛이 도는 암회색 물소들이 뒤로 활처럼 구부러진 긴 뿔을 뽐내고 사나운 눈빛을 번득이며 차례로 외양간에서 나와 모글리의 뒤를 따랐다. 모글리는 같이 소몰이를 나선 아이들에게 자신이 우두머리라는 점을 분명히 해 뒀다. 모글리는 길고 매끈한 대나무로 소를 몰았다. 그리고 캄야라는 꼬마에게 자신이

물소들을 데리고 가는 동안 소들은 알아
서 풀을 뜯게 하고, 소 떼에서 절대 떨어
져서는 안 된다고 일러뒀다.

인도의 목초지는 사방 어디에나 수
풀과 잔디가 나 있고, 이곳저곳
에 바위와 조그만 골짜기가 있
어서 소들이 목초지 곳곳으로
흩어지면 그 모습이 잘 보이지
않았다. 반면 물소들은 대부분 물
웅덩이나 따뜻한 진흙에 들어가서 몇 시간씩 뒹굴고 햇볕을 쬐는
게 보통이었다. 정글에서부터 시작된 와잉궁가 강이 흐르는 들판
끝으로 물소들을 몰고 간 모글리는 라마의 등에서 내려서 대나무
숲으로 걸음을 재촉했다. 회색 형제가 모습을 나타내며 말했다.

"아, 며칠을 기다렸는데 오늘에야 만나는구나. 그런데 왜 소를
몰고 있는 거야?"

"이장이 시켰어. 한동안 마을 목동으로 일해야 해. 시어 칸 소식
은 없어?"

"벌써 돌아와서 너를 잡겠다고 한참 기다렸어. 지금은 사냥감을
찾으러 떠났지만. 시어 칸은 어떻게든 널 죽일 작정인가 봐."

"잘됐네. 시어 칸이 없을 때는 너나 다른 형제들이 저 바위에 앉

아 있어 줘. 그래야 마을에서 나올 때 곧바로 확인할 수 있으니까. 시어 칸이 돌아오면 들판 한가운데 있는 다크 나무 옆에 있는 골짜기에서 나를 기다려. 내 발로 시어 칸의 입안으로 걸어 들어갈 필요는 없잖아."

늑대 형제와 만난 후 모글리는 시원한 그늘 밑으로 가서 낮잠을 청했고 그사이 물소들은 근처에서 유유히 풀을 뜯었다. 인도에서 소몰이는 세상에서 가장 한가로운 일 중 하나다. 소들은 여기저기 옮겨 다니면서 풀을 씹었다가 누웠다가, 다시 이리저리 걷는 게 전부였고 심지어 한두 번 그렁거릴 뿐 음매 하고 울지도 않았다. 물소는 차례로 진흙 속으로 들어가서 목까지 물에 담갔다. 그리고 코와 녹청색 눈만 빼꼼 내밀고 통나무처럼 가만히 앉아만 있었다.

뜨겁게 이글거리는 태양에 달궈진 바위에 아지랑이가 너울거리고, 보이지 않는 곳에서 바람을 가르며 날아가는 솔개 소리가 들려온다. 그런 솔개 소리가 들리면 아이들은 생각한다. 자기들 중 하나, 혹은 소가 죽으면 그 솔개가 땅으로 급하게 내려올 것이고, 멀리 떨어진 곳에 있던 또 다른 솔개가 그 광경을 보고 얼른 날아올 것이고, 그다음에 또 다른 한 마리 그리고 또 다른 한 마리 그래서 급기야 자기들 목숨이 채 끊어지기도 전에 어디서 날아왔는지도 모를 수십 마리의 배고픈 솔개가 몰려들 것이라고.

소를 몰던 아이들은 낮잠을 잤다가 깼다가를 반복한다. 그리고 마른 풀로 조그만 바구니를 꿰어서 메뚜기를 잡아넣기도 한다. 아니면 사마귀 두 마리를 잡아 서로 싸움을 붙이기도 하고, 검붉고 딱딱한 열매를 엮어 목걸이를 만들기도 한다. 또 바위 위에서 일광욕을 즐기는 도마뱀이나 진흙탕 근처에서 개구리를 노리고 있는 뱀을 구경하기도 한다. 그러다 지겹다 싶으면 다 함께 길고 긴 노래를 부른다. 끝자락에는 마을 사람들 특유의 떨리는 음까지 덧붙이면서 말이다. 이처럼 아이들에게 하루는 사람들의 한평생보다 더 긴 시간으로 느껴진다. 진흙으로 성을 쌓아서 그 안에 역시 진흙으로 만든 사람, 말, 물소의 형상을 집어넣고, 사람들의 손에는 갈대를 쥐어 줘 왕인 것처럼 꾸미고, 다른 형상은 그 왕의 군사들인 것처럼 상상하기도 한다. 아니면 사람들이 숭배해야 할 신 역할을 맡기기도 한다. 그러다 보면 드디어 저녁이 찾아오고 아이들이 소를 부른다. 그러면 물소들은 질척한 진흙 속에서 무거운 몸을 일으키고 연속으로 발사되는 총소리 같은 소리를 내며 첨벙첨벙 밖으로 나온다. 그리고 긴 실 가닥이 풀어지듯 차례로 줄을 지어 땅거미가 지는 회색빛 평원을 가로질러 반짝반짝 빛나는 마을의 불빛을 향해 쿵쿵 발걸음을 울린다.

모글리는 매일 물소들을 몰고 진흙탕으로 향했고, 매일매일 평원을 가로질러 약 2킬로미터 정도 떨어진 곳에 앉아 있는 회색 형제의 등을 봤다. 덕분에 모글리는 시어 칸이 아직 돌아오지 않았다는 것을 알 수 있었다. 모글리는 매일 풀밭에 누워서 주위에서 들려오는 소리에 귀를 기울이며 정글에서 지냈던 추억을 곱씹었다. 날마다 찾아오는 길고도 고요한 아침. 만약 시어 칸이 절룩거리며 와잉궁가 강 근처 정글에 나타나서 그 절름거리는 발 때문에 발을 헛디디기라도 하면 모글리가 그 소리를 놓칠 리가 없었다.

그러던 어느 날, 마침내 모글리와 늑대 형제들이 약속했던 장소에 아무도 모습을 드러내지 않았다. 모글리는 씩 웃으면서 거대한 물소들을 몰아 황금빛이 도는 붉은 꽃이 피어 있는 다크 나무 옆 골짜기로 갔다. 미리 약속한 자리에 늑대 형제가 털을 바짝 세운 채 기다리고 있었다.

"네 긴장을 늦추려고 시어 칸이 한 달 넘게 숨어 있었어. 그러다 어젯밤에 타바키와 함께 너의 흔적을 쫓아서 산을 넘은 모양이야. 서둘러서 네 뒤를 쫓아온 거라고." 회색 늑대가 가쁜 숨을 내쉬며 말했다.

모글리가 눈썹을 찌푸리며 말했다. "시어 칸은 하나도 두렵지 않아. 문제는 타바키야. 아주 교활한 녀석이거든."

"겁내지 마." 회색 늑대가 혀로 입술을 핥으며 말했다. "새벽에 타바키를 만났거든. 그놈 지금쯤 자기가 알고 있는 걸 낱낱이 솔개들한테 얘기하고 있을 거야. 그놈을 만났을 때 등을 부러뜨리기 전에 모든 걸 다 말하라고 했더니 자기 입으로 전부 불었어. 오늘 밤 시어 칸이 마을 입구에서 너를 기다릴 거래. 다른 인간들이 아닌 바로 너를 노리고. 지금은 와잉궁가의 커다랗고 메마른 골짜기에 숨어 있다나 봐."

"오늘 먹이를 좀 먹었대? 아니면 쫄쫄 굶고 있는 거야?"

모글리의 생사를 결정지을 아주 중요한 질문이었다.

"새벽에 사냥을 했대. 돼지 한 마리를 잡아먹은 모양이야. 물도 실컷 마셨다지, 아마. 그놈은 굶고는 못 배기는 성질이라는 거 알잖아. 아무리 복수에 눈이 멀었다고 해도 배가 고프면 못 살지."

"정말 바보는 바보네. 어린애 중의 어린애야! 잔뜩 먹고 게다가 마시기까지 했다고? 자기가 자고 일어날 때까지 내가 기다려 줄 거라고 생각한 거야? 지금 어디 있다고 했지? 우리 종족 열 마리만 있어도 누워 있는 그놈을 그대로 쓰러뜨릴 수 있는데. 물소들은 호랑이 냄새를 맡기 전까지는 먼저 공격하지 않을 거야. 난 물소의 언어를 몰라. 어떻게 해야 이 물소들이 시어 칸의 뒤를 밟아 냄새를 맡게 할 수 있을까?"

"어려울 것 같아. 시어 칸은 자기 흔적을 감추려고 와잉궁가 강을 헤엄쳐서 건넜거든."

"분명히 타바키가 그러라고 했을 거야. 시어 칸 혼자 그런 생각을 했을 리가 없어." 모글리가 손가락을 입에 넣고 잠시 골똘히 생각에 잠겼다.

"와잉궁가 강 근처의 큰 골짜기라. 여기서 그 골짜기는 800미터쯤 되는 곳에서 평원으로 이어지니까, 소 떼를 몰고 정글을 가로질러서 골짜기 꼭대기까지 가서 덮치면 되는데. 그러면 그놈이 골짜기 아래쪽으로 도망칠 테지. 그러면 우리가 그 아래쪽을 막으면 되겠네. 회색 형제, 소 떼를 둘로 가를 수 있겠어?"

"나는 자신 없어. 그래서 우리를 도와줄 현명한 협력자를 모시고 왔지." 회색 늑대가 재빨리 달려가더니 어느 구덩이 속으로 쏙 하고 사라졌다. 곧이어 모글리에게도 익숙한 커다란 회색 머리가 고개를 내밀었다. 그리고 정글 식구들이라면 누구나 알 법한 외로운 울음소리, 한낮에 늑대가 사냥을 할 때 울부짖는 외침이 후텁지근한 공기를 가득 메웠다.

"아켈라! 아켈라!" 모글리가 손뼉을 치며 반가워했다. "날 잊지 않을 줄 알았어요! 아켈라, 지금 우리 앞에 큰일이 놓여 있어요. 소 떼를 두 무리로 나눠 주세요. 송아지와 암소를 한데 모아 주세요. 그러면 황소와 물소는 저절로 또 한 무리가 될 거예요."

늑대 두 마리가 소 떼들 사이를 가로지르면서 쏜살같이 달리기 시작했다. 소들이 뜨거운 콧김을 내뿜으면서 머리를 좌우로 흔들었고 잠시 우왕좌왕하는가 싶더니 금세 두 무리로 나뉘었다. 한쪽에 암소가 송아지들을 둘러싸고 모여들더니 늑대들을 노려보면서 발을 이리저리 움찔거렸다. 늑대 중 어느 한쪽이라도 빈틈을 보이면 그대로 돌진할 기세였다. 반대쪽에서는 황소들과 물소들이 거친 숨을 내쉬며 발을 굴렀다. 겉보기에는 황소 무리가 더욱 위협적으로 보였지만, 암소처럼 지킬 새끼가 없기 때문에 오히려 이쪽이 더 위험하지 않았다. 어쨌든 장정 여섯이 달려들었어도 이렇게 소 떼를 두 무리로 나누기란 힘들었을 것이다.

"자, 이제는 어떻게 할까? 말만 해." 아켈라가 헐떡이며 물었다. "소 떼들이 다시 뭉치려고 하고 있어."

모글리가 라마의 등에 올라탔다. "아켈라, 황소 떼를 왼쪽으로 몰아 주세요. 회색 형제, 우리가 출발하고 나서 암소들을 한데 모아서 골짜기 아래쪽으로 몰고 가."

"어디까지?" 회색 늑대 역시도 숨을 헐떡이고 있었다.

"시어 칸이 뛰어넘을 수 없을 높이의 산허리까지! 우리가 갈 때까지 그 소들을 거기 잘 붙잡고 있어야 해." 모글리가 외쳤다.

아켈라의 울부짖음에 황소들이 한쪽으로 휩쓸려 달리기 시작했고, 회색 늑대는 암소들 앞을 가로막고 섰다. 곧이어 암소들이 회색 늑대를 공격하려고 달려들자 회색 늑대가 골짜기 기슭까지 내달렸다. 그사이 아켈라는 황소들을 몰고 왼쪽으로 멀리 이동했다.

"잘하셨어요! 한 번만 더 몰아세우면 될 것 같아요. 아켈라, 조심하세요. 너무 덤벼들면 황소 떼가 죽자고 공격하고 나설 거예요. 후아! 검은 수사슴을 몰 때보다 훨씬 힘든데요? 소 떼가 이렇게나 빨

리 달릴 거라고 상상이나 하셨어요?"

"나도…… 한창때는 소 떼도 사냥했었지." 아켈라가 뿌연 흙먼지 속에서 헐떡이며 말했다. "자, 이제 소 떼를 정글로 몰아 볼까?"

"네! 그러세요! 재빨리 방향을 틀어야 해요! 라마가 성이 났는지 무척 날뛰네요. 아, 내 마음을 라마에게 전할 수 있다면 얼마나 좋을까?"

황소들이 오른쪽으로 방향을 틀어 정글 속 덤불을 향해 모든 것을 박살 낼 듯 요란한 소리를 내며 돌진했다. 저만치 떨어진 곳에서 소 떼를 돌보던 아이들은 그 모습을 보며 화들짝 놀랐다. 그러고는 마을을 향해 죽어라 달려가면서 소들이 미쳐 날뛴다고 고래고래 소리를 질렀다.

모글리의 계획은 아주 단순했다. 소 떼를 끌고 커다란 원을 그리면서 골짜기 위까지 올라가는 것, 원하는 것은 그것뿐이었다. 그런 다음 황소를 계곡 아래로 내몰아 황소와 암소로 포위된 시어 칸을 붙잡는 것이었다. 시어 칸은 배불리 잔뜩 먹고 물까지 실컷 마신 상태라 싸우거나 골짜기 위로 뛰어오를 수 없을 터였다. 이제 됐다 싶었는지 모글리가 천천히 부드러운 목소리로 흥분한 소 떼들을 진정시켰고, 아켈라도 저만치 뒤처진 소를 몰 때만 빼고 큰 소리를 내지 않았다. 마침내 소 떼들과 함께 아주 커다란 원을 그리며 골짜기 앞까지 도착했다. 행여 너무 가까이 갔다가는 시어 칸이 눈치 챌까 싶어 어느 정도 거리를 유지했다. 마침내 우왕좌왕하는 소 떼가 골짜기 꼭대기에 있는 풀밭에 모여 들었다. 아래로는 가파른 비탈길이 길게 이어져 있었다. 그곳에서 보니 무성한 나무들의 윗부분과 그 너머의 평원이 한눈에 들어왔다. 하지만 모글리는 골짜기 옆쪽부터 살폈다. 골짜기 양옆이 수직에 가까울 정도로 뻗어 있는 데다 포도나무와 덩굴이 자라 있어서 호랑이가 도망치고 싶어도 제대로 발 디딜 곳조차 없어 보였다. 그걸 보고 모글리가 내심 흡족한 표정을 지었다.

"아켈라, 소들도 숨을 좀 돌리게 하죠." 모글리가 한 손을 들며 말했다. "아직 호랑이 냄새를 못 맡은 것 같아요. 제가 소리쳐서 시어 칸에게 누가 왔는지 알려야겠어요. 이제 놈은 독 안에 든 쥐예요."

모글리가 양손을 입에 대고 골짜기 아래쪽을 향해 크게 소리를 질렀다. 마치 터널 속에서 소리치는 것 같았다. 한 바위에서 다른 바위로 메아리가 튕겨 나오듯 울려 퍼졌다.

한참이 지난 후에야 잔뜩 배가 부른 호랑이가 잠에서 막 깨어난 목소리로 천천히 나른하게 대답했다.

"대체 누가 나를 찾는 거야?" 시어 칸의 으르렁거리는 목소리에 화려한 깃털의 공작새가 꽥 소리를 내며 골짜기 밖으로 푸득 날아 올랐다.

"나다, 모글리! 이 소도둑놈아. 이제 늑대 바위로 갈 시간이다! 아켈라, 얼른 소 떼를 아래로 몰아요. 라마, 이쪽으로 가자!"

소 떼는 가파른 비탈길 앞에서 멈칫했지만 아켈라가 크게 소리를 지르자, 급류를 타듯 아래쪽으로 정신없이 뛰어 내려가기 시작했다. 그 모습이 마치 쏜살같이 달리는 증기기관차 같았다. 주위로 돌멩이와 모래가 정신없이 튀어 올랐다. 일단 질주하기 시작하자 소 떼를 도저히 멈출 수 없었다. 골짜기 끝에 다다르기도 전에 라마는 시어 칸의 냄새를 맡고 울부짖듯 고함을 토해 내기 시작했다.

"하하!" 라마의 등에서 모글리가 외쳤다. "이제야 너도 알았구나!" 시커먼 뿔을 가진 소 떼들이 입에 하얀 거품을 물고 눈을 크게 뜬 채로 휘몰아치듯 무리를 지어 밀려갔다. 마치 홍수에 휩쓸려 바위 덩어리들이 골짜기로 쓸려 내려가는 것 같은 모습이었다. 힘센 황소들의 어깨에 밀린 약한 물소들은 계곡 양옆을 따라 덩굴을 헤치며 달렸다. 모두들 앞으로 무슨 일이 일어날지 잘 알았다. 제아무리 호랑이라 해도 소들이 한꺼번에 덤비면 어쩔 수 없을 터였다.

천둥처럼 요란한 소 떼의 발굽 소리를 들은 시어 칸이 몸을 일으켰다. 그러고는 무거운 몸을 이끌고 천천히 골짜기를 따라 아래로 내려가며 어디 빠져나갈 길이 없는지 살폈다. 하지만 비탈길이 너무 가파른 데다 멧돼지를 먹고 물까지 마신 터라 몸이 무거워서 도저히 옴짝달싹할 수가 없었다. 시어 칸은 자리를 피할 엄두가 나지 않았지만 어떻게든 빠져나가려고 몸을 움직였다. 그사이 소 떼들은 골짜기에 쩌렁쩌렁 울릴 정도로 큰 소리를 내면서 웅덩이를 지났다. 골짜기 아래서 화답하듯 요란한 소리가 울려 퍼졌다. 모글리는 시어 칸이 갑자기 방향을 트는 모습을 지켜봤다. 시어 칸도 최악의 경우, 송아지를 지키려고 혈안이 된 암소보다는 황소들을 상대하는 편이 훨씬 낫다는 걸 깨달았기 때문이다.

바로 그때 라마가 뭔가를 헛디디면서 앞으로 넘어질 뻔했다가 가까스로 균형을 잡더니 황소 무리에 섞여서 암소 떼를 향해 돌진했다. 바로 뒤를 따라오던 황소와 맞은편에서 달려오던 암소 떼가 정면으로 부딪혔고, 그 충격의 여파로 힘이 약한 소들은 공중으로 튕겨 나가기도 했다. 그렇게 두 무리의 소 떼가 뿔로 서로 들이받고 콧김을 내뿜으면서 밀리고 밀려 마침내 평원으로 나오게 됐다. 이제 때가 됐다고 생각한 모글리가 라마의 목을 잡고 내려와 손에 들고 있던 대나무 막대를 사방으로 휘두르며 말했다.

"아켈라, 서두르세요! 소 떼를 떼어 놓으세요. 서로 흩어지게 해야 해요. 안 그러면 싸움이 붙을 거예요. 아켈라, 저쪽으로 몰고 가세요. 워이, 라마! 진정해! 진정해! 얘들아, 워워! 그만! 말 좀 들어. 살살 해라. 이제 다 끝났어."

아켈라와 회색 늑대는 이쪽저쪽을 뛰어다니면서 물소들의 다리를 살짝살짝 꼬집듯이 물었다. 물소들이 방향을 돌려 다시 계곡 쪽으로 달려 나가려 했지만 모글리가 가까스로 라마를 돌려세워 진흙탕 쪽으로 몰자 다른 물소들도 그 뒤를 따랐다.

시어 칸은 이미 소 떼들에 짓밟혀서 숨이 끊긴 후였고, 저만치서 솔개들이 시체를 뜯어 먹기 위해 날아오고 있었다.

"늑대 형제들이여, 시어 칸이 개죽음을 당했어요." 모글리가 말했다. 그리고 인간들과 함께 살면서부터 목에 걸고 다니기 시작한 조그만 칼을 칼집에서 꺼냈다. "애초에 제대로 싸워 본 적도 없는 놈이기는 하지만 말이에요. 가죽을 벗겨서 늑대 종족 회의가 열리는 바위에 걸어 두면 어울리겠어요. 어서 일을 시작해야죠."

인간들 사이에서 자란 사내아이라면 3미터 가까이 되는 호랑이 가죽을 혼자 벗겨 낼 엄두조차 내지 못했을 것이다. 하지만 모글리는 동물의 가죽이 어떻게 살점과 붙어 있는지, 어떻게 해야 잘 벗길 수 있는지 누구보다 잘 알고 있었다. 그럼에도 실제로 가죽을 벗기는 작업은 힘들었다. 모글리는 한 시간 동안 끙끙대면서 칼로 가죽을 벗겨 냈다. 그사이 다른 늑대 두 마리는 혀를 내밀고 있다가 모글리가 시키는 대로 가죽을 잡아당겼다.

얼마 지나지 않아 누군가 모글리의 어깨에 손을 얹었다. 고개를 들어 보니 불데오가 장총을 들고 서 있었다. 물소들이 미친 것처럼 달려가는 모습을 본 아이들이 마을로 가서 그 소식을 알리자 화가 나서 모글리를 찾아온 것이었다. 소 떼를 제대로 돌보지 못했다며 혼쭐을 내주려고. 불데오가 나타나자 늑대들은 눈에 띄지 않는 곳으로 사라졌다.

"이게 무슨 바보 같은 짓이냐?" 불데오가 화난 목소리로 외쳤다. "너 혼자 호랑이 가죽을 벗길 수 있다고 생각해? 물소들이 어디서 호랑이를 죽인 거야? 이건 그 절름발이 호랑이로구나. 현상금이 100루피나 걸린 놈인데. 좋아, 네가 소 떼가 도망치도록 만든 건 눈감아 주겠어. 이제 녀석을 칸히와라로 가지고 가면 현상금을 받을 수 있어. 그중에서 1루피를 네게 주마."

불데오가 허리춤을 뒤져 부싯돌과 칼을 꺼내더니 시어 칸의 긴 수염을 불로 그을려 태웠다. 보통 인도의 사냥꾼들은 죽은 호랑이의 혼이 자기 주위를 떠돌지 않게 하려고 호랑이를 잡으면 반드시 수염을 태웠다.

"흠!" 모글리가 혼자 앞발 가죽을 절반쯤 벗겨내며 중얼거렸다. "이놈 가죽을 칸히와라로 가져가서 현상금을 챙기겠다고요? 나한테는 달랑 1루피만 주고요? 그런데 어쩌나, 이놈 가죽은 내가 써야 하는데. 아이, 그 불 좀 치우세요."

"마을 최고의 사냥꾼에게 그 무슨 말버릇이야? 네가 호랑이를 잡은 건 그저 운이 좋아서야. 멍청한 물소들 도움도 받았겠지. 만약 호랑이가 배불리 먹지만 않았더라면 30킬로미터는 도망쳤을 거야. 이 거지 같은 녀석. 가죽 하나 제대로 못 벗기면서 감히 천하의 불데오에게 불을 치우라고 소리를 질러? 너 같은 놈에게는 1루피도

아깝다. 대신 따끔한 맛을 보여 줘야겠어. 당장 호랑이에서 손 떼!"

"내 몸값을 대신한 황소를 걸고 말하죠." 호랑이의 어깨 가죽을 벗기려고 애쓰던 모글리가 말했다. "왜 내가 이 아까운 시간에 늙은 원숭이랑 말씨름을 해야 하죠? 아켈라, 이 늙은 인간이 나를 귀찮게 하네요."

시어 칸만 쳐다보고 있던 불데오는 순식간에 바닥에 나자빠졌고, 회색 늑대가 불데오의 가슴을 발로 밟고 그 위에 섰다. 모글리는 이 나라 전체에 자기 혼자 있는 것마냥 열심히 호랑이 가죽을 벗겼다.

"그래요. 불데오, 당신 말이 맞네요. 당신은 현상금 1루피도 나한테 주지 못할 거예요. 이 절름발이 호랑이와 저 사이에는 오랜 악연이 있거든요. 그런데 이제야 제가 승리를 거둔 겁니다."

불데오 입장에서 말하자면 그가 10년만 젊었어도 숲에서 아켈라를 만났다면 한판 붙어 싸울 작정을 했을지도 모른다. 하지만 인간을 잡아먹는 호랑이와 개인적으로 사생결단을 내려야 하는 꼬마의 명령에 순순히 따르는 늑대라면 분명 평범한 동물이 아니라는 생각이 들었다. 어쩌면 저 꼬마가 사악한 마술을 부리는 건지도 모를 일이었다. 자기 목에 건 부적이 자기 목숨을 보호해 줄지, 그것도 알 수 없는 일이었다. 불데오는 그대로 자리에 누운 채로 혹여 모글리가 호랑이로 변하지 않을까 숨죽여 지켜봤다.

"마하라자! 위대한 왕이시여!" 마침내 불데오가 쉰 목소리로 나지막하게 입을 열었다.

"그래요. 맞아요." 모글리가 고개도 들지 않은 채 낄낄거리며 대답했다.

"이 어리석은 늙은이는 당신이 소나 치는 목동이 아니라는 걸 깨닫지 못했습니다. 제발 마을로 돌아갈 수 있도록 허락해 주세요. 혹시 이 늑대를 시켜서 저를 갈기갈기 찢어 버리실 건가요?"

"가세요. 가서 잠자코 계세요. 그리고 다음부터는 내 사냥감에 이래라저래라 끼어들 생각은 싹 접으시고요. 아켈라, 그 사람을 놔주세요."

불데오가 다리를 절뚝이면서 부리나케 마을로 도망쳤다. 그러는 와중에도 모글리가 뭔가 무시무시한 것으로 변하지 않을까 싶어 연신 고개를 돌리며 살폈다. 마을에 도착한 불데오는 주술이니 마법이니 하는 헛소리를 늘어놨고, 그 말을 들은 사제의 얼굴빛이 어둡게 변했다.

모글리는 계속 시어 칸의 가죽을 벗겼고 해 질 녘이 돼서야 늑대들의 도움으로 가죽을 전부 벗겨낼 수 있었다.

"이제 호랑이 가죽을 어디다 숨기고 물소들을 집에 데려다줘야 해. 아켈라, 물소를 몰 수 있도록 도와주세요."

뿌연 안개가 낀 저녁, 모글리와 늑대들은 사방에 흩어진 물소들을 모아서 마을 근처로 향했다. 마을 입구에 환하게 빛이 보이면서 멀리서 소라고둥 소리와 사원의 종소리가 시끄럽게 들렸다. 마을 사람들이 절반도 넘게 모여서 마을 입구까지 나와 모글리가 돌아오기를 기다리고 있는 것 같았다.

"내가 시어 칸을 죽여서 그럴 거야." 모글리가 중얼거렸다. 그런데 그게 아니었다. 귀 옆으로 날카로운 소리를 내며 돌멩이가 연달아 스쳐 지나갔다. 곧이어 흥분한 마을 사람들의 외침이 들렸다.

"마법을 부리는 놈이야! 늑대 새끼! 썩 꺼지지 못해! 정글의 악마 같으니라고! 당장 꺼지지 않으면 사제님이 너를 다시 늑대로 만들어 놓을 게다! 불데오, 당장 쏴! 쏘라니까!"

낡은 장총에서 요란한 소리와 함께 총성이 울려 퍼졌다. 이어서 어린 물소 한 마리가 고통스럽게 울부짖으며 쓰러졌다.

"또 마법을 부렸어! 저 녀석은 총알도 피할 수 있나 봐! 불데오, 당신 소가 총에 맞았어요!" 마을 사람들이 웅성거렸다.

"이게 대체 무슨 일이야?" 아까보다 더 많은 돌멩이가 날아오자 모글리는 당황했다.

"네 동족인 인간들도 늑대와 다를 게 없구나. 총을 쏘는 걸 보니 널 내쫓을 생각인가 봐." 아켈라가 차분한 목소리로 말했다.

"늑대 새끼! 저리 썩 꺼지지 못해!" 사제가 신성한 나륵 풀을 정신없이 흔들며 외쳤다.

"또 쫓겨나야 한다고? 처음엔 인간이라고 쫓아내더니 이번에는 늑대라고 쫓아내는구나. 아켈라. 가요. 가라면 가죠, 뭐."

그때 한 여자가 마을 사람들 사이를 비집고 울부짖으며 달려 나왔다. 바로 메수아였다.

"오, 내 아들! 사람들이 그러는데 네가 마법을 부려서 언제든 짐승으로 변할 수 있다고 하더구나. 하지만 나는 그 말을 믿지 않아. 그래도 지금은 멀리 떠나는 게 좋겠다. 안 그러면 사람들이 너를 죽이려고 들 거야. 불데오는 네가 마법사라고 떠들지만 난 알아. 너는 우리 나투의 복수를 한 거잖니."

"메수아! 당장 돌아와! 계속 거기 있으면 당신도 돌팔매질을 당할 거야!" 마을 사람들이 소리쳤다.

순간 돌멩이 하나가 모글리의 입가를 스치고 지나갔고 모글리는 쓴웃음을 지었다.

"돌아가요, 메수아. 저 사람들이 하는 말은 나무 밑에 모여서 떠드는 헛소리 같은 거니까. 어쨌거나 죽은 아들의 복수는 했어요. 잘 지내요. 어서 돌아가요. 다시 돌멩이를 던지기 전에 빨리 소 떼들을 돌려보내야겠어요. 메수아, 난 마법사가 아니에요. 잘 있어요!"

모글리가 소리쳤다. "아켈라, 한 번만 더 소를 몰아 주세요!"

물소들은 빨리 집으로 돌아가고 싶어서 안달이 나 있었다. 그래서 아켈라가 짖기도 전에 우르르 마을 입구로 달려갔다. 그 모습에 놀란 마을 사람들이 사방으로 뿔뿔이 흩어졌다.

"똑바로 세어 보세요!" 모글리가 경멸에 찬 목소리로 외쳤다. "혹시 알아요? 내가 한 마리 훔쳤을지? 제대로 세어 보라고요! 나도 더는 인간들이 시키는 대로 소나 몰고 다니지 않을 겁니다. 아이들아, 잘 있어. 그리고 메수아에게 고맙다고 하세요. 그분 때문에라도 내가 늑대들을 데리고 와서 당신네 마을을 휘젓고 다니지는 않을 테니까요."

모글리는 곧바로 등을 돌리고 고독한 늑대 아켈라와 길을 떠났다. 고개를 들어 하늘에 뜬 별을 보고 나서야 행복감이 밀려왔다.

"아켈라, 오늘부터는 더 이상 그 덫 같은 지붕 아래서 잘 일이 없겠죠? 어서 시어 칸 가죽을 가지고 가요. 그래요, 마을은 공격하지 않을 거예요. 메수아가 나에게 아주 잘해 줬으니까요."

들판 위로 밝은 달이 떠오르자 세상천지가 우윳빛으로 뿌옇게 물든 것 같았다. 마을 사람들은 겁에 질린 채 모글리가 늑대 두 마리를 거느리고 머리에는 호랑이 가죽을 이고 빠르게 사라지는 모습을 지켜볼 뿐이었다. 걸음걸이가 얼마나 빠른지 수십 킬로미터나 되는 거리를 뛰는 것보다 빠른 속도로 이동해서 순식간에 저만치 멀어졌다. 마을 사람들은 그 어느 때보다 요란하게 소라고둥을 불고 사원의 종을 울렸다. 메수

아는 구슬프게 흐느꼈다. 불데오는 자신이 겪은 모험담을 최대한 부풀렸고, 급기야 아켈라가 두 다리로 서서 사람처럼 말을 하더라는 거짓말까지 지어냈다.

이윽고 모글리와 두 마리 늑대가 바위가 있는 언덕에 도착했을 때는 달이 막 지고 있을 무렵이었다. 그들은 엄마 늑대가 잠든 동굴 앞에서 걸음을 멈췄다.

"엄마, 인간들이 나를 쫓아냈어요." 모글리가 외쳤다. "하지만 전에 약속한 대로 시어 칸의 가죽을 가지고 왔어요."

엄마 늑대가 무거운 발걸음을 이끌고 동굴 밖으로 걸어 나왔고 그 뒤를 늑대 형제들이 따랐다. 시어 칸의 가죽을 보자 엄마 늑대의 눈빛이 반짝였다.

"우리 꼬마 개구리, 엄마가 예전에 이런 말을 했단다. 너를 잡겠다고 동굴에 고개를 들이민 시어 칸에게 말이야. 언젠가 우리 개구리가 너를 사냥할 날이 올 거라고. 아주 잘했다."

"어린 형제, 장하다. 네가 없는 정글은 너무 쓸쓸했어." 수풀 사이에서 낮은 목소리가 들렸다. 바기라가 맨발의 모글리에게 달려왔다. 이윽고 그들 모두는 늑대 회의가 열리는 바위로 향했다. 모글리는 회의 때마다 아켈라가 앉던 자리에 시어 칸의 가죽을 펼치고 대나무 네 개로 사방을 단단히 고정했다. 아켈라가 그 가죽에 누워서 예전처럼 큰 소리로 외쳤다.

"늑대들이여, 똑똑히 보아라!"

모글리가 처음 정글에 왔던 날처럼 우렁차고 힘이 넘치는 목소리였다.

아켈라가 우두머리 자리에서 물러난 후로 늑대 무리는 지도자 없이 중구난방으로 사냥하거나 싸움을 벌이며 지냈다. 하지만 습관처럼 아켈라의 부름에는 응했다. 늑대들 중 몇몇은 덫에 걸려서 다리를 절었고, 총에 맞아서 절뚝거리는 늑대들도 있었다. 게다가 상한 먹이 때문에 옴에 걸리는 바람에 털이 빠진 늑대까지 있었다. 어디로 갔는지 사라지고 없는 늑대들도 있었다. 그래도 정글에 남은 늑대들은 전부 아켈라의 부름에 따라 바위로 모여들었다. 그러고는 바위 위에 펼쳐진 시어 칸의 줄무늬 가죽을 봤다. 껍데기만 남은 가죽 끝에 날카로운 발톱이 덜렁거리며 매달려 있었다.

늑대들이 모여 가죽을 구경하고 있는데 모글리가 노래를 부르기 시작했다. 운율도 없는 단조로운 노래였지만 저절로 목구멍을 타고 나온 소리였다. 모글리는 가죽 위에 서서 그 가죽이 들썩일 정도로 팔짝팔짝 뛰며 더 이상 숨이 남아 있지 않을 때까지 발뒤꿈치로 박자를 맞추며 목청 높여 노래했다. 회색 형제와 아켈라는 모글리가 노래를 부르는 사이사이마다 길게 울부짖는 소리를 냈다.

"늑대들이여, 잘 보세요! 내가 약속을 지켰죠?" 노래를 마친 모글리가 물었다.

"그래." 늑대들이 우렁찬 목소리로 대답했다. 바로 그때 온몸이 만신창이가 된 늑대 한 마리가 외쳤다.

"아켈라, 다시 우리의 우두머리가 돼 주세요. 오, 인간의 새끼여. 우리는 이렇게 무질서한 상태로 지내고 싶지 않아. 예전처럼 자유로운 종족으로 돌아가고 싶어!"

"안 될 말이지. 배를 잔뜩 채우고 나면 다시 전처럼 이성을 잃고 말 테니까." 바기라가 그르렁거리며 말했다. "아무런 대가도 치르지 않고 자유로운 종족이 될 수는 없어. 자유를 쟁취하기 위해 싸워라. 늑대들이여! 그것이 너희가 해야 할 일이다."

"인간들도 나를 쫓아냈어요. 이제부터 나는 혼자서 정글에서 사냥을 할 거예요." 모글리가 말했다.

"그러면 우리도 너와 함께 사냥할게." 모글리의 네 마리 늑대 형제가 말했다.

그렇게 해서 그날 이후 모글리는 그곳을 떠나 정글에서 네 형제와 함께 사냥했다. 그렇지만 항상 혼자서 외롭게 지낸 것은 아니다. 여러 해가 지난 뒤 어른이 된 모글리가 결혼을 했기 때문이다.

하지만 그 부분은 어른들을 위한 이야기다.

모글리의 노래

(늑대 회의 바위에 올라, 시어 칸의 가죽 위에서 춤추며 부른 노래)

모글리의 노래– 나, 모글리가 노래를 한다.

정글 무리들아, 그동안 내가 무슨 일을 했는지 잘 들어 봐.

시어 칸이 말했지. 날 죽이겠다고, 나를 죽인다고!

땅거미가 질 무렵 인간 마을 입구에서 죽이려고 했지.

나, 개구리 모글리를!

시어 칸은 먹이를 먹고 물을 마셨네.

실컷 먹고 실컷 마셔라, 시어 칸.

다시는 못 마실 테니 실컷 마셔라.

그리고 사냥하는 꿈을 꾸며 푹 자도록!

목초지에 나 홀로 서 있네.

회색 늑대여, 내게 오라! 나에게 오라, 고독한 늑대여.

결전의 순간이 코앞에 닥쳤으니!

성난 눈빛의 푸른 물소들과 커다란 황소들을 몰아 내 뒤를 따르라.

시어 칸, 아직도 잠에 빠져 있는 건가?

일어나라! 당장 일어나!

성난 황소들을 이끌고 내가 왔다.

물소들의 왕, 라마가 발을 쿵쿵 구르네.

와잉궁가의 강이여, 시어 칸은 어디 있지?

그놈은 구멍이나 파는 이키도 아니고,

날아다니는 공작새 마오도 아니지.

그렇다고 나뭇가지에 매달리는 박쥐 망도 아니고.

하나가 되어 바스락거리는 대나무들아,

시어 칸이 어디로 갔는지 알려 다오.

아! 저기 있구나. 유후! 저기에 있어.

라마의 발아래 절름발이 시어 칸이 누워 있어.

일어나라! 시어 칸! 눈앞에 먹이가 있다.

황소들의 목을 꺾어 보아라!

쉬잇! 시어 칸이 자고 있으니 깨우지 말자.

놈은 아주 힘이 세니까.

그를 살피기 위해 솔개들이 내려오고

검은 개미들도 땅을 파고 올라왔네.

시어 칸을 기리기 위해 모두들 모였구나.

알랄라! 나에겐 알몸을 감쌀 천조차 없구나!

솔개들이 내 알몸을 볼 텐데,

이런 꼴로 정글 식구들을 만나기가 부끄럽구나.

시어 칸, 네 가죽을 빌려 다오.

그 화사한 줄무늬 가죽을 내게 빌려 줘.

그 가죽옷을 입고 늑대 회의에 갈 수 있도록.

내 몸값을 대신해 준 황소를 위해 약속했어.

작은 맹세를 했지.

그 털가죽만 있으면 약속을 지킬 수 있어.

나의 칼로, 인간들의 칼로, 사냥꾼의 칼로

허리를 굽혀 그 가죽을 벗기리라.

와잉궁가의 강물이여, 증인이 되어 다오.

시어 칸이 사랑하는 나를 위해서 자기 가죽을 흔쾌히 내주었다.

회색 늑대여, 당겨! 아켈라, 더 당기세요!

시어 칸의 가죽은 정말 묵직하구나.

인간들은 화를 냈지.

돌멩이를 던지고 애들이나 하는 소리를 지껄였지.

입술에서 피가 나니, 얼른 도망가자.

늑대 형제들이여,

후끈한 밤이 다하도록, 나와 함께 달리자.

마을의 불빛을 뒤로하고 달이 낮게 드리운 곳으로 가자.

와잉궁가의 강물이여,

인간 무리가 나를 쫓아냈다네.

아무 잘못도 하지 않았건만, 왜 나를 두려워할까?

늑대들도, 나를 쫓아냈다네.

정글도 마을도 문을 굳게 닫았지, 왜 그럴까?

박쥐 망이 동물과 새들 사이를 오가듯

나도 정글과 마을을 오간다네, 왜 그럴까?

시어 칸의 가죽 위에서 춤을 추지만 마음은 천근만근.

인간들이 던진 돌멩이에 입술이 찢어지고 상처를 입었지만

정글에 돌아오니 마음이 가볍다네.

왜 그럴까?

따사로운 봄날의 뱀들처럼

내 안에서 두 가지 마음이 싸우고 있네.

두 눈에서 눈물이 흐르지만

눈물 사이로 헛웃음이 새어 나오네, 왜 그럴까?

나는 두 명의 모글리.
하지만 내 발밑에는 시어 칸의 가죽이 있어.
정글의 모든 식구들은 알리라,
내가 시어 칸을 죽였다는 사실을.
모두 똑똑히 보세요! 오, 늑대들이여!

아! 이유를 알 수는 없지만
내 마음은 무겁기만 하구나.

하얀 물개

쉬잇! 아가, 조용히 하렴,
어두운 밤이 우리를 쫓아온단다.
푸르게 빛나던 바다도 까맣게 변해 버렸구나.
부서지는 파도 위, 휘영청 밝은 달은 우리를 찾고 있단다.
찰랑대는 물결 사이 우묵한 곳에서 쉬고 있는 우리를.

안개와 안개가 만나는 곳, 그곳에 너의 푹신한 베개가 있단다.
아, 물질하느라 얼마나 지쳤느냐, 편히 잠들려무나.
제아무리 폭풍이라도 너를 깨우지 못할 테고
제아무리 무서운 상어도 너를 쫓아오지 못할 테니.
부드럽게 이는 바다의 품에 안겨 곤히 잠들려무나.

— 물개의 자장가 —

이 모든 일은 몇 년 전, 머나먼 베링해의 세인트폴 섬에 있는 노바스토시나, 혹은 북동 곳이라고 불리는 곳에서 있었던 일이다. 이 이야기는 겨울 굴뚝새 리머신이 들려줬다. 일본행 증기선을 타고 항해하던 어느 날, 리머신이 바람에 날려 돛대로 떨어졌다. 나는 리머신을 선실로 데려가서 며칠 동안 따뜻하게 보살펴 주고 먹이를 주며 돌봤다. 그래야 다시 기운을 차려서 세인트폴 섬으로 날아갈 수 있기 때문이다. 리머신은 매우 별난 작은 새였지만 그래도 진실을 말할 줄 알았다.

노바스토시나는 특별히 일이 없는 한 아무도 찾지 않는 곳이었다. 정기적으로 그 섬을 찾는 건 물개뿐이었다. 매년 여름이 되면 수십만 마리의 물개들이 차가운 잿빛 바다를 벗어나 노바스토시나 섬을 찾았다. 세상 그 어느 곳보다도 그곳 해안이 물개들이 생활하기에 가장 좋은 환경을 갖췄기 때문이다.

시캐치, 즉 다 자란 물개도 그 사실을 잘 알았다. 그래서 매년 봄이면 다른 곳에 머물고 있다가도 반드시 노바스토시나 섬을 향해 어뢰정 같은 기세로 헤엄을 쳤다. 그러고는 바다에서 제일 가까운 바위에 자리를 잡기 위해 다른 물개들과 한 달 가까이 기싸움을 벌였다. 시캐치는 열다섯 살 된 커다란 회색 물개로, 어깨에는 갈기처럼 회색 털이 자랐고 입가에는 날카로운 송곳니가 삐져나와 있다. 큼직한 물갈퀴가 달린 앞발을 짚고 몸을 세우면 키가 1미터가 넘었고 몸무게가 300킬로그램에 육박했다. 시캐치의 무게를 잴 만큼 용감한 사람이 있다면 말이다.

온몸에 격렬한 싸움의 상처가 가득했지만 그래도 절대 물러서지 않을 테니 언제든 덤빌 테면 덤벼 보라는 식의 각오가 대단한 물개였다. 상대의 얼굴을 쳐다보기 겁난다는 듯 고개를 돌리고 있다가도 갑자기 번개처럼 달려들어서 커다란 송곳니를 목덜미에 콱 박아 버렸다. 일단 송곳니가 목덜미에 박히면 제아무리 용을 쓰며 도망치려고 해도 쉽사리 벗어날 수가 없었다.

하지만 시캐치도 싸움에 져서 도망치는 물개는 끝까지 쫓아가지 않았다. 그건 바다의 규칙에 어긋나는 짓이기 때문이다. 시캐치는 단지 바닷가 근처에 새끼를 키울 만한 공간만 차지하면 만족했다. 하지만 매년 봄마다 4, 5만 마리에 달하는 물개들이 같은 장소를 찾았기 때문에 노바스토시나 해변은 휘파람 소리와 커다란 고함 그리고 포효하는 소리와 거대한 숨소리로 가득 차면서 살벌한 풍경이 연출되곤 했다.

허친슨이라는 조그만 언덕에서 내려다보면 약 6킬로미터 가까이 펼쳐진 해안가 전부가 서로 마구 뒤엉켜 싸우는 물개들로 뒤덮여 있다. 뿐만 아니었다. 얼른 뭍에 닿아 싸움판에 뛰어들려고 수면 위로 머리를 내밀고 열심히 물살을 가르는 물개들은 파도 위에 찍어 놓은 수많은 점처럼 보였다. 하얗게 밀려드는 파도 사이에서, 모래사장에서, 새끼들을 키우기에 최적의 장소인 반들거리는 현무암 위에서도 물개들은 싸움을 멈추지 않았다. 물개도 인간만큼이나 어리석고 양보할 줄을 몰랐다. 암컷들은 5월 말이나 6월 초가 돼서야 뒤늦게 섬에 도착했다. 괜히 일찍 왔다가 싸움에 휘말려 온몸이 찢기고 싶지 않았기 때문이다. 아직 짝짓기를 하지 않은 두서너 살의 어린 물개들은 격렬한 싸움을 벌이는 물개들을 피해서 1킬로미터쯤 더 깊숙이 섬 안쪽으로 들어가 놀았다. 그들은 무리를 지어 모래 언덕에서 놀다가 그곳에 자라는 녹조류를 모조리 뜯어 먹었다. 노바스토시나 섬에 모인 홀루시키, 즉 총각 물개라는 뜻의 젊은 물개들의 숫자만 해도 거의 2, 30만 마리에 달할 정도였다.

어느 따뜻한 봄날 시캐치가 마흔다섯 번째 결투를 끝낼 무렵, 마트카가 바다에서 나와 남편 앞에 섰다. 마트카는 시캐치의 아내로 매끈한 몸에 다정한 눈을 지닌 어미 물개다. 시캐치는 마트카의 목덜미를 잡아 미리 마련해 둔 구역에 털썩 내려놓으며 퉁명스럽게 말했다.

"이번에도 늦었군. 대체 어디 있다가 이제 온 거야?"

해안에 머무는 넉 달 동안은 아무거나 닥치는 대로 먹지 않는 게 시캐치의 습관이었고, 그래서 그 시기에는 제대로 먹지 못한 탓에 심기가 불편하기 일쑤였다. 마트카는 그런 사실을 잘 알았기에 말대꾸를 하지 않았다. 대신 주위를 둘러보며 애교 섞인 목소리로 대답했다.

"당신은 정말 세심하세요. 예전에 머물던 곳을 다시 차지했네요."

"좋은 자리니까 당연히 그래야지. 그러다 보니 엉망이야. 나 좀 보라고!"

시캐치의 몸에는 피가 줄줄 흐르는 상처가 스무 군데도 넘었고 한쪽 눈이 거의 보이지 않을 정도로 팅팅 부었으며 양 옆구리는 갈기갈기 찢겨져 늘어진 리본처럼 너덜너덜했다.

"오, 여보, 제발 좀!" 마트카가 뒤쪽 물갈퀴를 부채처럼 흔들며 말했다. "알았으니까 괜히 호들갑 떨지 말고 좀 가만히 있어요. 누가 보면 범고래랑 싸운 줄 알겠어요."

"5월 중순 이후로 하루도 쉬지 않고 싸우기만 했어. 올해는 해안이 왜 이리 붐비는지, 엉망진창이야. 보금자리를 찾아 루카논 해변에서 온 물개만 해도 100마리는 넘게 만난 것 같아. 왜 자기 집에 있지 않고 기어코 여기까지 찾아오는 걸까?"

"가끔은 이런 미어터지는 곳 말고 오터 섬에 자리를 잡으면 더 행복하지 않을까, 그런 생각도 들어요."

"무슨 소리! 오터 섬은 홀루시키들이나 가는 곳이야. 그곳에 갔다가는 겁쟁이들이라고 손가락질을 당할 거라고. 체면을 생각해야지."

시캐치는 살집이 두툼한 어깨 사이로 고개를 묻고 잠시 잠을 자는 척했다. 하지만 그 와중에도 경계를 게을리 하지 않고 공격 태세를 갖췄다. 이제 모든 물개와 그들의 아내까지 섬에 도착했다. 아무리 세찬 바람이 불어도 물들이 내는 요란한 소리는 그 바람 소리를 뚫고 바다 멀리까지 퍼져 나갈 것 같았다. 바닷가에 모인 물개만 헤아려도 최소 100만 마리가 넘는 것 같았다. 나이 든 물개, 어미 물개, 작은 새끼 물개, 홀루시키들까지, 서로 싸우고 다투고 징징대고 기어 다니면서 함께 어울렸다. 그러다가는 바다로 우르르 몰려 나갔다가 다시 삼삼오오 짝을 이루거나 무리를 지어 해변으로 올라오기도 하고, 눈에 보이는 곳이면 어디든 누워 온 천지가 물개로 바글바글했다. 아니면 안개 속을 떼로 몰려다니면서 서로 치고받고 시비를 벌이기도 했다. 노바스토시나 섬은 거의 늘 안개로 뒤덮이는 곳이다. 간혹 잠시나마 해가 비칠 때는 사방이 진주 빛이나 무지 갯빛을 띠기도 했지만.

그런 북새통에서 마트카의 새끼 코틱이 태어났다. 보통 새끼 물 개들이 그렇듯 파리하니 푸른 눈을 지닌 코틱은 머리와 떡 벌어진 어깨만 있는 것 같았다. 하지만 코틱의 가죽에는 뭔가 특이한 게 있 었다. 마트카가 새끼의 몸을 꼼꼼히 뜯어봤다.

"여보, 우리 아기가 하얀 물개가 될 것 같아요!" 마침내 어미 물개 가 말했다.

"그게 무슨 조개껍질에 마른 해초 비벼 먹는 소리야! 이 세상에 하얀 물개 같은 건 없어." 시캐치가 콧방귀를 뀌며 말했다.

"하지만 어쩌겠어요. 하얀 물개가 될 판인걸." 마트카가 말했다. 그러고는 어미 물개들이 새끼들에게 불러 주는 자장가를 나지막한 목소리로 흥얼거리기 시작했다.

6주가 되기 전에는 바다에 나가 헤엄치지 마라.
머리는 가라앉고 뒷다리만 둥둥 뜰 테니까.
여름의 강한 바람과 범고래는
아기 물개에게 좋지 않아.

아가야, 정말 아기 물개에게는 안 좋단다.

그만큼 나쁜 것도 없지.

하지만 물장구를 치면서 튼튼하고 강하게 자라려무나.

그러면 모든 게 다 잘될 테니.

거대한 바다의 아가야!

    물론 새끼 물개는 처음에는 그 말이 무슨 뜻인지 이해하지 못했다. 그저 어미 곁에서 뒤뚱거리며 물장구를 치거나 기어 다녔고, 아빠가 다른 물개들과 싸움을 벌일 때는 재빨리 도망치는 법도 배웠다. 엄마와 함께 미끄러운 바위 위를 오르내리며 고함을 치기도 했다. 마트카가 바다로 나가 먹이를 구해 오긴 했지만 먹을 것이 그리 많지 않아서 이틀에 딱 한 번만 코틱의 배를 채워 줄 수 있었다. 그래도 코틱은 주는 대로 다 받아먹어서 무럭무럭 튼튼하게 자랄 수 있었다.

    코틱이 제일 먼저 한 일은 내륙 안쪽으로 엉금엉금 기어가는 거였다. 그곳에서 또래 새끼들 수만 마리를 만나, 서로 엉겨 붙어 놀다가 낮잠을 자고, 다시 깨어나서 놀기를 반복했다. 어른 물개들도 새끼 물개들에게 크게 신경을 쓰지 않았고 홀루시키

들도 자신들의 영역에서만 움직였기 때문에 새끼 물개들은 편하게 놀이를 즐길 수 있었다.

마트카는 깊은 바다에서 물고기를 잡은 후, 곧장 새끼 물개들이 어울려 노는 곳으로 향했다. 그러고는 양이 제 새끼를 부르듯 코틱을 부르고 코틱의 울음소리가 들릴 때까지 기다렸다. 코틱의 목소리가 들리면 앞발을 들어 좌우로 세차게 흔들면서 다른 새끼 물개들이 앞발에 맞는 줄도 모르고 곧장 달려갔다. 새끼들의 놀이터에는 이런 식으로 자기 새끼를 찾아다니는 엄마 물개가 수백 마리에 달해서, 새끼들은 안전하고 활기차게 놀 수 있었다. 하지만 마트카는 코틱에게 주의할 점을 일러줬다.

"흙탕물에 누우면 옴에 걸리니까 조심해야 돼. 딱딱한 모래에 몸을 심하게 부비면 베거나 긁힐 수 있으니까 조심해. 파도가 심할 때는 절대로 수영을 하지 말고. 그것만 주의하면 이곳에서는 안전할 거야."

새끼 물개들은 어린아이와 마찬가지로 헤엄을 치지 못했다. 그래서 헤엄치는 법을 배울 때까지는 무척 힘들어 했다. 맨 처음 코틱이 바다에 들어갔을 때에는 파도에 휩쓸려서 키보다 더 깊은 곳까지 휩쓸려 가기도 했다. 엄마가 불러 줬던 자장가 가사처럼 머리가 가라앉고 뒷지느러미만 둥둥 떠오르고 말았다. 만일 다시 파도가 밀려와서 코틱을 뭍으로 내던지지 않았다면 그대로 물에 빠져 죽었을 것이다.

그때부터 코틱은 바닷가 물웅덩이에 누워 있다가 밀려오는 파도에 몸을 싣고 지느러미를 퍼덕거리며 몸을 띄우는 방법을 터득했다. 그 와중에도 혹시나 집채만 한 파도에 쓸려 가지 않을까 싶어두 눈을 크게 뜨고 주위를 둘러봐야 했다. 그렇게 지느러미를 사용하는 법을 배우느라 벌써 2주째 고전 중이었다. 바닷물에 빠져서캑캑거리다가 해변으로 겨우 기어 올라와서 모래밭에서 선잠을 자고, 그런 다음에는 또다시 바닷물에 들어가기를 반복했다. 그 과정을 거치는 동안 마침내 코틱은 자신이 진정으로 바다에 속한 생물이라는 사실을 깨닫게 됐다.

그때부터 코틱이 다른 친구들과 어떻게 놀이를 즐겼는지 쉽게 상상할 수 있을 것이다. 새끼 물개들은 거대한 파도 아래로 쑥 들어가잠수를 했다가 물살에 몸을 싣고 해변 쪽으로 쓸려 나오곤 했다. 또어른 물개들처럼 꼬리를 딛고 서서는 머리를 긁적이기도 했다. 어떤 때에는 해초가 잔뜩 붙은 미끄러운 바위를 파도가 쓸고 지나가면 그 바위 위에 올라가 '나는 왕이다' 놀이를 하기도 했다.

가끔은 커다란 상어의 가느다란 지느러미 같은 게 바닷가 주변을유유히 떠도는 모습도 보였다. 코틱은 그 지느러미의 주인공이 새끼 물개를 잡아먹는다고 소문난 범고래 그램푸스라는 것을 알고 있었기에 허둥지둥 해변으로 도망쳤다. 그러고 나면 그 지느러미는 마치 새끼 물개 따위에는 관심조차 없었다는 듯 유유히 바닷가 저 멀리로 헤엄쳐서 사라져 버렸다.

10월 말이 되자 물개들은 가족끼리 혹은 무리를 지어서 세인트 폴을 떠나서 더욱 깊숙한 바다로 향했다. 그때가 되면 물개들이 싸우는 일도 확연히 줄어들고 홀루시키들도 어디서나 마음껏 뛰놀 수 있게 된다. 마트카가 코틱에게 말했다.

"내년이 되면 너도 홀루시키가 될 거야. 그러니까 올해에는 물고기 잡는 법을 반드시 배워 둬야 한단다."

그리고 새끼 물개를 데리고 태평양을 건너기 시작했다. 마트카는 지느러미를 옆구리에 대고 코만 물 밖에 내놓은 채로 물 위에 떠서 자는 법을 코틱에게 가르쳤다. 거대한 바다 위 넘실대는 파도에 몸을 맡기면 그보다 편안한 침대도 없었다. 코틱이 바닷물 때문에 온몸이 따끔거리는 것 같다고 하자 마트카가 이제 '물의 감촉'을 느끼기 시작하는 거라면서, 그런 느낌이 들면 곧 날씨가 안 좋을 거라는 신호니까 되도록 빨리 헤엄쳐서 그곳에서 벗어나야 한다고도 일러 줬다.

"얼마 후면 너도 어디로 헤엄쳐서 가야 할지 알게 될 거야. 하지만 지금은 돌고래 시피그를 따라가도록 하자. 돌고래들은 아주 현명하거든." 마트카가 말했다.

돌고래 한 무리가 자맥질을 하면서 물살을 가르며 앞으로 나아가고 있었다. 코틱이 그 뒤를 열심히 쫓아가 헐떡이며 물었다.

"어디로 가야 하는지 어떻게 아세요?"

돌고래 떼의 우두머리가 하얀 눈동자를 굴리며 바닷물 속으로 쑤욱 머리를 집어넣었다.

"꼬리가 따끔거리는 기분이 드니까. 그건 뒤에서 폭풍이 불기 때문이거든. 자, 같이 가자! 만약 네가 끈적이는 바다, 그러니까 적도 남쪽에 있을 때 꼬리가 간지럽다면 그건 앞쪽에 강풍이 분다는 뜻이지. 그럴 때는 북쪽으로 피해야 해. 나를 따라오렴. 여기는 물의 느낌이 안 좋아."

이것은 코틱이 배운 수많은 것 중 하나에 불과했다. 코틱은 계속해서 많은 것을 배워 나갔다. 마트카는 코틱에게 바다 밑바닥의 경사지를 지날 때는 대구와 큰 넙치를 따라가고, 해초 사이 작은 구멍에 숨은 어린 물고기는 순식간에 끄집어내 잡아야 한다고 가르쳤다. 그리고 수심 200미터 가까운 곳에 가라앉은 난파선을 피하는 법과 물고기처럼 재빨리 창문으로 들어갔다가 다른 창으로 나오는 법, 하늘 곳곳에서 번개가 내리칠 때 파도 위에서 춤추는 법, 뭉툭한 꼬리를 가진 알바트로스와 군함새가 바람을 타고 날아갈 때 물갈퀴를 모으고 공손하게 인사하는 법도 가르쳐 줬다. 뿐만 아니라 물갈퀴를 옆구리에 붙이고 꼬리를 둥글게 만 채로 돌고래처럼 수면 위로 1미터가량 뛰어오르는 법도 가르쳤다. 날치는 잡아 봤자 뼈밖

에 없기 때문에 그냥 보내줘야 하고, 20미터 정도 되는 수심에서는 전속력으로 헤엄쳐서 대구의 어깻죽지를 물어야 하며, 보트나 배, 특히 노 젓는 배를 만났을 때는 멈춰 서서 구경해서는 안 된다고 단단히 일렀다. 그렇게 여섯 달이 지나고 나서야 코틱은 바다에서 물고기 사냥을 할 때 알아야 할 사항을 모두 배울 수 있었고, 그사이 육지에는 한 번도 발을 딛지 않았다.

그러던 어느 날 코틱이 후안페르난데스 섬 근처의 따뜻한 물속에 누워 반쯤 잠들었을 때다. 마치 봄이 되면 춘곤증에 시달리는 인간들처럼 온몸이 노곤하고 늘어지는 기분이었다. 그렇게 멍한 상태에서 불현듯 1천 킬로미터도 넘게 떨어진 노바스토시나 섬의 단단한 모래사장이 떠올랐다. 모래사장 위에서 친구들과 놀던 기억, 해초의 냄새, 물개들의 시끄러운 울음소리까지. 순간 코틱은 북쪽을 향해 열심히 헤엄치기 시작했다. 그리고 노바스토시나 섬으로 가는 길에 수십 마리의 물개 친구들을 만났다. 모두들 같은 곳을 향해 헤엄쳐 가는 중이었다.

"안녕, 코틱! 우리도 올해부터는 홀루시키가 되었어. 이제 노바스토시나 섬에 가면 함께 루카논 해변에 밀려오는 파도를 타고 불꽃춤을 출 수도 있고, 새로 난 수초 위에서 놀 수도 있을 거야. 그런데 너, 털이 왜 그래?"

코틱의 털은 거의 순백에 가까울 정도로 하얗게 변해 있었다. 코틱은 그 하얀 털이 자랑스러웠지만 그에 대해 별다른 말은 하지 않았다.

"얼른 가자! 빨리 해변에 올라가고 싶어서 온몸이 근질거린단 말이야."

그렇게 어린 물개들은 자신들이 태어나고 자란 해변으로 돌아갔다. 언제나 그랬듯 아비 물개들이 뿌연 안개 속에서 싸움을 벌이는 소리가 들렸다.

그날 밤 코틱은 한 살배기 친구들과 함께 불꽃 춤을 췄다. 노바스토시나 섬에서 루카논까지 길게 이어진 밤바다 위에 불꽃이 가득 피어났다. 물개들은 미끈한 기름띠 같은 흔적을 남기며 물 위로 뛰어올랐고 위로 솟구칠 때마다 불꽃이 사방으로 튀었다. 파도는 푸른 빛줄기를 내뿜으며 소용돌이치면서 부서져 내렸다. 한바탕 춤을 추고 뭍으로 올라온 어린 물개들은 홀루시키의 구역으로 가서, 새로 자란 야생 밀밭 위를 데굴데굴 구르면서 저마다 바다에서 겪었던 일들을 신나게 떠들어 댔다. 어린 물개들은 마치 사내아이들이 나무 아래서 열매를 주웠던 이야기를 나누듯 저마다 태평양에서의 경험을 이야기했다. 만약 물개의 말을 알아듣는 사람이 있었다면 지금까지 한 번도 보지 못했던 새로운 태평양의 지도를 만들 수도 있을 것이다. 바로 그때 서너 살쯤 돼 보이는 홀루시키 하나가 언덕으로 굴러 내려오면서 이렇게 외쳤다.

"저리 비켜, 어린 물개들아! 바다가 얼마나 깊은 곳인데. 너희들이 아는 건 새 발의 피야. 남미 대륙의 남쪽 끝에 있는 케이프 혼이나 가 보고 나서 떠들라고! 엉, 꼬마 물개! 너, 그 하얀 털은 어디서 났어?"

"어디서 얻은 게 아니에요. 그냥 자란 거예요."

코틱이 그렇게 대답하고 몸을 굴려서 피하려는 찰나 검은 머리에 얼굴이 불그스름한 인간 둘이 모래 언덕 뒤에서 스윽 나타났다. 난생처음 인간을 본 코틱은 기침을 하며 고개를 숙였다. 홀루시키들도 뒤로 몇 미터 물러서더니 멍청한 표정으로 바라보기만 했다. 그들은 물개 사냥꾼의 우두머리 케릭 부터린과 그의 아들 파타라몬이었다. 부자는 물개들이 모여 사는 지역에서 1킬로미터 정도 떨어진 곳에 살았는데, 어떤 물개를 '죽음의 우리'로 몰아넣을지 찾아다니는 중이었다. 물개도 양떼처럼 우리에 몰아넣을 수 있었다. 그렇게 몰아서 잡은 물개는 곧바로 가죽을 벗겨서 외투로 만들곤 했다.

"아빠, 저것 보세요! 하얀 물개가 있어요!" 파타라몬이 소리쳤다.

그러자 기름 범벅에 연기까지 뒤집어써서 새까만 케릭 부터린의 얼굴이 하얗게 질리는 게 아닌가. 그는 알류트 족인데 부족 특성상 본래 청결함과는 거리가 멀었다. 케릭이 중얼거리듯 작은 목소리로 아들을 말렸다.

"아들아, 가까이 가지 마. 하얀 물개는 태어나서 처음 보는구나.

적어도 내가 태어난 이후로는 말이지. 어쩌면 작년에 큰 폭풍에 실종됐던 자하로프 영감의 유령인지도 몰라."

"가까이 가기 싫어요. 뭔가 불길해요. 저 물개가 정말 자하로프 영감의 유령일까요? 사실 갈매기 알 몇 개를 빚졌었는데."

"자꾸 쳐다보지 마. 저기 네 살짜리 물개들만 데리고 가자. 본래 계획대로면 오늘만 200마리의 가죽을 벗겨야 하지만 사냥철이 시작되는 첫날이기도 하고, 사람들도 아직 일이 손에 안 익었으니까 100마리 정도면 충분할 게다. 자, 어서 움직여!"

파타라몬이 홀루시키들 무리 앞으로 가서 물개의 어깨뼈 한 쌍을 흔들며 덜거덕덜거덕 소리를 냈다. 그러자 홀루시키들이 깜짝 놀라서 거친 숨을 몰아쉬며 그 자리에 얼음처럼 굳어졌다. 파타라몬이 가까이 다가가자 물개들이 그제야 주춤거리며 움직이기 시작했다. 케릭도 합세해서 섬 안쪽으로 물개를 몰았다. 그렇게 몰려가는 물개들은 무리가 있는 곳으로 돌아갈 생각을 전혀 하지 않았고, 수십만 마리의 물개들도 인간에게 잡혀가는 물개들을 보면서도 하던 놀이를 계속했다. 코틱은 이게 어떻게 된 일인지 궁금했지만 그에 대한 답변을 해 줄 만한 물개는 없었다. 그저 매년 요맘때가 되면 한 달 반에서 두 달에 걸쳐 저런 식으로 물개들을 몰아간다는 대답뿐이었다.

"따라가 봐야겠어." 코틱이 발을 질질 끌며 인간들의 뒤를 따랐다. 얼마나 빨리 움직였는지 두 눈이 튀어나올 정도였다.

"하얀 물개가 우리를 따라와요." 파타라몬이 아버지를 보며 외쳤다. "제 발로 혼자서 도살터까지 따라오는 놈은 처음인데요."

"쉿! 돌아보지 마. 자하로프 영감의 유령이 틀림없어! 아무래도 사제에게 이 소식을 알려야겠구나."

'죽음의 우리'까지는 거리가 1킬로미터도 안 됐지만 물개들을 몰고 가느라 꼬박 한 시간이 걸렸다. 괜히 급하게 굴었다가는 물개의 온몸에 열이 나서 정작 가죽을 벗길 때 군데군데 찢어질 수 있기 때문에 되도록 천천히 몰아야 했다. 케릭과 파타라몬 부자는 천천히 걸음을 옮겨서 '바다사자의 목'과 '웹스터 하우스'를 지나 마침내 바닷가의 물개들이 거의 보이지 않는 '솔트 하우스'에 도착했다.

코틱은 가쁜 숨을 몰아쉬면서도 끝까지 인간들의 뒤를 쫓았다. 세상 끝까지 온 것처럼 느껴졌지만, 저만치 뒤쪽 물개 보금자리에서 떠들썩한 소음이 터널 속을 지나가는 기차 소리처럼 요란하게 들렸다. 그제야 케릭은 이끼 위에 털썩 주저앉아서 납으로 만든 하얀 시계를 꺼내더니 30분 동안 물개들을 쉬게 했다. 몸이 식기를 기다리기 위해서였다. 코틱은 케릭의 모자에 맺혔던 이슬방울이 뚝뚝 떨어지는 소리를 들을 수 있었다. 곧이어 열두 명 정도 되는 사내들이 1미터 가량 되는 쇠몽둥이를 손에 들고 나타났다. 케릭이 몸에 상처가 있거나 아직 몸이 식지 않은 물개들을 가리키자 사내들이 바다코끼리의 목덜미 가죽으로 만든 장화를 신은 발로 그 물개들을 한쪽으로 몰았다. 그제야 케릭이 말했다.

"자, 시작해!"

케릭의 말이 끝나기가 무섭게 사내들이 손에 든 몽둥이로 일제히 물개들을 사정없이 내리치기 시작했다. 10분 정도 지났을까, 코틱은 더 이상 물개 친구들의 모습을 알아볼 수 없게 됐다. 사내들은 물개의 코부터 뒷발 지느러미까지 가죽을 벗겨서 바닥 위에 수북이 쌓았다. 더 이상 지켜볼 이유가 없었다. 코틱은 그대로 몸을 돌려서 바다 쪽으로 냅다 달리기 시작했다. 물개도 아주 짧은 시간 동안은 최고 속도로 달릴 수 있다. 막 돋아난 수염이 공포에 질려 뻣뻣하게 곤두섰다. 드디어 '바다사자의 목'에 도착한 코틱은 차가운 바다를 향해 그대로 몸을 던졌고, 필사적으로 숨을 몰아쉬었다. 그러자 바다사자 한 마리가 퉁명스러운 목소리로 말했다.

"이건 뭐야?"

바다사자들은 대체로 자기들끼리 모여 있는 걸 좋아했다.

"나만 살아남았어요! 나 혼자만요! 인간들이 해변에 있던 홀루시키들을 모두 죽였다고요!" 코틱이 잔뜩 흥분해서 소리쳤다.

바다사자가 해안 쪽으로 고개를 돌렸다.

"말도 안 돼! 네 친구들은 해변에서 저렇게 떠들고 있는데. 아, 케릭이란 인간이 물개를 죽이는 모습을 본 게로구나. 벌써 30년째 저

러고 있는걸."

"너무 끔찍해요."

순간 커다란 파도가 코틱을 덮쳤다. 그 바람에 코틱은 버둥거리다가 물 밖으로 살짝 삐져나온 좁은 바위 끝에 올라가서 겨우 균형을 잡았다.

"한 살짜리 물개치고는 수영을 잘하는구나."

바다사자가 코틱의 날쌘 몸놀림을 알아채고는 말했다.

"물론 네 입장에서는 끔찍한 일이겠지. 하지만 너희 물개들이 매년 이곳에 오니까 인간들이 그 사실을 모를 리가 없잖아. 인간들이 살지 않는 섬으로 간다면 모를까, 아니면 앞으로도 계속 저렇게 잡혀가서 죽게 될 거야."

"과연 그런 섬이 있을까요?" 코틱이 물었다.

"내가 20년 가까이 넙치를 따라다녔는데 그런 곳은 찾지 못했어. 하지만 너라면 어른들과 이야기를 잘 하니까, 바다코끼리 섬에 사는 시비치에게 가서 물어보면 어떻겠니? 시비치라면 뭔가 알고 있을지도 몰라. 그렇다고 너무 허둥대지는 말고. 앞으로 10킬로미터는 헤엄쳐 가야 하니까. 내가 너라면 일단 해변으로 가서 잠시 눈을 좀 붙일 것 같구나."

코틱도 그의 충고가 옳다고 생각했다. 그래서 물개들이 모인 해변으로 헤엄을 쳐서 모든 물개들이 그렇듯 몸을 씰룩거리며 30분 정도 눈을 붙였다. 그러고는 곧바로 노바스토시나 섬에서 북동쪽으로 떨어진 곳에 있는 작고 얕은 바다코끼리 섬으로 향했다. 바다코끼리 섬에는 온통 절벽과 바위가 가득했고, 곳곳에 바다갈매기들의 둥지가 있었다. 그곳에서 바다코끼리들은 저마다 무리를 이루어 생활하고 있었다.

코틱은 섬 위로 올라가서 제일 나이가 많은 바다코끼리에게 다가갔다. 그 바다코끼리는 목이 두껍고 송곳니가 길었으며, 몸집이 크고 못생긴 데다 뚱뚱하고 온몸에 우툴두툴한 게 나 있었다. 게다가 잠들었을 때를 제외하고는 예의를 찾아볼 수 없는 무례한 종족이기도 했다. 코틱이 찾아갔을 무렵 바다코끼리는 때마침 뒷지느러미를 절반쯤 바다에 담근 채로 곤히 잠들어 있었다.

"시비치! 일어나 보세요!"

주변에서 갈매기 떼가 너무 시끄럽게 울어대는 바람에 코틱은 있는 힘껏 소리를 질러야 했다.

"뭐야, 누가 날 깨우는 거야?"

시비치가 기다란 엄니로 바로 옆에 잠들어 있던 바다코끼리를 툭 쳤다. 그러자 잠에서 깬 바다코끼리가 바로 옆에 있는 바다코끼리를 깨웠고 그렇게 나란히 잠들어 있던 바다코끼리들이 죄다 깨어나고 말았다. 하지만 잠이 깨서 사방을 두리번거리면서도 정작 코틱이 있는 쪽으로는 눈길조차 주지 않았다.

"여기예요! 여기 아래쪽이요!" 코틱은 파도에 몸을 맡긴 채 둥실둥실 떠 있었고, 그 모습은 마치 하얀 달팽이 같았다.

"뭐야? 내 가죽이라도 벗기려고 온 거냐?" 시비치의 말에 주위에 있던 바다코끼리들이 일제히 코틱을 바라봤다. 그 모습이 마치 이제 막 잠에서 깨어난 양로원의 노인들이 어린 소년을 바라보는 것 같았다. 코틱은 이미 그런 장면은 볼 만큼 봤기 때문에 가죽을 벗긴다는 말은 듣기조차 싫었다. 그래서 힘껏 외쳤다.

"물개들이 갈 만한 곳 중에서 사람이 없는 곳이 있을까요?"

"그런 건 직접 찾아봐. 이만 돌아가. 우리는 바쁘니까." 시비치가 두 눈을 감으며 말했다.

코틱이 돌고래처럼 공중으로 강중강중 점프하면서 고래고래 다시 외쳤다.

"조개나 먹는 바다코끼리래요! 조개밖에 못 먹는대요!"

사실 겉보기에는 무서운 것 같아도 바다코끼리들은 조개와 해초만 먹을 뿐 평생 물고기라고는 잡아 본 적도 없었다. 코틱도 그 사실을 잘 알고 있었다. 그러자 바다코끼리를 놀릴 기회만 엿보고 있던 갈매기 치키와 구베루스키, 에파트카, 족장 갈매기, 세가락 갈매기, 바다오리까지 온갖 바닷새들이 옳다구나 하고 코틱을 따라 노래를 부르기 시작했다. 리머신의 말에 따르면, 그렇게 5분 동안이나 바다코끼리 섬이 총소리도 들리지 않을 만큼 시끄러웠다고 한다. 그러니까 섬에 사는 모든 동물이 일제히 소리를 지른 것이다.

"조개나 먹는 늙은이래요! 조개나 먹는 바보래요!"

그러자 시비치가 투덜거리고 헛기침을 하면서 몸을 이리저리 굴렸다.

"이제 알려 주실 거예요?" 코틱이 가쁜 숨을 몰아쉬며 물었다. 그제야 시비치가 대답했다.

"바다소한테 가서 물어봐. 아직까지 살아 있다면 어딘지 알려 줄 테니까." 시비치가 못 이기겠다는 듯 말을 던졌다.

"바다소를 어떻게 알아보죠?" 코틱이 급히 방향을 틀어 출발할 기세로 물었다.

"바다에서 유일하게 시비치보다 못생긴 존재야." 족장 갈매기 한 마리가 이렇게 알려 주며 시비치의 코 바로 아래에서 주위를 빙빙 돌며 외쳤다. "더 못생기고 더 무례하지. 에이, 이 할아비야!"

코틱은 족장 갈매기들이 시끄럽게 울어 대는 사이, 노바스토시나를 향해 헤엄쳐 갔다. 하지만 인간들이 오지 않는 조용한 섬을 찾아야 한다는 코틱의 의견에 아무도 동의하지 않았다. 홀루시키들이 인간들에게 잡혀가는 건 늘 있는 일이었고, 그 끔찍한 장면을 보고 싶지 않았다면 따라가지 말았어야 했다는 소리까지 들었다. 실제로 친구들이 죽임을 당하는 장면을 본 물개는 아무도 없었다. 바로 그 때문에 코틱의 말에 동감하는 이가 없었던 것이다. 게다가 코틱은 다른 물개와 달리 몸이 하얬다.

아들이 어떤 일을 겪었는지 들은 시캐치가 말했다. "네가 할 일은 빨리 자라서 아빠처럼 큰 물개가 되어 해변에 보금자리를 마련하는 거야. 그래야 누구도 널 건드리지 않고 가만히 내버려둘 거야. 5년 후에는 너 혼자 힘으로도 싸울 수 있어야 해."

그러자 다정한 어미 물개 마트카도 이렇게 덧붙였다. "코틱, 너 혼자 나선다고 물개 사냥을 막을 수는 없어. 그냥 바다에 나가서 놀려무나."

결국 코틱은 바다로 나가서 불꽃 춤을 추며 놀았지만 마음은 여전히 무거웠다.

그해 가을, 코틱은 머릿속에 박힌 생각을 떨쳐 내지 못하고 서둘러 혼자서 바다로 향했다. 어떻게든 바다소를 찾아낼 작정이었다. 바다소를 찾아서 물개들이 살기 좋은 단단한 해변이 있고 인간들이 발길이 닿지 않는 섬이 있는지 알아내고 싶었다. 코틱은 밤낮으로 약 500킬로미터를 헤엄쳐서 북태평양에서 남태평양까지 혼자만의 모험을 시작했다. 그사이 수없이 많은 일을 겪었다. 돌묵상어와 점박이상어, 귀상어에게 잡아먹힐 뻔도 했지만 가까스로 위기를 벗어났다. 하릴없이 바닷속을 헤매는 무법자들에서부터 크고 예의 바른 물고기, 그리고 수백 년 동안 한자리에서 지내는 것을 매우 자랑스럽게 여기는 주홍색 점박이 가리비도 만났다. 그렇지만 정작 바다

소는 만나지 못했으며 물개들이 살 만한 조용한 섬도 찾지 못했다.

해변이 단단하고 그 뒤로 물개들이 뛰어놀 만한 언덕이 있는 곳이면 반드시 수평선 너머로 고래 기름을 끓이는 포경선의 연기가 피어올랐다. 코틱은 그 연기가 무얼 뜻하는지 잘 알았다. 한때는 물개들이 찾던 곳이지만 모두 죽임을 당하고 그 흔적만 남은 곳도 있었다. 한번 인간이 찾아왔던 곳이라면 언제든 다시 인간의 발길이 닿을 수 있다는 사실도 깨달았다.

그러다 꼬리가 뭉툭한 나이 든 알바트로스와 친구가 됐는데, 그

는 케르겔렌 섬이 가장 조용하고 평화로운 곳이라고 알려 줬다. 그 말을 듣고 케르겔렌 섬으로 가던 코틱은 폭풍우를 만났다. 무시무시한 천둥 번개와 진눈깨비가 하늘을 가득 채웠다. 하마터면 거센 폭풍에 휘말려서 험준한 절벽에 부딪혀 온몸이 산산조각 날 뻔했다. 그렇게 힘겹게 케르겔렌 섬에 도착해 보니 한때 물개들의 서식지가 있던 흔적을 발견할 수 있었다. 그 외에 다른 섬들도 사정은 마찬가지였다.

리머신은 코틱이 찾아다녔던 섬들의 이름을 줄줄이 읊었다. 그렇게 장장 다섯 계절 동안 바다를 돌며 모험을 계속했다. 매년 노바스토시나 섬을 찾는 넉 달만 제외하고 코틱은 계속 돌아다녔다. 홀루시키들은 물개들을 위한 낙원을 찾기 위해 헤매는 코틱을 보며 상상 속에나 있을 법한 곳이라고 놀리곤 했다. 언젠가는 적도 근처에 있는 메마른 갈라파고스 쪽에 갔다가 말라 죽을 뻔도 했다. 그 이외에도 조지아 군도, 오크니 제도, 에메랄드 섬, 리틀 나이팅게일 섬, 고프 섬, 부베 섬, 크로셋 제도, 심지어 희망봉 남쪽에 있는 조그만 섬까지 가 봤다. 하지만 어딜 가나 바닷속 생물들은 똑같은 말만 반복했다. 예전에는 물개들이 그곳을 찾았지만 인간들이 모조리 죽여 버렸다는 거였다. 한번은 고프 섬에서 돌아오는 길에 태평양을 벗어나 수천 킬로미터를 헤엄쳐서 코리엔테스 곶에 도착했는데, 그곳 바위에 앉은 수백 마리의 물개를 마주쳤다. 그들은 하나같이 옴에 걸려 있었다. 물개들은 그곳에와도 인간들이 찾아온다고 말했다. 코틱은 그 말을 듣고 가슴이 찢어질 듯 아팠다. 결국 코리엔테스 곶을 떠나 다시 노바스토시나 섬으로 향했다. 그렇게 북쪽으로 가던 중에 푸른 나무가 빽빽이 자란 섬에 잠시 들르게 됐다. 그리고 꽤 나이 많은 물개 한 마리가 죽어 가는 모습을 발견했다. 코틱은 손수 물고기를 잡아 주고 슬픈 속내를 털어놨다.

"저는 이제 노바스토시나 섬으로 돌아갈 거예요. 이제 다른 홀루시키들과 함께 끌려가서 죽임을 당한다 해도 어쩔 수 없는 일이잖아요."

그러자 늙은 물개가 다정한 목소리로 말했다. "마지막으로 한 번만 더 찾아보렴. 나는 마사푸에라 서식지에서 살아남은 마지막 물개란다. 모두 인간의 손에 죽었거든. 인간들이 찾아와서 수십만 마리에 가까운 우리 물개들을 모조리 죽일 때 바닷가에 이런 이야기가 떠돌았단다. 언젠가 북쪽에서 하얀 물개가 찾아와서 우리를 조용한 섬으로 안내할 거라고 말이다. 그런 전설 같은 이야기가 있었지. 나는 이제 늙어서 그날을 보기는 힘들 거야. 하지만 다른 물개들은 어쩌면 그런 날을 볼 수 있을지도 몰라. 그러니까 한 번만 더 노력해 보렴."

코틱이 멋들어진 수염을 말아 올리며 대답했다.

"노바스토시나 해변에서 태어난 물개 중에서 하얀 물개는 저밖에 없어요. 뿐만 아니죠. 세상 모든 물개를 통틀어서 새로운 섬을 찾으려고 하는 것도 저밖에 없고요."

그 사건은 코틱에게 엄청난 용기를 불어넣어 주었다. 그해 여름, 노바스토시나 섬으로 돌아온 코틱에게 어미 물개는 이제 짝을 지어 정착하라고 권했다. 코틱은 더 이상 홀루시키가 아니라 양쪽 어깨에 구불거리는 갈기가 자라난 시캐치가 되어 있었다. 코틱은 이미 아버지처럼 몸집이 크고 용맹한 어른 물개였다. 하지만 코틱은 무트카에게 이렇게 말했다.

"한 철만 더 기다려 주세요. 엄마도 아시잖아요. 해변에 밀려오는 파도 중에서 제일 높은 건 일곱 번째 파도라는 걸요."

참으로 신기하게도 코틱처럼 다음 해로 짝짓기를 미룬 암컷 물개가 한 마리 더 있었다. 코틱은 마지막 모험을 떠나기 전날 그 암컷 물개와 루카논 해변에서 불꽃 춤을 췄다.

다음 날 코틱은 서쪽으로 향했다. 거대한 떼를 이루며 이동하는 넙치들을 따라갔다. 최상의 컨디션을 유지하려면 하루에 최소 45킬로그램에 달하는 물고기를 먹어 줘야 했기 때문이다. 넙치 떼를 따라가다가 지치면 몸을 웅크리고 코퍼 섬으로 밀려가는 거대한 파도에 몸을 맡긴 채로 잠시 눈을 붙이기도 했다.

코퍼 섬 해안을 너무나도 잘 아는 코틱은 한밤중에 해초 더미에 몸이 슬쩍 부딪혀 잠에서 깨고도 별로 대수롭지 않게 여겼다. "오늘밤은 파도가 센 편이네." 코틱은 별 미동도 없이 이렇게 중얼거렸다. 하지만 물속에서 한 바퀴 빙 돌아서 기지개를 켜다가 깜짝 놀라서 고양이처럼 펄쩍 뛰어올랐다. 거대한 무리가 얕은 여울에서 코를 박은 채 쿵쿵거리며 무성한 해초를 뜯어 먹고 있는 게 아닌가.

"이럴 수가!" 깜짝 놀란 코틱의 입에서 저절로 말이 터져 나왔다. "이런 깊은 바다에서 저러고 있는 이들은 대체 누구지?"

분명 바다코끼리나 바다사자, 물개, 곰, 고래, 상어, 물고기, 오징어, 가리비는 아니었다. 난생처음 보는 모습이었다. 6미터에서 9미터에 이르는 길이에, 뒷발에는 물갈퀴도 보이지 않았다. 꼬리도 마치 삽처럼 뭉툭해서 젖은 가죽을 대충 잘라 만든 것 같았다. 얼굴 생김새도 지금까지 본 그 어떤 바다 동물보다 멍청하고 이상해 보였다. 해초를 먹지 않을 때는 깊은 물속에서 꼬리로 균형을 잡고서 서로를 향해 예의 바르게 인사를 하듯이 앞발을 흔들었다. 그 모습이 마치 뚱뚱한 사람이 팔을 흔드는 것 같았다.

"으흠! 안녕하세요?"

코틱이 먼저 인사를 건네자 그 커다란 바다 생물이 『이상한 나라의 앨리스』에 나오는 개구리 시종처럼 허리를 굽히고 앞발을 흔들면서 인사에 답했다. 그러고는 다시 해초를 뜯어 먹기 시작했는데, 자세히 살펴보니 윗입술 사이로 갈라진 틈이 보였다. 30센티미터쯤 갈라진 틈새로 해초를 한 가득 물고는 진지한 표정으로 우걱우걱 씹어 먹었다.

"먹는 모습 한번 지저분하네." 코틱이 말했다. 그런데도 그들은 다시 코틱을 향해 고개 숙여 인사했고, 코틱은 슬슬 부아가 치밀어 올랐다. "좋아요. 어쩌다가 앞발 지느러미에 관절이 하나 더 생긴 모양인데. 그렇게 계속 자랑할 필요 없잖아요. 우아하게 인사하는 건 알았으니까 이제 이름이 뭔지나 좀 알려 주시죠."

반으로 갈라진 입술이 실룩거렸다. 하지만 유리구슬처럼 생긴 녹색 눈동자로 코틱을 빤히 쳐다보기만 할 뿐 별다른 말이 없었다.

"맙소사! 지금까지 만난 바다 생물 중에서 바다코끼리보다 더 못

생긴 건 당신들이 처음이에요! 게다가 예의까지 없군요!"

순간 코틱의 머릿속에 뭔가 번뜩하고 스쳤다. 바로 한 살 무렵, 바다코끼리를 만났을 때 족장 갈매기가 했던 말이었다. 코틱은 물속에서 공중제비를 돌면서 기뻐했다. 드디어 바다소를 찾은 것이다.

바다소들은 물속을 헤매고 다니면서 계속해서 해초를 우물거리며 뜯어 먹었다. 코틱은 바다에서 갖가지 모험을 하며 배운 온갖 언어로 바다소에게 말을 붙였다. 바다에 사는 동물들도 사람처럼 여러 가지 언어를 사용했기 때문이다. 하지만 바다소는 아무 대답을 하지 않았다. 본래 말 자체를 못했기 때문이다. 원래는 목뼈가 일곱 개여야 했는데 여섯 개밖에 없어서 자기들끼리도 대화를 나누지 못했다. 그 대신 앞발에 관절이 하나 더 붙어 있어서, 그걸 이용해 일종의 수신호처럼 앞발을 이리저리 흔들면서 의사소통을 했다.

이윽고 해가 뜨자 참을 만큼 참았다고 생각한 코틱이 갈기를 곤두세웠다. 뭐라도 해 봐야 할 상황이었다. 그때 바다소들이 천천히 북쪽으로 움직이기 시작했다. 때로는 멈춰서 서로에게 인사를 건네기도 했다. 코틱은 그들의 뒤를 따라가며 중얼거렸다.

"이렇게 둔한 바다 동물들이 아직까지 살아 있다니. 안전한 섬을 찾지 못했다면 오래전에 인간들에게 죽임을 당했을 거야. 바다소들에게 안전한 곳이라면 물개에게도 안전하겠지. 제발 빨리 좀 움직이면 좋겠는데."

정말로 지루하기 짝이 없는 여정이었다. 바다소들은 하루에 60~80킬로미터 정도씩만 움직였다. 밤이면 가던 길을 멈추고 해초를 뜯어 먹었다. 게다가 언제나 해안가 근처에만 머물렀다. 코틱은 바다소들 주변으로 헤엄쳐 다니면서 어떻게든 빨리 움직이게 해 보려고 안간힘을 썼지만, 어느 정도만 가면 그대로 멈춰 버리고 말았다. 게다가 북쪽으로 갈수록 두세 시간마다 한 번씩 멈춰서 인사를 하는 바람에 인내심마저 바닥이 날 지경이 되었다. 결국 코틱은 자기 콧수염을 물어뜯고 싶을 정도로 안달이 났다. 그러던 중에 바다소들이 난류를 따라서 이동한다는 사실을 깨달았고, 그제야 바다소에 대한 존경심이 생겼다.

그러던 어느 날 밤, 바다소들이 반짝거리는 바닷물 사이로 돌처럼 쑥 하고 내려앉았다. 그리고 바다소를 만난 이후 처음으로 빠른 속도로 헤엄을 치기 시작했다. 그 뒤를 따라가면서 코틱은 바다소들의 이동 속도에 깜짝 놀랐다. 느림보 바다소들이 그렇게 빨리 헤엄을 칠거라고는 전혀 예상하지 못했기 때문이다. 바다소들은 재빠르게 바닷가 절벽 아래 깊은 물속으로 향했다. 수심이 36미터 정도 되는 아주 깊은 곳이었다. 바다소들은 절벽 아래 난 어두운 구멍 속으로 헤엄쳐 들어갔다. 그렇게 한참을 헤엄치다 보니 코틱은 신선한 공기가 그리워졌다. 그렇게 숨이 턱까지 차오를 때가 돼서야 어두운 터널의 끝이 보였다.

"세상에!" 코틱이 가쁜 숨을 내뱉으면서 수면 위로 떠올랐다. "정말로 긴 여행이었지만 그럴 만한 가치가 있었어."

바다소들은 다시 흩어져서 해변 가장자리를 따라 한가하게 해초를 뜯고 있었다. 지금까지 봤던 해변 중에서 가장 멋진 곳이었다. 물개들이 보금자리로 삼기에도 제격이었다. 매끄러운 바위들이 몇 킬로미터나 길게 늘어서 있고 그 뒤로는 내륙 쪽으로 완만한 경사를 그리며 이어진 단단한 모래밭이 있었다. 새끼 물개들의 놀이터로는 안성맞춤이었다. 물개들이 불꽃 춤을 출 수 있을 정도로 커다란 파도도 밀려왔고, 온몸으로 뒹굴어도 다치지 않을 것 같은 긴 풀밭과 오르락내리락할 수 있는 모래 언덕도 보였다. 무엇보다도 코틱은 '물의 감촉'으로 이곳이 인간의 발길이 한 번도 닿지 않은 곳임을 알 수 있었다.

제일 먼저 물고기가 잘 잡히는지부터 확인했다. 코틱은 해안가를 따라서 유유히 헤엄치면서, 아름다운 안개 속에 가려진 낮은 모래섬이 몇 개나 되는지 헤아려 봤다. 저만치 북쪽으로 모래톱과 바위가 끝도 없이 이어져서 10킬로미터 반경까지는 배가 들어올 수 없었다. 그리고 섬과 육지 사이에는 깊은 바다가 깎아지듯 절벽까지 뻗어 있었고, 그 아래 어딘가에 코틱이 지나온 수중 터널이 있었던 것이다.

"다시 노바스토시나에 돌아온 기분이야. 하지만 거기보다 열 배

는 더 좋아 보이네. 바다소들은 내가 생각했던 것보다 훨씬 더 똑똑한 게 틀림없어. 인간들이 이곳을 찾아낸다고 해도 절벽 때문에 기어 내려올 수 없을 거야. 만약 바다 쪽으로 온다고 해도 모래톱 때문에 배가 산산조각 나고 말 테고. 바다에서 가장 안전한 곳이 있다면 그건 바로 여기야."

코틱은 노바스토시나 섬에 두고 온 물개들을 떠올렸다. 서둘러 섬으로 돌아가고 싶었지만 일단 근처를 조금 더 자세히 살펴봐야만 했다. 혹시나 다른 물개들이 어떤 곳인지 물어보기라도 하면 대답해줘야 하기 때문이다.

코틱은 다시 물속으로 몸을 던져서 터널 입구를 확인하고 남쪽으로 재빨리 헤엄을 쳤다. 바다소나 물개가 아니고서는 그런 곳이 존재하리라고는 상상조차 하지 못할 게 분명했다. 고개를 돌려 절벽을 봤을 때, 코틱 자신도 바닷속에 그런 터널이 존재한다는 것을 믿기 힘들 정도였으니까.

마침내 코틱은 노바스토시나 섬으로 향했다. 늑장을 부리지도 않았는데 꼬박 엿새가 걸렸다. '바다사자의 목'을 지나서 고향에 도착했을 때, 제일 먼저 마주친 것은 코틱을 기다리고 있던 암컷 물개였다. 암컷 물개는 코틱의 들뜬 표정을 보고 마침내 안전한 섬을 발견했다는 사실을 깨달았다.

하지만 코틱이 시캐치와 다른 물개들에게 그 섬에 대해 얘기하자, 모두가 그 말을 비웃었다. 코틱 또래의 물개 한 마리가 앞으로 나서며 말했다.

"그래, 찾았다고 치자. 하지만 지금 너는 아무도 모르는 곳에 무작정 같이 가자고 하는 거야. 우리더러 어쩌라고? 이 섬을 차지하기 위해서 우리가 얼마나 오랫동안 싸웠는지 너도 알잖아. 게다가 너는 우리와 함께 싸우지도 않았어. 혼자 바다를 헤매고 다니는 걸 더 좋아했으니까."

그 말을 들은 다른 물개들이 입을 모아 비웃었다. 코틱의 말에 반기를 들고 나선 물개가 고개를 이리저리 흔들면서 으쓱거렸다. 올해 짝짓기를 해서 그런지 유난히 나대던 차였다.

"나에게는 다른 물개와 싸워서 지킬 보금자리가 없어. 그저 우리 모두가 안전하게 살 수 있는 곳을 알려 주고 싶을 뿐이야. 그럼 우리끼리 싸울 필요가 없지 않겠어?"

"그렇게 순순히 물러나 준다면 나야 더 할 말이 없지." 젊은 물개가 킬킬거리며 대꾸했다.

"만약 내가 이기면 나를 따라올 거야?"

코틱의 눈동자가 초록색으로 이글거렸다. 한판 붙어야 한다는 생각만으로도 화가 치밀었다.

젊은 물개가 대수롭지 않게 대답했다. "듣던 중 반가운 소리. 좋아, 네가 이긴다면 따라갈게."

미처 마음을 고쳐먹을 기회도 없이 코틱이 쏜살같이 달려들어 날카로운 송곳니를 상대의 두툼한 목덜미에 깊숙이 꽂았다. 그러고는 해변으로 질질 끌고 가서 한 방에 때려눕혔다. 그런 다음 다른 물개들을 향해 큰 소리로 외쳤다.

"지난 다섯 계절 동안 나는 너희를 위해 최선을 다했고 드디어 안전한 섬을 찾았어. 그런데 그 피둥피둥한 목덜미를 물어 끌고 가지 않는 한 내 말을 믿지 않겠다는 거구나. 그렇다면 이렇게라도 가르쳐 주는 수밖에 없겠네. 모두들 각오해!"

리머신의 말에 따르면 매해 커다란 물개들이 싸우는 모습을 봤지만 그렇게 무시무시한 광경은 처음이었다고 한다. 여러 물개들이 모인 쪽으로 공격해 가는 코틱의 모습은 그야말로 장관이었다. 코틱은 제일 몸집이 큰 물개에게 몸을 날려, 목덜미를 물었고 몸을 부딪쳤고 상대가 제발 살려 달라고 빌 때까지 멈추지 않았다. 그렇게 한 마리가 항복을 하면 한쪽에 밀어 놓고 또 다른 물개를 향해 덤벼들었다. 모두들 알다시피 보금자리를 지키는 물개들은 매년 넉 달씩 굶었지만 코틱은 한 번도 굶은 적이 없다. 게다가 깊은 바다를 헤엄치며 여행을 한 터라 몸 상태도 최상이었다. 그리고 무엇보다 한 번도 다른 물개들과 싸운 적이 없었기에 겁을 먹지도 않았다. 구불거리는 하얀 갈기는 분노로 한껏 곤두섰고, 눈에는 파란 불꽃이 튀었으며, 커다란 송곳니는 눈이 부실 정도로 번쩍거렸다. 그냥 보고만 있어도 찬사가 나올 정도였다.

코틱의 아버지 시캐치는 아들이 늙은 회색 물개를 넙치 다루듯 이리저리 끌고 다니고 젊은 물개들을 닥치는 대로 후려쳐서 사방으로 쓰러뜨리는 광경을 보고 큰 소리로 울음을 내뱉으며 외쳤다.

"우리 아들이 어리석은지는 몰라도 해변에서 가장 싸움을 잘하는 물개인 건 분명하구나. 아들아! 내 앞길을 막지 말아라! 아버지는 네 편이란다!"

코틱도 울부짖으며 아버지의 말에 대답했다. 늙은 시캐치가 콧수염을 바짝 세우고 기관차처럼 하얀 입김을 내뿜으며 앞으로 걸어 나왔다. 그러는 동안 마트카와 코틱과 결혼할 암컷 물개는 몸을 움츠린 채로 두 수컷의 모습을 경이로운 눈으로 지켜봤다. 정말 훌륭한 싸움이었다. 두 마리 물개는 다른 물개들이 고개도 들지 못할 때까지 싸움을 계속했다. 그리고 큰 소리로 으르렁거리면서 보란 듯이 해변을 따라 함께 전진했다.

이윽고 밤이 되어 뿌연 안개 사이로 북극광이 반짝일 때가 되자, 코틱은 아무도 없는 바위로 올라가서 여기저기 흩어진 물개들의 보금자리와 온몸이 뜯기고 찢어져 피를 흘리고 있는 물개들을 내려다보며 말했다.

"이 정도면 제대로 깨달았겠지."

온몸에 상처를 입은 시캐치가 겨우 몸을 일으키며 말했다. "맘소

사! 범고래도 이 정도로 물개를 박살 내지는 못했을 게다. 아들아, 네가 자랑스럽구나. 그리고 아버지도 너를 따라서 그 섬으로 가마. 정말로 그런 곳이 있다면 말이다."

"자, 뒤룩뒤룩 살찐 돼지 같은 물개들아! 나와 함께 바다소의 터널로 갈 생각이 있는가? 대답해라. 안 그러면 제대로 알아들을 때까지 매운 맛을 보여 줄 테니까." 코틱이 씩씩대며 소리쳤다.

파도의 잔물결이 퍼지듯 웅성대는 소리가 해변으로 퍼져 나갔다. 그제야 수천 마리의 물개들이 지친 목소리로 대답했다.

"따라가겠다. 하얀 물개, 너를 따라가겠다."

그제야 코틱은 뿌듯한 표정으로 양어깨 사이에 고개를 묻고 눈을 감았다. 코틱은 더 이상 하얀 물개가 아니었다. 오랜 싸움으로 상처를 입어 온몸이 붉게 물들었다. 하지만 그조차도 대수롭게 여기지 않았고 굳이 상처를 치료하려 들지도 않았다.

그렇게 일주일이 지나고 코틱과 1만 마리에 달하는 홀루시키들과 나이 든 물개들이 바다소의 터널이 있는 저 멀리 북쪽으로 길을 떠났다. 마지막까지 노바스토시나 섬에 남은 물개들은 그들을 멍청이라고 비웃었다. 하지만 이듬해 봄, 태평양 어장 근처에서 물개들이 다시 만났을 때 코틱을 따라갔던 물개들이 바다소 터널 너머의 섬에 대한 이야기를 들려줬다. 그렇게 점점 더 많은 물개들이 노바스토시나 섬을 떠나기 시작했다.

물론 그 많은 물개들이 한꺼번에 보금자리를 바꾼 건 아니었다. 본래 물개들은 마음을 고쳐먹기까지 오랜 시간이 걸리기 때문이다. 하지만 해가 바뀔 때마다 점점 더 많은 물개들이 노바스토시나 섬과 루카논, 그리고 다른 보금자리를 떠나 안전하고 평화로운 바닷가로 이동했다.

　그 해안에 여름 내내 앉아 있던 코틱은 해가 갈수록 몸이 점점 거대해졌고 힘도 강해졌다. 홀루시키들은 코틱의 주변에서 뛰놀았고, 그들의 새 보금자리에는 인간들이 얼씬도 하지 않았다.

루카논

(이 노래는 여름이면 세인트폴의 보금자리로 돌아가는 물개들이 부르는 거대하고 깊은 바다의 노래다. 어떻게 보면 물개들의 애절한 애국가라고 볼 수 있다.)

아침에 친구들을 만났네. (아, 나도 이제 늙었구나!)
한여름 거대한 파도가 암초 위에 부딪히며 포효하고 있구나.
친구들의 커다란 합창 소리가
부서지는 파도의 노래마저 삼켜 버렸네.
루카논 해변, 200만 물개들의 위풍당당한 목소리!

소금기 가득한 산호초 서식지의 노래.
모래 언덕을 타고 내려오는 물개들의 노래.
한밤중이면 바다 위에서 불꽃 춤을 추며 부르는 노래.
루카논 해변, 물개잡이들이 오기 전에 들리던 노래!

아침에 친구들을 만났네. (앞으론 그들을 만날 수 없겠지!)
해안가를 까맣게 물들일 정도로 수많은 물개들.
하얗게 부서지는 파도를 뚫고 저 멀리까지 퍼지도록
보금자리를 찾아온 무리를 환영하며 더 큰 소리로 노래를 불렀네.

루카논 해변, 겨울 밀이 높이 자랐네.

이슬 맺히고 쪼그라드는 이끼.

사방을 적시는 바다 안개.

우리가 뛰노는 곳에는 매끈한 바위들이 가득해!

루카논 해변, 우리의 고향이라네.

아침에 친구들을 만났네, 상처 입고 뿔뿔이 흩어졌지.

인간들은 우리를 향해 총구를 겨눴고

육지에서는 몽둥이를 휘둘렀다네.

우리는 어리석고 순해 빠진 양떼처럼 솔트 하우스로 끌려갔고

그럼에도 루카논을 노래한다네.

물개잡이들이 오기 전에 부르던 노래를!

뱃머리를 돌려, 남쪽으로 떠나자!

오, 구베르스카여 떠나거라!

저 깊은 바다의 총독에게 우리의 슬픈 소식을 전해 다오.

폭풍에 휩쓸려 내동댕이쳐진 속이 텅 빈 상어 알처럼

더 이상 루카논 해변은 그들의 자손을 볼 수 없으리!

리키-티키-타비

붉은 눈동자가 구멍 속에 들어가
쭈글쭈글한 피부의 나그에게 외쳤네.
조그만 붉은 눈동자가 말하기를,
"나그, 이리 와서 죽음과 함께 춤추라!"

눈동자와 눈동자를 맞대고, 머리와 머리를 맞대고
(박자를 맞춰야지, 나그.)
둘 중 하나가 죽어야 춤이 끝나리라.
(흥이 나는 대로 춰, 나그.)
돌면 같이 돌고 비틀면 같이 비틀라고.
(도망쳐 숨어 봐, 나그.)
이런! 두건을 쓴 사신이 놓치고 말았군!
(재앙이 닥칠 거야, 나그.)

이번 이야기는 리키-티키-타비가 인도의 세고울리 군대 주둔지에 있는 거대한 저택 욕실에서 홀로 치러 낸 위대한 전투에 관한 것이다. 재봉새 다지가 도움을 줬고, 마루 한가운데로는 나오지 않고 항상 벽을 따라 기어 다니는 사향쥐 추춘드라도 조언을 해 줬다. 그렇지만 실제 전투는 리키-티키-타비 혼자 치러 냈다.

　리키티키는 몽구스다. 털이나 꼬리는 작은 고양이처럼 생겼지만 머리와 습성을 보면 족제비와 굉장히 닮았다. 눈동자와 쉴 새 없이 씰룩거리는 코끝에는 분홍빛이 돈다. 앞다리와 뒷다리로는 어느 부위건 원하는 곳을 긁을 수도 있다. 게다가 병을 닦는 두툼한 솔처럼 꼬리를 커다랗게 부풀릴 수도 있다. 긴 수풀 사이를 헤치면서 빠르게 달릴 때에는 "리키-틱-티키-티키-틱!" 하며 함성을 내지르기도 했다.

그러던 어느 여름날, 물난리가 나는 바람에 엄마 아빠와 함께 지내던 굴에 물살이 들이쳤다. 물살에 휩쓸린 리키티키는 첨벙첨벙 발버둥을 쳤지만 급기야 배수로로 쓸려나가는 신세가 되고 말았다. 그러던 중 도랑 위로 보이는 수풀을 발견하자마자 필사적으로 매달렸고 그렇게 정신을 잃었다. 정신을 차리고 보니, 온몸이 진흙투성이가 된 채로 정원의 조그만 길 한가운데 뜨거운 햇살을 받으며 누워 있는 게 아닌가. 그런데 한 꼬마의 목소리가 들렸다.

"여기 작은 몽구스가 죽어 있어요. 묻어 줘야겠어요."

"아니야, 일단 데리고 가서 털부터 말려 보자. 아직 살아 있을지도 모르잖아." 꼬마의 엄마가 말했다.

그렇게 두 사람은 리키티키를 집 안으로 데리고 들어갔다. 덩치 큰 남자가 엄지와 검지로 리키의 몸을 들어 올리더니, 죽은 게 아니라 잠시 숨이 막혀서 기절한 것 같다고 말했다. 그러자 아이와 엄마가 포근한 천으로 리키의 몸을 감싸서 따뜻하게 해줬다. 그러자 리키가 눈을 뜨고 재채기를 했다.

얼마 전에 이 집으로 이사 온 덩치 큰 영국인 남자, 그러니까 소년의 아빠가 말했다.

"좋아. 이제는 겁먹지 않도록 그냥 어떻게 하는지 지켜보기만 하면 되겠다."

몽구스를 겁먹게 하기란 지구상에서 가장 어려운 일일 것이다. 몽구스는 머리부터 꼬리까지 호기심으로 가득 차 있기 때문이다. 몽구스 종족의 좌우명은 '끝까지 쫓아가서 알아내라'였고, 리키는 진정한 몽구스였다.

리키는 자기 몸을 감싸고 있는 천이 먹을 수 없는 것임을 깨닫고, 탁자를 빙 돌더니 자리에 앉았다. 그러고는 등을 똑바로 세우고 구석구석 털을 단정하게 정리하고 몸을 긁다가 꼬마의 어깨 위로 폴짝 뛰어올랐다.

"겁내지 마, 테디. 너랑 친해지고 싶어서 그런 거야." 아이의 아빠가 말했다.

"아야! 털 때문에 턱 밑이 간질거려요."

리키티키는 꼬마의 옷깃과 목덜미 사이를 살펴보고 귓가에 코를 대고 킁킁대더니, 다시 몸을 타고 바닥으로 내려와서 마루에 대고 코를 문질렀다.

"세상에! 영락없는 야생동물이야! 그나마 우리가 살려 준 걸 알고 얌전하게 구나 봐요." 꼬마의 엄마가 말했다.

"몽구스는 다 똑같아. 만약 테디가 몽구스의 꼬리를 잡거나 우리 속에 가두지 않는다면, 온종일 집 안팎을 헤집고 다닐 거야. 일단 먹을 거나 좀 줘 보자고." 꼬마의 아빠가 대답했다.

테디의 가족은 리키티키에게 조그만 날고기 한 점을 줬다. 정말 맛있는 식사였다. 리키티키는 날고기를 먹어치운 다음, 베란다로 가서 따뜻한 햇살을 받으며 잔뜩 털을 부풀린 다음 구석구석 몸을 말렸다. 그렇게 털 정리를 하고 나니 기분이 한결 가뿐해졌다.

"이 집을 구석구석 살펴봐야겠어. 우리 가족이 평생 알아낼 수 있는 것보다 이 집에서 알아낼 게 더 많을 것 같단 말이지." 리키티키가 중얼중얼 혼잣말을 했다.

그날 리키티키는 온종일 집 안 곳곳을 누비고 다녔다. 욕조에 들어갔다가 하마터면 물에 빠져 죽을 뻔했고, 책상 위에 놓인 잉크병에 코를 집어넣기도 했다. 소년의 아빠가 글 쓰는 걸 구경하려고 무릎에 올라갔다가 아빠가 피우는 시가에 데기도 했다. 이윽고 밤이 되자 테디의 방으로 달려 들어간 리키티키는 석유램프에 불을 어떻게 붙이는지 지켜보다가 테디가 침대로 오르자 따라 올라갔다. 하지만 침대 위에서도 리키티키는 한시도 가만있지 못했다. 밤새 무슨 소리가 들릴 때마다 자리에서 벌떡 일어나서 귀를 기울였고, 어디에서 나는 소리인지 반드시 확인하려고 들었다. 테디의 엄마 아빠가 잠든 아들의 모습을 확인하기 위해서 방에 들어왔을 때도 리키티키는 베개 위에 깨어 있었다.

"마음이 놓이지가 않아요. 우리 테디를 물 수도 있잖아요." 엄마가 말했다.

"걱정하지 마. 테디를 지킨다고 커다란 사냥개를 곁에 두는 것보다 저렇게 조그만 몽구스랑 있는 편이 더욱 안전할 거야. 혹시 방에 뱀이라도 들어오면……." 아빠가 걱정하지 말라며 안심시켰다.

하지만 테디 엄마는 그런 끔찍한 일은 생각조차 하기 싫었다.

다음 날 아침, 리키티키는 테디의 어깨에 올라탄 채로 아침을 먹으러 베란다 쪽으로 나갔다. 리키티키를 위해 특별히 바나나와 삶은 달걀을 준비해 주었다. 리키티키는 이 사람 저사람의 무릎을 돌아다녔다. 사실 얌전하게 잘 자란 몽구스 대부분은 언젠가 누군가의 애완 몽구스가 되어 이 방 저 방에서 마음껏 뛰어놀 수 있기를 바랐다. 한때 세고울리에 있는 장군의 저택에서 지낸 적이 있는 리키티키의 엄마는 백인과 마주쳤을 때 어떻게 행동해야 하는지도 가르쳐 줬다.

아침 식사가 끝난 후, 리키티키는 밖에 뭐가 있나 싶어서 정원으로 향했다. 아직 절반 정도밖에 손질이 안 됐지만 마셜 니엘 장미 덤불, 라임과 오렌지 나무, 대나무와 키가 큰 풀이 어우러진 모양새가 어느 여름 별장 못지않았다.

"최고의 사냥터가 되겠어." 리키티키가 입술을 핥으며 말했다. 그런 생각만 해도 신이 나서 꼬리가 커다랗게 부풀어 올랐다. 리키티키는 정원 곳곳을 헤집고 다니면서 킁킁대며 냄새를 맡았다. 바로 그때 가시나무 덤불 쪽에서 구슬픈 목소리가 들렸다.

재봉새 다지와 그의 아내 목소리였다. 그들의 둥지는 아주 근사했다. 커다란 잎사귀 두 장의 모서리를 수염뿌리로 엮어서 만들었는데 안에는 보송보송한 솜과 보풀이 포근하게 깔려 있었다. 그런데 재봉새 부부가 흐느껴 우는 바람에 둥지가 좌우로 출렁거렸다.

　"무슨 일이에요?" 리키가 물었다.

　"너무 끔찍하고 힘들어서 말도 안 나와. 어제 우리 아기 새 한 마리가 둥지 아래로 떨어졌는데, 나그가 그만 먹어 버렸어."

　"아, 저런! 정말 슬픈 일이네요. 그런데 제가 이곳이 처음이라 잘 몰라요. 나그가 누군가요?"

　다지와 그의 아내는 아무 대답도 없이 그저 둥지 속에서 몸을 한껏 웅크렸다. 순간 덤불 아래 무성하게 자란 풀밭 사이에서 쉭쉭 하는 소리가 들렸다. 정말 소름 끼치는 소리였다. 리키티키가 깜짝 놀라서 크게 두 걸음 뒤로 물러섰다. 풀밭 사이로 커다랗고 시커먼 코브라 나그의 머리와 우산처럼 쫙 펴진 목덜미가 조금씩 천천히 올라왔다. 혀끝에서 꼬리 끝까지의 길이가 족히 1.5미터는 돼 보였다. 나그가 땅에서 3분의 1 정도 몸을 일으키더니 거센 바람 사이에서 이리저리 흔들리며 바람에 나부끼는 민들레처럼 균형을 잡았다. 그리고 속내를 전혀 알 수 없는 무표정한 눈빛으로 리키티키를 쳐다봤다.

　"나그가 누구냐고 물었나? 바로 내가 나그다. 위대한 신 브라마께서 우리 코브라 종족에게 친히 위대한 표식을 남겨 주셨지. 브라마께서 잠드셨을 때, 우리 코브라가 목덜미를 펼쳐서 뜨거운 햇빛을 가려 드렸거든. 자, 보거라. 그리고 두려워하라!"

나그가 거대한 목덜미를 활짝 펼쳤다. 정말로 목덜미 뒤편에 갈고리 무늬 같은 표식이 보였다. 리키티키는 잠시 겁에 질렸지만, 본래 몽구스들은 오랫동안 겁에 떠는 법이 없었다. 진짜로 살아 있는 코브라를 본 건 처음이지만 예전에 엄마가 죽은 코브라를 먹이로 줘서 먹은 적은 있다. 게다가 성년이 된 몽구스는 뱀과 싸워 이겨서 잡아먹는 것이 일상이라는 걸 알고 있었다. 나그 역시 그 사실을 알았기에 냉혹한 가슴 저만치 아래에서는 조금 겁이 나기도 했다.

"좋아," 리키티키의 대답과 함께 꼬리가 풍성하게 부풀어 올랐다. "표식이 있다는 건 그렇다 치더라도 둥지 밖으로 떨어진 어린 새를 잡아먹다니, 그게 옳은 일이라고 생각해?"

나그는 어떻게 대답을 할지 고심하다가 리키티키의 뒤쪽 풀숲이 살짝 움직이는 모습을 보고 속으로 생각했다. 정원에 몽구스가 나타났다는 것은 곧 자신과 가족이 죽임을 당할 수도 있다는 의미였다. 때문에 지금은 어떻게든 몽구스가 방심하게 만드는 게 급선무였다. 나그가 고개를 한쪽으로 살짝 기울이며 말했다.

"좋아, 얘기를 좀 해 볼까? 너도 알을 먹잖아. 그런데 왜 나는 새를 먹으면 안 되는 거야?"

"뒤를 봐! 뒤쪽을 조심해!" 다지가 짹짹 외쳤다.

하지만 리키티키가 앞만 바라보면서 시간을 보낼 바보는 아니었다. 리키가 공중으로 높이 뛰어올랐고 바로 그 아래로 나그의 사악한 아내인 나가이나의 머리가 획 하고 스쳐 지나갔다. 그야말로 일촉즉발의 순간이었다. 나그가 주의를 끄는 사이 나가이나가 리키티키를 뒤에서 습격하려고 했던 것이다. 리키티키를 공격하는 데 실패하자 나가이나가 혓바닥을 내밀며 쉭쉭 소리를 냈다. 뛰어올랐던 리키티키가 나가이나의 등 바로 뒤에 착지했다. 만약 경험 많은 몽구스였다면 그 순간이 나가이나의 목덜미를 단번에 물어뜯을 절호의 기회라고 생각했을 것이다. 하지만 리키티키는 코브라의 세찬 반격이 두려웠다. 물론 목덜미를 물기는 했지만 그리 오래 물고 있지는 않았다. 리키티키는 이리저리 흔들어 대는 뱀의 꼬리를 용케 피해 껑충 뛰어올랐고 그 자리를 얼른 피했다. 나가이나는 공격에 실패하고 도리어 자기가 물어 뜯겨 머리끝까지 화가 났다.

"이 고약하고 못된 다지 녀석!"

나그가 가시덤불 사이에 있는 새둥지 쪽으로 최대한 몸을 높이 세웠다. 하지만 둥지는 코브라가 닿을 수 없을 정도로 높은 곳에 있었다. 나그가 나무를 건드리는 바람에 그저 앞뒤로 살짝 흔들렸을 뿐 아무렇지도 않았다.

리키티키의 눈동자가 붉게 달아올랐다. 몽구스의 눈이 빨개졌다

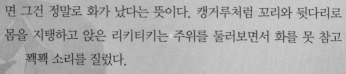

면 그건 정말로 화가 났다는 뜻이다. 캥거루처럼 꼬리와 뒷다리로
몸을 지탱하고 앉은 리키티키는 주위를 둘러보면서 화를 못 참고
꽥꽥 소리를 질렀다.

하지만 나그와 나가이나는 이미 풀밭으로 사라져 버
린 후였다. 뱀들은 일단 공격에 실패하고 나면 아무
말도 하지 않을뿐더러 그다음에 어떤 행동을 취하
겠다는 신호도 하나 남기지 않는 게 보통이었다.

리키티키는 나그와 나가이나를 끝까지
쫓아갈 생각은 없었다. 한 번에 두 마리를
상대할 자신이 없었기 때문이다. 그래서 일

단 집 근처에 있는 자갈길로 종종대며 걸어가, 가
만히 앉아서 고민에 잠겼다. 이번 일은 리키티키
에게도 중요한 문제였다.

　자연의 역사에 관한 옛날 책을 읽다 보면 몽구스
가 뱀과 싸우다 물렸을 때는 곧바로 달아나서 약초
를 먹고 치료한다는 이야기가 나온다.
하지만 그건 틀린 얘기다. 승리는
오로지 빠른 시선과 민첩한 발놀림
에 달려 있다. 일단 뱀이 공격
을 시작하면 그 누구도 뱀

의 몸짓을 포착하기 힘들기 때문에 오직 빠른 시선과 민첩한 발놀림만이 그 어떤 마법의 약초보다 훌륭한 결과를 만들어 낸다. 리키티키는 아직 어린데도 자신이 코브라의 공격을 이리저리 잘 피했다는 사실에 우쭐해졌다. 그래서 정원 오솔길을 따라 뛰어오는 테디를 보고는 테디가 대견하다며 쓰다듬어 주기를 은근히 바라는 마음도 없지 않았다.

그런데 테디가 막 허리를 숙이려는 찰나 흙 속에서 뭔가 꿈틀거리더니 작은 목소리가 들려왔다.

"조심해. 나는 죽음을 의미하니까!"

바로 흙 속에 누워서 먹잇감을 고르는 갈색 뱀, 독사 카라이트였다. 카라이트에게 물리는 건 코브라에게 물리는 것만큼 위험했다. 하지만 몸집이 워낙 작아서 사람들 눈에 잘 띄지 않았고 그래서 더 위험했다.

리키티키의 눈동자가 다시 붉어졌다. 그리고 좌우로 춤을 추는 듯한 몽구스 특유의 동작을 하면서 카라이트 쪽으로 다가갔다. 얼핏 보면 우스꽝스러웠지만 사실은 완벽하게 균형 잡힌 동작이라서 어느 각도로도 쉽게 몸을 날릴 수가 있었다. 뱀을 상대하는 데 있어 이만큼 유리한 것도 없었다. 리키는 카라이트가 나그보다 훨씬 더 위험한 상대라는 점을 알지 못했다. 카라이트는 몸집이 워낙 작아서 매우 민첩하게 방향을 바꿀 수 있었다. 만일 카라이트의 뒤통수를 단번에 물지 못하면 도리어 눈이나 입을 물릴 수도 있었다. 하지만 리키티키는 그런 사실을 까맣게 모르는 채 붉어진 눈으로 몸을 이리저리 흔들면서 뱀을 공격하기 좋은 위치를 찾아 나섰다. 먼저 공격을 시작한 것은 카라이트 쪽이었다. 리키티키는 폴짝 뛰어 옆으로 몸을 피했다가 다시 빈틈을 노렸다. 순간 사악하고 작은 갈색 머리가 리키티키의 어깨를 공격했다. 리키는 카라이트 위로 붕 하고 뛰어올랐다. 카라이트가 리키의 발뒤꿈치까지 바짝 뒤쫓았다.

"엄마, 아빠! 이것 보세요. 몽구스가 뱀이랑 싸우고 있어요!"

뒤를 이어 엄마의 비명 소리가 들렸고, 테디의 아빠는 막대기를 들고 뛰어나왔다. 그런데 그때는 이미 리키티키가 뱀 등으로 뛰어올라서 앞발로 머리를 움켜쥐고 등짝을 문 채로 미친 듯이 흔들면서 바닥을 뒹구는 중이었다. 일단 리키에게 물리고 나자 카라이트는 꼼짝도 할 수 없게 됐다. 리키티키는 몽구스의 관습에 따라서 꼬리부터 한꺼번에 먹어 치우려고 했다. 그런데 그때 배가 부르면 움직임이 느려진다는 사실이 떠올랐다. 항상 민첩하고 날쌔게 움직이려면 몸을 가볍게 유지해야 했다.

리키티키가 아주까리 덤불 아래로 흙 목욕을 하러 간 사이, 테디의 아빠가 죽은 뱀을 막대기로 연신 내리쳤다.

'왜 저러는 거야? 벌써 내가 죽였는데.' 리키티키가 속으로 생각했다.

그 순간 테디의 엄마가 나타나 모래 구덩이에 있던 리키를 들어 올리더니 울먹이는 목소리로 아들을 구해 줬다고 말하고는 다정하게 안아 줬다. 테디 아빠는 신께서 리키티키를 보내 주신 거라고 했다. 테디는 겁에 질린 채로 눈만 동그랗게 뜨고 있었다. 리키는 이 모든 상황이 당황스럽기만 했다. 하지만 호들갑을 떠는 모습이 한편으로는 재미있기도 했다. 테디 엄마는 테디가 흙구덩이에서 뒹굴며 놀아도 잘했다고 칭찬을 해 줄 사람 같았다. 어쨌든 리키는 신이 났다.

그날 저녁, 리키티키는 식탁에 놓인 와인 잔 사이를 이리저리 가로지르면서 평소보다 세 배는 더 맛있는 음식을 얻어먹었다. 하지만 그 순간에도 나그와 나가이나를 잊지 않았다. 테디의 엄마가 쓰다듬어 줄 때나 테디의 어깨에 걸터앉아 있을 때는 기분이 좋았지만, 가끔씩 눈이 붉어지면서 자기도 모르게 '리키-틱-티키-티키-틱!' 하는 소리가 나왔다.

테디는 리키티키를 침실로 데리고 가더니 자기 턱 아래서 두고 억지로 잠을 재우려 했다. 리키는 어릴 때부터 엄마에게 제대로 배웠기 때문에 함부로 물거나 할퀴지는 않았다. 하지만 가만히 잠이나 잘 리키티키가 아니었다. 테디가 잠들자마자 곧바로 침대를 빠져나와서 야간 순찰을 돌듯 집 안을 돌아다녔다. 그러다가 어둠 속에서 벽을 기어 다니고 있던 사향쥐 추춘드라와 마주쳤다. 추춘드라는 몸집이 작은 쥐로 언제나 슬픔에 잠겨 있었다. 방 한가운데로 달려 나가고 싶은 마음에 밤새 찍찍대고 훌쩍거렸지만 실제로 이를 행동에 옮겨 본 적은 없었다.

"제발 살려 줘. 리키티키, 나를 죽이지 마." 추춘드라가 울먹이며 말했다.

"뱀을 잡는 몽구스가 너 같은 사향쥐를 죽일 거라고 생각해?" 리키가 가소롭다는 듯 코웃음을 치며 말했다.

"뱀을 죽이는 자는 뱀한테 죽는다고 하더라. 게다가 어두운 밤에 나그가 나를 너로 착각하지 않을 거라고 장담할 수도 없잖아?" 추춘드라가 그 어느 때보다 수심에 잠긴 목소리로 말했다.

"그런 걱정은 할 필요도 없어. 나그는 정원에 살고 너는 집 안에서 꼼짝도 안 하잖아."

"내 사촌 시궁창 쥐 추아가 그러는데……." 추춘드라가 말끝을 흐렸다.

"추아가 뭐라고 했는데?"

"쉬잇! 나그는 어디든 갈 수 있대, 리키티키. 정원에 사는 추아와 얘기를 나눴다면 좋았을 텐데."

"아직 못 만났어. 그러니까 네가 말해 줘. 빨리, 추춘드라. 안 그러면 확 물어 버릴 거야."

그러나 추춘드라는 자리에 주저앉아서 엉엉 울기만 했다. 그렁그

렁한 눈물이 수염을 타고 줄줄 흘러내렸다.

"아이고, 내가 왜 이리 불쌍한 처지가 됐는지. 방 한가운데로 뛰어갈 용기도 없고. 쉿! 지금은 아무 말도 해 줄 수가 없어. 리키티키, 저 소리 안 들려?" 추춘드라가 속삭였다.

리키티키도 가만히 귀를 기울였다. 집 안이 쥐 죽은 듯 고요했지만 어디선가 쉬익쉬익 뭔가 스치는 소리가 났다. 말벌이 유리창 위를 걸을 때만큼 희미한 소리였다. 그건 바로 뱀의 비늘이 마른 벽돌 위를 스치고 지나가는 소리였다.

"나그, 아니면 나가이나일 거야. 욕실 배수관을 기어가고 있나봐. 추춘드라, 네 말이 맞아. 추아를 만나서 얘기를 했어야 됐는데." 리키가 말했다.

리키티키가 테디의 욕실로 가 봤지만 아무것도 없었다. 다음으로 테디 엄마의 욕실로 갔다. 매끈하게 회반죽을 바른 벽 아래로 물이 빠져나갈 배수관을 만들려고 잠시 벽돌 하나를 빼 둔 곳이 있었다. 리키가 욕조 근처 벽돌 쪽으로 가만히 다가가자 나그와 나가이나가 저택 밖의 달빛 아래서 조용히 속삭이는 소리가 들렸다.

"이 집에 사는 사람들이 나간다면 그 녀석도 떠날 수밖에 없을 거야. 그러면 정원은 다시 우리 차지가 될 테고. 조용히 들어가. 제일 먼저 카라이트를 죽인 그 덩치 큰 남자를 물어야 돼. 그런 다음에 빠져나와서 우리 둘이 함께 리키티키를 사냥하는 거야."

"사람만 죽이면 전부 해결된다는 말, 그거 확실한 거야?" 나그가 되물었다.

"그럼 모든 걸 얻을 수 있어. 저택에서 사람들이 사라지면 우리는 정원의 왕과 왕비가 될 거야. 그리고 멜론 밭에 있는 우리 알들이 부화해서 새끼들이 태어나면 걔들이 지낼 조용한 공간도 필요하잖아. 당장 내일 알을 깨고 나올지도 몰라."

"그 생각은 미처 못했네. 그래, 내가 갈게. 하지만 리키티키까지 사냥할 필요는 없어. 그 덩치 큰 남자랑 여자는 반드시 죽여야 하고, 가능하면 꼬마도 죽일게. 그리고 조용히 빠져나올 테니 그리 알아. 방갈로가 비면 리키티키도 멀리 떠날 거야."

그 말을 들은 리키티키는 온몸에 증오와 분노가 퍼져서 제대로 움직일 수조차 없었다. 바로 그때 나그의 머리가 조그만 배수구 구멍 사이로 들어왔다. 뒤이어 1.5미터가량 되는 길고 차가운 몸통이 따라 들어왔다. 리키는 화가 잔뜩 오른 상태였지만 코브라의 엄청난 크기를 보고 나니 더럭 겁이 났다. 나그는 둥글게 똬리를 튼 채로 목을 두리번거리면서 어두운 욕실 안을 둘러봤다. 시커먼 어둠 속에서 나그의 눈동자가 반짝였다.

'여기서 나그를 죽이면 나가

이나가 곧바로 알아챌 거야. 사방이 트인 마루에서 싸우면 나그에 게 유리할 테고. 어쩌면 좋지?' 리키티키는 고민에 휩싸였다.

나그가 몸을 앞뒤로 움직이며 어디론가 향했다. 이윽고 욕조 물을 채우는 데 쓰는 커다란 물통 쪽에서 물을 마시는 소리가 들렸다.

"좋아, 여기가 좋겠군. 그 덩치 큰 남자는 카라이트를 죽일 때 막대기를 사용했단 말이지. 아마 아직도 그 막대기를 가지고 있을 거야. 하지만 아침에 세수하러 들어올 때 설마 그걸 가지고 오진 않을 거야. 그러니까 그 사람이 아침에 나타날 때까지 기다려야겠어. 나가이나, 내 목소리 들려? 날이 밝을 때까지 여기 시원한 데서 기다릴게."

하지만 밖에서는 아무 대답도 들리지 않았다. 리키티키는 나가이나가 그 자리를 벌써 떠났다는 것을 알아챘다. 나그는 물통 아래쪽의 불룩한 부분을 중심으로 똬리를 틀고 앉았다. 리키는 죽은 듯 가만히 그 자리에서 기다렸다. 그렇게 한 시간쯤 지났을까, 리키티키가 조심조심 근육 하나하나에 힘을 주면서 물통을 향해 움직이기 시작했다. 나그는 곤히 잠들어 있었다. 리키티키는 나그의 넓적한 등판을 보면서 어디를 물면 가장 좋을지 따져 봤다.

"만약 처음 공격할 때 놈의 등을 부러뜨리지 못한다면, 곧바로 반격이 들어올 거야. 만약 계속 싸운다면…… 아, 리키!"

리키티키는 나그의 두툼한 목덜미를 쳐다봤지만 아무리 봐도 도저히 감당이 안 될 것 같았다. 그렇다고 해서 꼬리를 물었다가는 더미쳐서 날뛸 게 분명했다.

"그래, 머리를 공격해야 돼. 목덜미 위쪽 머리를 물고 절대 놓지 말아야 해." 마침내 리키가 결론을 내렸다.

리키티키가 공중으로 몸을 던졌다. 나그의 머리는 물통 아래쪽에서 조금 옆으로 떨어져 있었다. 목덜미에 이빨이 닿는 순간 리키는 불룩한 물통에 등을 대고 무게를 지탱한 채로 나그의 머리를 물어뜯기 시작했다. 정말 단 1초의 여유밖에 없었지만 그 짧은 시간을 최대한 활용했다. 그 짧은 시간이 지나고 리키는 개에 물린 쥐가 개가 흔들어 대는 대로 당할 수밖에 없듯이 요동치는 나그의 움직임에 따라 이리저리 부딪히는 꼴이 되고 말았다. 바닥 여기저기에 부딪히고 위로 솟구쳤다가 아래로 곤두박질치고, 아니면 커다란 원을 그리며 빙빙 돌기도 했다. 그럴수록 리키티키의 눈은 점점 더 붉어졌고 나그는 그런 리키를 바닥에 내팽개치려고 기를 썼다. 덕분에 양철 바가지와 비누통, 목욕 수건이 사방으로 흩어졌다.

리키티키의 몸이 양철 욕조의 가장자리에 쾅 하고 부딪혔다. 리키는 그럴수록 더욱 필사적으로 이빨에 힘을 주고 나그에게 매달렸다. 가족의 명예를 위해서라도, 설령 죽는 한이 있어도 코브라의 몸에 이빨을 꽂은 채 죽는 편이 낫다고 생각했다. 머리가 어지럽고 온몸이 부서질 것처럼 아프다 싶을 무렵, 뒤쪽에서 천둥소리가 들렸다. 리키는 뜨거운 바람이 훅 불어오는 통에 그대로 정신을 잃었다. 붉은 불꽃이 튀면서 리키의 털이 까맣게 그을렸다. 욕조에서 들리는 요란한 소리가 덩치 큰 남자의 잠을 깨웠고, 그가 엽총을 가지고 와서 나그의 목덜미를 그대로 명중시킨 것이었다.

리키티키는 물고 있던 나그의 목을 놓지 않은 채 눈을 감았다. 이제 영락없이 죽은 목숨이라는 생각이 들었다. 하지만 나그의 머리는 꼼짝도 하지 않았다. 덩치 큰 남자가 쓰러져 있던 리키를 들어 올리면서 말했다.

"앨리스, 이번에도 이 몽구스야. 이 녀석이 또 우리 가족을 구한 것 같아."

테디의 엄마가 사색이 된 채로 욕실로 들어와서 반 토막이 난 나그의 몸뚱이를 바라봤다. 사태가 수습되고 난 뒤 리키티키는 간신히 테디의 침실로 기어가서 새벽이 올 때까지 이리저리 몸을 흔들어 상태가 괜찮은지 살펴보며 남은 밤을 보냈다. 정말 자기 몸이 한 40조각으로 부서져 버린 건 아닌지 걱정이 돼서 확인하지 않을 수가 없었다.

다음 날 아침까지 온몸이 욱신거렸지만, 리키티키는 어젯밤 벌인 일이 내심 자랑스러웠다. "그래, 이제 나가이나만 해치우면 돼. 아마 나그보다 다섯 배쯤 지독한 코브라겠지. 게다가 어제 말했던 알들이 언제 부화할지도 모를 일이고. 큰일이야, 얼른 다지를 만나 봐야겠어."

리키티키는 아침밥도 거른 채로 다지가 있는 가시덤불 쪽으로 달려갔다. 다지는 목청 높여 승리의 노래를 흥얼거리고 있었다. 청소부가 나그의 시체를 쓰레기 더미 위에 내버려서 모두가 나그의 죽음에 대해 알게 된 것이다.

"바보 같은 털 복숭이 새 같으니! 지금 한가하게 노래나 부를 땝니까?" 리키티키가 소리쳤다.

"나그가 죽었다! 나그가 죽었어! 죽었다고! 용감한 리키티키가 목덜미를 물었지. 덩치 큰 남자가 천둥소리가 나는 막대기로 나그를 반 토막 내 버렸어. 다시는 우리 아기들을 잡아먹지 못할 거야." 다지는 아랑곳하지 않고 계속해서 노래했다.

"전부 맞는 말이기는 하지만, 나가이나는 어디 있어요?" 리키가 주위를 둘러보면서 조심스럽게 물었다.

"나가이나가 욕실 배수관 앞에 가서 나그를 불렀어. 그런데 나그는 막대기에 대롱대롱 매달려서 나왔지. 청소부가 막대기 끝으로 나그를 들어서 쓰레기 더미에 던졌어. 우리의 위대한 붉은 눈의 리키티키를 위해서 노래하자!" 다지가 목을 한껏 부풀리며 계속 노래를 불렀다.

"둥지에 올라갈 수만 있다면 아기 새들을 전부 밖으로 밀어 버리고 싶네요! 언제 뭘 해야 하는지 전혀 모르는 바보 같아요. 당신이

야 둥지 안에 있으니까 안전하겠지만 나는
아래 있다고요. 여긴 전쟁터나 다름없어
요. 당장 노래를 멈춰요, 다지!"

"위대하고 멋진 리키티키를 위해서라
면 기꺼이 노래를 멈춰야지. 오! 무시무시
한 나그를 해치운 자여, 무슨 일인데?"

"나가이나는 어디 있어요? 벌써 세 번째 물어보는 거예요."

"마구간 옆에 있는 쓰레기 더미에서 남편의 죽음을 애도하고 있
던데. 하얀 이빨의 위대한 리키티키!"

"그놈의 이빨 타령은 그만둬요. 나가이나가 어디에 알을 뒀는지
혹시 들은 거 없어요?"

"멜론 밭, 담장 제일 가까운 쪽에 숨겨 뒀을 거야. 하루 종일 햇볕
이 비추는 곳이거든. 몇 주 전에 거기에 알들을 숨겨 뒀어."

"그런 중요한 얘기를 왜 지금에야 하는 거예요? 담장 제일 가까
운 쪽이라고 했죠?"

"리키티키, 설마 코브라 알을 먹어 치울 생각은 아니겠지?"

"정확히 말하자면, 그건 아니에요. 다지, 이건 어떨지 생각해 봐
요. 당신이 지금 당장 마구간으로 가서 날개가 부러진 척하는 거예
요. 그래서 여기 덤불숲으로 나가이나를 유인하는 거죠. 괜찮지 않
아요? 그사이에 난 멜론 밭으로 가는 거죠. 아무 준비도 없이 지금

238

갔다가는 나가이나에게 들킬 게 뻔하니까요."

다지는 한 번에 한 가지만 생각할 수 있는 멍청한 새였다. 나가이나의 새끼들도 자기 새끼처럼 알에서 나온다는 생각에 처음에는 알을 죽이는 게 온당치 않다고 생각했다. 하지만 다지의 아내는 그래도 똑똑했다. 그래서 나가이나가 낳은 알을 깨고 나온 새끼들이 나중에는 어린 코브라가 될 것임을 깨닫고 곧바로 둥지 밖으로 날아갔다. 대신 아기 새들을 따뜻하게 품고 나그의 죽음을 축하하는 노래를 부르는 일은 다지에게 맡겼다. 다지는 여러모로 인간 남자와 많이 닮았다.

다지의 아내는 나가이나가 있는 쓰레기 더미 옆으로 날아가서 날개를 퍼덕이며 이렇게 외쳤다.

"아야! 내 날개, 날개가 부러졌나 봐. 저 집 꼬마가 돌을 던져서 날개가 부러졌어요!" 그리고는 더 필사적으로 날개를 퍼덕퍼덕 움직였다.

나가이나가 고개를 들고 혓바닥을 날름대며 쉭쉭 소리를 냈다.

"잘됐구나. 전에 내가 리키티키를 죽일 수도 있었는데 네가 미리 알려 주는 바람에 망쳤어. 다친 몸으로 어떻게 골라도 여길 골랐는지 너도 참 운이 나쁘구나." 나가이나가 미끄러지듯 바닥을 지나서 다지의 아내가 있는 쪽으로 다가갔다.

"저 집 꼬마가 돌을 던져서 다친 것 같아요!" 다지의 아내가 비명에 가까운 소리를 내질렀다.

"그 아이도 해치울 작정이었어. 이런 말이 위로가 될지 모르지만 내가 대신 복수해 주지. 오늘 아침에는 내 남편이 쓰레기 더미에 누워 있었지만, 오늘 밤이 가기 전에 그 꼬마도 꼼짝없이 누워서 죽게 될 거야. 도망쳐 봤자 소용없다는 거 알지? 넌 어차피 독 안에 든 쥐야. 어리석은 것, 나를 봐!"

다지의 아내는 나가이나가 시키는 대로 순순히 쳐다볼 바보가 아니었다. 만약 나가이나의 눈을 똑바로 쳐다봤다가는 겁에 질려서 그대로 옴짝달싹 못하게 되고 말 것이었다. 다지의 아내는 그냥 계속해서 구슬픈 울음소리를 내며 날개만 퍼덕였다. 물론 그 자리를 떠나지는 않았다. 나가이나가 더욱 빠르게 다가갔다.

리키티키는 나가이나와 다지의 부인이 마구간을 벗어나서 정원 오솔길로 들어서는 소리를 들었다. 리키는 다리에 힘을 주며 더욱 빠르게 담장 근처에 있는 멜론 밭으로 달려갔다. 그리고 널려 있는 멜론 주변의 따뜻한 짚 더미 속에 교묘하게 숨겨진 스물다섯 개의 코브라 알을 찾아냈다. 달걀만 한 크기였지만 딱딱한 껍질이 아니라 새하얀 막으로 덮여 있었다.

"다행이야, 하루만 늦었어도 큰일 날 뻔했어."

아닌 게 아니라 벌써 새끼 코브라들이 알 속에서 똬리를 틀고 있는 모습이 보였다. 새끼 코브라는 알에서 부화하자마자 곧바로 사람과 몽구스를 물어 죽일 수도 있었다. 리키티키는 최대한 빠른 속도로 알의 위쪽을 물어뜯고 어린 코브라들을 하나씩 뭉개 버렸다. 혹시 남은 알이 있나 싶어, 짚 더미를 샅샅이 뒤적이기도 했다. 마침내 코브라 알이 세 개 정도 남았을 때가 되자 리키티키가 신이 나서 키득거렸다. 바로 그때 다지의 아내가 비명을 질렀다.

"리키티키! 나가이나를 저택 쪽으로 유인했는데 방금 베란다로 들어갔어! 빨리 와! 사람들을 죽일 건가 봐!"

리키티키는 서둘러 알 두 개를 뭉개고 세 번째 알을 입에 문 채로 멜론 밭을 빠져나왔다. 그러고는 최대한 빠른 속도로 저택 쪽으로 달려갔다. 아침 식사를 하기 위해 베란다에 나온 테디와 엄마, 아빠는 아무것도 먹지 않은 채로 얼굴이 하얗게 질려서 얼음처럼 굳어져 있었다. 나가이나가 테디의 의자 옆에 있는 매트 위에 똬리를 틀고 앉아 있었던 것이다. 마음만 먹으면 당장이라도 테디의 다리를 공격할 수 있는 위치였다. 나가이나는 승리의 노래를 부르면서 몸을 앞뒤로 흔들었다.

"내 남편을 죽인 덩치 큰 남자의 아들, 꼼짝 마. 아직 준비가 안 됐으니까. 조금만 기다려. 모두들 움직이지 마! 움직이면 확 덤벼들 테니까. 물론 움직이지 않아도 공격은 할 거야. 어리석은 인간들, 감히 내 남편 나그를 죽이다니!"

테디는 아빠를 빤히 쳐다봤다. 하지만 아빠가 할 수 있는 거라고는 "테디, 움직이지 마. 가만히 있어. 움직이면 안 돼"라는 말뿐이었다.

바로 그때 리키티키가 나타나서 외쳤다. "나가이나, 나를 봐. 나랑 싸우자!"

하지만 나가이나는 고개도 돌리지 않은 채 대답했다. "잘 왔어. 너에게도 빚을 갚아야 하니까 조금만 기다려. 네 친구들을 좀 봐, 겁에 질려서 꼼짝도 못하고 있잖아. 내가 무서워서 움직이지도 못하고 있네. 한 발짝만 가까이 오면 네 친구들을 물어 버릴 거야."

"이럴 시간에 네 새끼들이나 보러 가지 그래. 담장 근처에 네 새끼들이 있잖아, 나가이나."

그 말을 들은 커다란 코브라가 반쯤 몸을 돌려 베란다에 있는 알을 발견했다.

"맙소사! 내 알 이리 내놔!"

리키티키가 양쪽 앞발로 코브라 알을 감싸 쥐었다. 어느새 눈동자가 붉게 물들어 있었다.

"뱀 알의 값어치는 얼마나 될까? 어린 코브라는? 어린 킹코브라는? 이게 마지막 남은 알이라면? 그것도 한 배의 형제들 가운데 남은 마지막 것이라면? 다른 알들은 이미 멜론 밭에서 개미 밥이 됐을 거야."

나가이나는 마지막 남은 알이라는 말에 곧바로 몸을 휙 하고 돌렸다. 그사이 테디의 아빠가 커다란 손을 뻗어서 테디의 어깨를 잡고 찻잔이 있는 작은 식탁을 지나 자기 품으로 끌어당겼다. 이제 테디는 나가이나의 공격 범위에서 벗어나 안전하게 된 것이다.

"속았지! 완전히 속아 버렸어! 릭-틱-틱!" 리키가 신이 나서 소리쳤다. "이제 아이는 무사해. 그리고 어젯밤 욕실에서 나그의 뒷덜미를 문 건 바로 나였어. 바로 나라고!"

리키티키가 머리를 숙인 채 네 발을 모아 동시에 들고 폴짝폴짝 뛰기 시작했다.

"나그가 나를 사방으로 매쳤지만 결국 나를 떼어 내지는 못했거든. 덩치 큰 남자가 반 토막을 내기 전에 이미 죽어 있었다고! 리키-티키-틱-틱! 나가이나, 덤벼라. 나랑 싸우자. 남편을 잃고 혼자 살날도 그리 오래 남지 않았어."

나가이나는 테디를 죽일 기회를 놓쳤다는 것을 깨달았다. 게다가 마지막 알은 리키티키의 두 발 사이에 놓여 있었다.

"리키티키, 제발 내 알을 돌려줘. 마지막 남은 알만 주면 멀리 떠나서 다시는 돌아오지 않을게." 나가이나가 목덜미를 바닥에 대고 말했다.

"그래, 당연히 떠나겠지. 다시는 돌아오지 못할 테고. 나그와 함께 쓰레기 더미로 가게 될 테니까. 이 과부 코브라야, 덤벼라! 덩치 큰 남자가 총을 가지러 갔어! 자, 싸우자!"

리키티키는 석탄처럼 빨개진 눈을 하고 나가이나가 공격할 수 없을 정도로 적당한 거리를 유지한 채 주위를 폴짝폴짝 뛰어다녔다. 나가이나가 정신을 가다듬고 리키티키 쪽으로 몸을 날렸다. 리키티키는 공중으로 뛰어오르면서 뒤로 물러났다. 나가이나는 몇 번이고 리키를 향해 공격을 퍼부었다. 그때마다 제대로 성공하지 못하고 커다란 머리를 매트에 처박았지만 곧바로 다시 몸을 세웠다. 리키티키는 나가이나의 뒷덜미를 공격하기 위해 원을 그리며 주위를 빙글빙글 돌았다. 나가이나 역시 리키티키를 똑바로 쳐다보면서 몸을 계속 움직였다. 그때마다 나가이나의 긴 꼬리가 베란다 바닥 위로 스치면서 마른 잎이 바람에 날리는 듯한 소리가 났다.

리키티키는 마지막 남은 알의 존재를 까맣게 잊고 있었다. 알은 베란다 위에 그대로 놓여 있었다. 나가이나는 슬금슬금 알이 있는 쪽으로 움직이다가 리키티키가 잠시 숨을 고르는 틈을 타서 순식간에 마지막 남은 알을 물고 바람처럼 몸을 돌려서 베란다 아래로 도망쳤다. 리키티키가 황급히 그 뒤를 쫓았다. 하지만 코브라가 한번 마음을 먹고 도망치면 말을 후려치는 채찍보다 빠른 법이었다.

리키티키는 어떻게든 나가이나를 붙잡아야 했다. 그렇지 않으면 모든 일이 원점으로 돌아가 버릴 것이었다. 나가이나는 가시덤불을 지나서 곧바로 긴 풀이 자란 쪽으로 향했다. 리키티키의 귓가에 다지의 바보 같은 승리의 노래가 들려왔다. 하지만 다지의 아내는 남편보다 현명했다. 그래서 황급히 도망치는 나가이나의 모습을 보자마자 둥지에서 날아올라 나가이나의 머리 위를 빙빙 돌며 날았다. 만약 다지가 도와줬다면 나가이나가 도망치지 못하게 충분히 막을 수도 있었을 것이다. 하지만 다지는 노래만 불렀고 나가이나는 머리를 낮추기만 할 뿐 상관없다는 듯 계속 앞으로 나아갔다. 그래도 다지의 아내가 잠시나마 시간을 벌어 준 덕분에 리키티키는 나가이나를 따라잡을 수 있었다. 나가이나가 나그와 함께 살던 쥐구멍으로 몸을 숨기려는 찰나, 리키가 하얀 이빨로 나가이나의 꼬리를 물었다.

제아무리 현명하고 노련한 몽구스라고 해도 감히 코브라의 굴까지 따라가는 경우는 거의 없다. 그 속은 어둡고 게다가 어느 순간 탁 트인 공간이 나와서 코브라가 몸을 돌려 반격할지도 모를 일이기 때문이다. 리키티키는 꼬리를 물고 축축한 흙으로 덮인 경사면에 발을 디딘 채로 어떻게든 나가이나의 속도를 줄이려고 용을 썼다. 잠시 후 구멍 입구 근처의 수풀이 흔들리지 않게 되자 다지가 외쳤다.

"리키티키도 이제 죽었구나! 리키티키를 위한 장송곡을 불러야겠어. 용맹한 리키티키가 죽었다! 땅속에 끌려 들어가서 나가이나에게 당한 게 틀림없어!"

다지는 순식간에 구슬픈 장송곡을 만들어 불렀다. 구슬픈 노래

가 절정에 이르는 순간, 긴 수풀이 다시 흔들리면서 온몸에 흙을 뒤집어 쓴 리키티키가 수염을 핥으면서 구멍 밖으로 유유히 빠져나왔다. 다지는 탄성을 지르며 노래를 멈췄다. 리키티키가 온몸을 흔들면서 흙먼지를 털어 내고 연신 재채기를 했다.

"이제 다 끝났어. 다시는 저 구멍 밖으로 나오지 못할 거야."

풀뿌리 틈새에 살던 붉은 개미들이 리키의 말을 듣고 그 말이 사실인지 확인하기 위해 줄지어 몰려들었다.

리키티키는 몸을 웅크린 채로 잔디에 누워 잠이 들었다. 하루 종

일 힘들게 싸웠기 때문에 늦은 시간까지 자고 또 자고 계속 잠만 잤다. 마침내 잠에서 깨어난 리키티키가 말했다.

"이제 집으로 돌아가야겠어. 다지, 오색조 코퍼스미스에게 전해 줘. 그럼 그가 나가이나가 죽었다는 말을 온 정원에 퍼트릴 거야."

코퍼스미스는 작은 망치로 양철 항아리를 두드릴 때 나는 소리를 내는 새였다. 오색조가 그런 시끄러운 소리를 내는 이유는 인도 전역의 정원에 새로운 소식을 널리 알리는 역할을 맡았기 때문이다. 리키티키가 자갈로 된 길을 따라서 걸어가고 있을 때 저녁 식사를 알리는 종소리처럼 오색조의 시끄러운 목소리가 들렸다.

"딩—동—톡! 나그가 죽었다. 동! 나가이나도 죽었다! 딩—동—톡!"

코퍼스미스의 말이 끝나자 정원의 모든 새들이 입을 모아 지지배배 노래를 부르고 개구리들도 개굴개굴 노래했다. 나그와 나가이나는 어린 새뿐만 아니라 개구리까지도 잡아먹곤 했기 때문이다.

리키티키가 집에 도착하자 테디의 가족들이 한달음에 밖으로 뛰어나왔다. 테디의 엄마는 기절했다가 막 깨어나서 여전히 하얗게 질려 있었다. 그날 저녁, 리키는 배가 터지기 직전까지 맛있는 음식을 먹어 치웠다. 그리고 잔뜩 부른 배를 안고 테디의 어깨 위에서 잠들었다. 테디의 엄마가 잠자리에 들기 전에 테디의 방을 찾았을 때까지도 깊은 잠에 빠져 있었다.

"리키티키가 우리 가족의 목숨을 구했어요. 그렇잖아요, 우리 세 사람이 리키티키 덕분에 산 거라고요!" 테디의 엄마가 남편에게 말했다.

그 소리에 리키티키가 곧바로 잠에서 깼다. 사실 몽구스들은 굉장히 잠귀가 밝은 편이다.

"아, 누구신가 했어요. 왜 아직 그러고들 있어요? 이제 코브라도 다 죽었는데. 만약 살아 있다고 해도 제가 있으니까 걱정하지 마세요." 리키티키가 말했다.

리키티키는 누가 봐도 자랑스러워 할 일을 했지만 지나칠 정도로 우쭐대지는 않았다. 몽구스라면 응당 그래야 한다는 듯 공중으로 높이 뛰어오르고, 용수철처럼 힘차게 튀어 오르고, 튼튼한 이빨로 악착같이 물어뜯겠다는 자세로 정원을 지켰다. 그 이후로는 그어떤 코브라도 감히 리키티키가 사는 담장 너머로 고개를 들이밀지 못했다.

다지의 찬가

(리키티키타비를 칭송하며 부른 노래)

나는 가수이자 재봉사,

그래서 즐거움도 두 배라네.

하늘 높이까지 울려 퍼지는 내 노랫소리가 자랑스럽고

직접 잎사귀를 바느질해 엮어 낸 둥지도 자랑스럽네.

하늘 위아래에서 노래를 엮었듯 둥지를 엮는다네.

어린 새들을 위해 다시 노래해.

어미 새여, 오, 고개를 들어라!

우리를 괴롭히던 악당이 죽었으니

정원의 사신이 차가운 주검이 되었네.

장미 속에 숨겨져 있던 공포가 힘을 잃고

쓰레기 더미에 버려져 죽음을 맞았다네.

우리를 구한 자는 누구인가? 누구인가?

그의 둥지와 이름을 말해 주오.

리키, 용감하고 진실한 그 이름.

리키, 불꽃처럼 타오르는 눈동자.

리키-티키-타비, 상아처럼 새하얀 송곳니.
불타오르는 눈동자를 가진 용감한 사냥꾼!

새들이 그를 향해 감사의 인사를 하네.
꽁지 털을 활짝 펴고 인사하네!
나이팅게일의 목소리로 그를 찬양하라.
아니, 내가 직접 그를 찬양하리.
들어라! 붉게 타오르는 눈동자,
풍성한 꼬리를 가진 리키,
그를 위해 찬양의 노래를 부르네.

(그런데 여기서 리키티키가 끼어들었고, 그 바람에 노래의 나머지 부분은 사
라지고 말았다.)

코끼리들의
투마이

내가 누구였는지 기억하리라.
밧줄과 쇠사슬은 이제 지겨워.
기억하리라, 예전에 지녔던 힘과 숲속에서 겪은 모든 일을.
사탕수수 한 다발에 내 등을 내주지는 않겠다.
돌아가리라, 나의 종족과 숲속의 보금자리로.

해가 비추는 낮부터 동이 트는 아침까지 걸어가리라.
티끌 하나 없는 바람이 입을 맞추고
깨끗한 물이 어루만져 주는 곳으로 가리라.
발목에 채워진 족쇄도, 나를 묶고 있는 말뚝도 부수고
잃어버린 나의 사랑,
자유로운 벗들을 다시 만나러 가리라.

칼라 나그, '검은 뱀'이라는 뜻의 이름을 가진 그 코끼리는 47년간 인도 정부를 위해 봉사했다. 한 마리의 코끼리로서 최선을 다해 뭐든 했다. 스무 살이 되던 해에 잡혀 왔으니 이제 거의 일흔이 다 된 셈이다. 코끼리 중에서도 고령에 속했다. 언젠가는 이마에 커다란 가죽 보호대를 덧대고 깊은 진흙탕에 빠진 대포를 밀어 올린 적도 있다.

  때는 1842년, 아프간 전쟁이 발발하기 전이었고 칼라 나그의 힘이 절정에 다다르진 못했을 때였다. 칼라 나그는 엄마 라다 피아리와 함께 붙잡혔다. '사랑스러운 라다'라는 뜻의 이름을 가진 엄마는 칼라 나그의 젖니가 빠지기 전부터 미리 겁을 내면 다치기 십상이라고 일러두었다. 칼라 나그는 맨 처음 포탄이 터지는 걸 보고 깜짝 놀라서 비명을 지르며 뒷걸음질 치다가 소총 더미에 부딪혀서 온몸이 칼에 찔리는 상처를 입고 나서야 엄마의 가르침이 옳았다는 것을 깨달았다. 그리하여 스물다섯이 될 무렵부터 칼라 나그는 다시는 겁을 먹지 않겠다고 다짐했다. 덕분에 그는 인도 정부에서 일하는 코끼리 중에서 가장 큰 신임과 총애를 받는 코끼리가 됐다. 칼라 나그는 인도 북부 지방을 행군할 때에도 550킬로그램이 넘는 천막을 운반했고, 언젠가는 증기 기중기 끝에 매달려 배에 실린 채로 인도에서 멀리 떨어진 바위투성이의 낯선 나라까지 간 적도 있다. 그 나라에서는 박격포를 등에 실어 나르기도 했다. 마그달라에 가서 에티오피아 왕국을 통일했던 테우드로스 황제가 죽어 누워 있는 모습도 직접 봤다. 그러다가 다시 증기선을 타고 돌아왔고, 그런 칼라 나그를 두고 병사들은 아비시니아 무공훈장을 받을 자격이 충분한 코끼리라고 칭찬하기도 했다. 그렇게 10년이 흘렀고 칼라 나그는 알리 무스지드라는 곳에서 동료 코끼리들이 추위와 질병, 기아와 일사병으로 죽어 가는 모습을 지켜보기도 했다. 그 후에는 남쪽으로 수천 킬로미터 떨어진 곳에 있는 모올메인의 목재 저장소에서, 커다란 티크 나무를 운반하고 쌓는 일을 했다. 그리고 공평하게 배분된 일을 게을리하는 젊은 코끼리들을 호되게 야단치고 혼내는 역할도 했었다.

그 후 칼라 나그는 목재를 운반하는 일에서 벗어나, 사냥 훈련을 받은 수십 마리의 다른 코끼리들과 함께 야생 코끼리 사냥에 동원됐다. 인도 정부에서는 코끼리들을 매우 엄격하게 관리했다. 코끼리를 사냥해서 포획한 다음 제대로 길들여서 인도 남부나 북부로 파견 보내는 일만 하는 부서가 따로 설치돼 있을 정도였다.

칼라 나그는 서 있을 때 어깨까지의 키가 3미터는 족히 됐다. 두 엄니는 1.5미터 정도로 짧게 깎여서 끝이 갈라지는 것을 막기 위해 뭉툭한 부분에 구리 끈을 감싸 둔 상태였다. 하지만 칼라 나그의 엄니가 뭉툭하다 해도 제대로 훈련받지 못한 엄니만 뾰족한 다른 코끼리보다 훨씬 더 많은 일을 해낼 수 있었다.

코끼리 몰이가 시작되면 언덕 곳곳에 흩어져 있던 코끼리들을 몇 주에 걸쳐 조심스럽게 한곳에 모았다. 4, 50마리 정도 되는 야생 코끼리들을 말뚝이 둘러진 울타리 안쪽으로 몬 다음 나무 둥치를 엮어서 만든 커다란 문을 닫으면 된다. 그런 다음 칼라 나그는 명령에 따라 횃불이 너울거리는 가운데 성난 코끼리들이 울부짖는 아수라장으로 들어가서 무리 중에서 가장 덩치 크고 사나운 놈들을 골라서 흠씬 두들겨 패 놓은 후 구석에 밀어 놓았다. 횃불을 피울 수밖에 없는 캄캄한 밤에는 너울거리며 타오르는 그 불빛 때문에 거리를 가늠하기가 쉽지 않았다. 칼라 나그가 큰 코끼리들을 제압하는 사이, 다른 코끼리 등에 올라탄 사람들이 조그만 야생 코끼리들에게 밧줄을 던져 묶었다.

검은 뱀 코끼리는 지혜롭고 노련했으며 싸움에 관한 한 모르는 게 없었다. 한창때는 상처 입은 호랑이와 싸운 적도 여러 차례 있었다. 싸움이 시작되면 부드러운 코가 다치지 않도록 잘 말아올린 다음, 머리를 재빨리 돌리면서 달려드는 상대를 향해 날쌘 일격을 날렸다. 그 기술은 칼라 나그가 직접 터득한 것이다. 그렇게 호랑이가 쓰러지면 상대가 헐떡이고 울부짖을 때까지 육중한 무릎으로 흠씬 밟아 줬다. 그렇게 한참을 버티고 나면 한때 용맹한 호랑이가 있던 자리에는 줄무늬 가죽만 남는다. 칼라 나그는 땅바닥에 덩그러니 뻗어 있는 그 가죽의 꼬리만 잡고 끌고 갔다.

"그렇지." 칼라 나그를 부리는 몰이꾼 빅 투마이가 말했다. 그는 칼라 나그를 아비시니아로 데려간 블랙 투마이의 아들이자, 칼라 나그가 붙잡히는 모습을 지켜봤던 '코끼리들의 투마이'의 손자였다. "칼라 나그는 나 말고 두려울 게 없어. 우리 가문이 3대째 너를 먹이고 돌봐 줬잖아. 어쩌면 내 다음 대까지 칼라 나그와 함께할지도 모르겠어."

"칼라 나그는 나도 무서워해요." 벌거벗은 몸에 천 쪼가리 하나만 달랑 걸친 리틀 투마이가 고작 120센티미터밖에 안 되는 키로 등을 꼿꼿이 세우면서 말했다. 리틀 투마이는 이제 막 열 살이 된 빅 투마이의 맏아들이다. 앞으로 성인이 되면 관습에 따라서 아버지를 대신해서 칼라 나그의 등에 타게 될 예정이었다. 그리고 아버지와 할아버지, 증조할아버지가 사용해서 반질반질 닳은 묵직하고 큼직한 코끼리 몰이용 쇠막대기도 손에 쥐게 될 것이다. 리틀 투마이는 자신이 무슨 말을 하는지 정확히 알고 있었다. 그도 그럴 것이 칼라 나그의 그늘 아래서 태어나서 걸음마를 떼기 전부터 코끼리 코 아래서 놀았고, 걷기 시작하면서부터 칼라 나그에게 물을 먹였기 때문이다. 그렇게 오랜 시간을 함께한 리틀 투마이였기에 칼라 나그는 아이가 새된 소리로 내리는 명령을 거스를 생각은 추호도 하지 않았다. 빅 투마이가 맨 처음 작은 갈색 아이를 칼라 나그의 엄니 아래 데리고 와서 장래에 주인이 될 거라며 인사를 나누라고 했을 때도 칼라 나그는 그 아이를 죽일 생각은 눈곱만큼도 하지 않았다.

"진짜예요, 칼라 나그는 나를 두려워해요." 리틀 투마이가 이렇게 말하며 칼라 나그가 있는 쪽으로 성큼성큼 다가갔다. 그러고는 칼라 나그를 늙은 뚱보 돼지라고 부르면서 한 발씩 차례대로 들어 보라고 했다.

"와, 넌 정말 커다란 코끼리구나!" 리틀 투마이는 아버지가 했던 말을 따라 하면서 보드라운 머리카락을 좌우로 흔들었다. "코끼리한테 들어가는 돈은 정부에서 주지만 너희들의 진짜 주인은 바로 우리 몰이꾼이야. 칼라 나그, 네가 늙으면 어느 돈 많은 군주가 나타나 정부로부터 너를 사들일 거야. 너는 몸집도 크고 예의도 바르

니까. 그러면 너는 금으로 된 귀걸이를 차고 등에는 황금 가마를 얹고, 금박이 쳐진 붉은 천을 옆구리에 두르고 군주의 행렬 맨 앞에서 천천히 걷기만 하면 돼. 나는 은 막대기를 들고 네 등에 앉게 되겠지. 우리가 지나갈 때면 사람들이 외칠 거야. '다들 물러서라, 군주의 코끼리가 행차하신다!' 칼라 나그, 정말 멋지지 않아? 물론 너는 정글에서 사냥하는 편이 더 좋을지도 모르겠지만."

"이런!" 빅 투마이가 말했다. "넌 새끼 들소처럼 철딱서니가 없구나. 넌 아직 어린애야. 그저 산속에서 여기저기 뛰어다니는 게 나랏일에 무슨 보탬이 되겠니. 아버지도 이제 나이 들었어. 그래서 그런지 야생 코끼리도 점점 싫어지는구나. 그저 한 칸에 한 마리씩 들어가는 벽돌 코끼리 막사랑 코끼리들을 안전하게 매어 둘 수 있는 커다란 말뚝, 코끼리를 운동시킬 수 있는 평평하고 넓은 길만 있으면 좋겠구나. 그러면 이렇게 야영을 하면서 돌아다니지 않아도 될 텐데. 아, 칸푸르 막사가 좋았어. 근처에 시장도 있고 하루에 세 시간만 일하면 됐으니까."

리틀 투마이는 칸푸르의 코끼리 야영지를 떠올리고는 아무 대답도 하지 않았다. 사실 리틀 투마이는 지금이 훨씬 좋았다. 빅 투마이가 얘기하는 넓고 평평한 길도 싫었고, 매일 사료 저장고에서 짚단을 내오는 것도 싫었고, 칼라 나그가 말뚝에 매여서 꼼짝도 못하는 모습을 지켜보는 것도 지루했다.

리틀 투마이는 코끼리 한 마리가 겨우 통과할 만큼 좁은 길을 오르내리는 일, 아래쪽 계곡에 들어가 몸을 담그는 것을 좋아했다. 아니면 몇 킬로미터 떨어진 곳에서 풀을 뜯는 야생 코끼리를 구경하거나, 칼라 나그의 발에 치일까 봐 돼지와 공작새가 부리나케 도망치는 모습을 보는 게 좋았다. 또한 후텁지근한 날에 비가 내려서 언덕과 계곡이 제대로 보이지 않을 정도로 자욱해지는 모습과 어젯밤 어디에서 야영을 했는지 알아볼 수 없을 정도로 안개가 짙게 깔린 모습도 좋아했다. 한동안 조심스럽게 야생 코끼리를 몰다가 마지막 날 밤이 되면 미친 듯이 코끼리를 몰아가는 그 시끌벅적한 분위기도 좋았다. 그럴 때면 야생 코끼리들은 산사태가 일어나 수많은 바위가 굴러 떨어지는 것처럼 울타리 속으로 우르르 밀려 들어가곤 했다. 그리고 다시 빠져나올 수 없다는 사실을 알고 묵직한 말뚝을 몸으로 들이받기도 했다. 하지만 활활 타오르는 횃불과 시끄러운 함성 그리고 공포탄 소리에 놀라 주춤거리며 다시 물러설 수밖에 없었다.

아무리 어린아이라 해도 그곳에서는 쓸모가 있었다. 특히 리틀 투마이는 제 또래 아이들 세 사람 몫을 너끈히 해냈다. 직접 횃불을 들고 목청이 터져라 고함을 질렀다. 제일 신나는 건 코끼리들을 우리 속으로 몰아갈 때였다. 케다, 즉 코끼리를 몰기 위해 만든 말뚝을 친 울타리는 마치 세상의 끝을 담아낸 그림 같았다. 서로 목소리를 듣는 것도 힘들어서 수신호를 주고받아야 했다. 그럴 때마다 리틀 투마이는 덜컹거리는 케다 꼭대기로 기어 올라갔다. 어깨 위로 휘날리는 리틀 투마이의 빛바랜 갈색 머리카락 때문에 횃불을 든 그의 모습은 마치 도깨비처럼 보일 정도였다. 케다 안에서 소란이 잠시 멈추는가 싶으면 어김없이 리틀 투마이의 높고 날카로운 목소리가 하늘 높이 울려 퍼졌다. 뿌뿌 울리는 코끼리 울음소리, 커다란 코끼리들이 말뚝에 부딪히는 소리, 탁탁 밧줄이 내리치는 것 같은 소리, 밧줄에 묶인 코끼리들의 신음 위로 리틀 투마이가 칼라 나그를 격려하는 소리였다.

"칼라 나그, 그렇지! 계속해! 엄니로 들이받아! 조심! 워워! 옳지, 잘한다! 받아 버려! 말뚝 조심해! 하이! 야이! 키아하!"

그렇게 칼라 나그와 야생 코끼리가 울타리 안에서 서로 앞서거니 뒤서거니 큰 싸움을 벌이면 어김없이 리틀 투마이의 목소리가 들려왔다. 그럴 때 코끼리를 붙잡아 밧줄로 묶는 일을 하는 노련한 코끼리 사냥꾼들은 눈가에 맺힌 땀방울을 닦아 내면서, 말뚝 위에서 방방 뛰며 소리를 지르는 리틀 투마이의 모습을 보며 고개를 끄덕이기도 했다.

물론 리틀 투마이가 하는 일이 그것만은 아니었다. 어느 날 밤에는 말뚝을 타고 내려가서 코끼리들 사이로 조용히 들어가, 발길질을 해 대는 새끼 코끼리의 다리에 묶인 밧줄을 단단히 묶으려고 끙

꿍대는 몰이꾼에게 땅바닥에 떨어진 밧줄을 집어 주기도 했다. 새끼들은 본래 다 자란 녀석들보다 심하게 말썽을 피우는 법이니까. 그때 그 광경을 본 칼라 나그가 코로 리틀 투마이를 감아 올려서는 빅 투마이 쪽으로 건네 줬다. 빅 투마이는 아들을 찰싹 때리고 다시 말뚝 위에 올려 줬다.

다음 날 아침, 빅 투마이가 한바탕 훈계를 시작했다. "코끼리 막사나 보고 천막이나 옮기라고 했더니, 그것도 모자라서 코끼리 사냥을 하겠다고 설치는 게냐? 이 말썽꾸러기 녀석! 이 아버지보다 일을 못해서 돈도 더 적게 받는 저 머저리 같은 사냥꾼들이 피터슨 나리에게 간밤에 무슨 일이 있었는지 죄다 일러바쳤단 말이다!"

리틀 투마이는 덜컥 겁이 났다. 백인에 대해서는 잘 모르지만 그에게 피터슨 나리는 세상에서 가장 위대한 백인이었다. 코끼리 잡이용 케다를 총지휘하는 책임자였기 때문이다. 코끼리를 잡아서 인도 정부에 넘기는 것도 그였고, 누구보다도 코끼리의 습성에 대해 잘 알고 있었다.

"그럼, 저는 어떻게 되는 거예요?" 리틀 투마이가 물었다.

"어떻게 되긴! 최악의 상황이 벌어질 거야. 피터슨 나리는 정신 나간 사람이라고. 미치지 않고서야 왜 이 야생의 악마들을 사냥하러 다니겠어? 어쩌면 네게 코끼리 사냥꾼을 해 보라고 시킬지도 모르겠구나. 그러면 너는 열병이 난무하는 정글 아무 데서나 잠을 청하다가 결국 케다 안에서 코끼리한테 밟혀 죽겠지. 아무튼 이 어처구니없는 일이 별 탈 없이 끝나면 다행이야. 다음 주에 코끼리 사냥이 끝나면 우리는 본부로 돌아가게 될 거야. 그러면 포장된 도로를 당당히 걸으면서 이곳에서 있었던 사냥도 까맣게 잊게 될 게다. 잘들어, 아버지가 화가 난 건 아삼의 정글에 사는 더러운 부족이나 할일에 네가 끼어들었기 때문이야. 아버지야 칼라 나그가 내 말만 들으니까 어쩔 수 없이 케다에 따라 들어가는 거야. 하지만 칼라 나그는 싸움 코끼리야. 밧줄로 코끼리 잡는 일에는 끼어들지 않지. 그래서 이 아버지가 코끼리를 부리는 사람으로서 편안히 앉아 있는 거란다. 난 코끼리 부리는 사람이야. 그냥 사냥꾼이 아니란 말이다. 게다가 나중에는 연금까지 받게 돼. 그런 투마이 가문의 사람이 케다의 흙먼지나 뒤집어쓰고 발길에 치이다니 말이나 되는 소리냐? 이 못된 녀석! 배워 먹지 못한 놈! 멍청이 같으니! 가서 칼라 나그를 씻겨 줘. 귀도 잘 봐주고. 혹시 발바닥에 가시가 박히지 않았는지도 살펴봐. 안 그러면 피터슨 나리가 네놈을 잡아서 사냥꾼으로 만들지도 모르니까. 사냥꾼이 뭘 하는지 알지? 코끼리 발자국이나 쫓아 다니는 거라고! 창피한 줄 알아야지, 썩 꺼져!"

리틀 투마이는 한마디도 하지 못하고 자리를 피했다. 그러고는 칼라 나그의 발을 살피면서 투덜거리기 시작했다.

"나는 상관없어." 리틀 투마이가 칼라 나그의 커다란 오른쪽 귀의 가장자리를 뒤집으며 말했다. "벌써 피터슨 나리의 귀에 내 이름이 들어갔을지도 몰라. 그러니까 만약에, 만약에 말이야……. 와! 내가 진짜 큰 가시를 뽑았어!"

그 후로 며칠 동안은 코끼리들을 한데 모으고, 새로 잡은 코끼리들이 천방지축 날뛰며 말썽을 일으키지 않도록 양옆에 길들인 코끼리 두세 마리를 세워서 코끼리들을 몰고 가야 했다. 산언덕을 타고 내려가서 평원으로 향해야 했기 때문이다. 숲속에서 지내며 닳아서 못 쓰게 됐거나 잃어버린 담요나 밧줄은 없는지, 물건은 모두 다 잘 챙겼는지도 살펴봐야 했다.

피터슨 나리가 영리하기로 소문난 암코끼리 푸드미니를 타고 나타났다. 사냥철이 끝날 무렵이 되면 피터슨 나리는 산속 야영지 곳곳을 찾아다니며 인부들에게 품삯을 나눠줬다. 나무 아래 현지인 사무원이 자리를 잡고 앉아서, 몰이꾼들에게 품삯을 줬고 그걸 받아 든 이들은 출발하기 위해 줄을 서서 기다리고 있는 코끼리가 있는 곳으로 돌아갔다. 포수와 사냥꾼, 몰이꾼과 사시사철 정글에 머물러야 하는 케다의 고정 일꾼들은 피터슨 나리의 소유인 코끼리 등에 앉아 있거나 총을 팔에 끼운 채 나무에 기대어 서 있었다. 그리고 코끼리 부리는 사람들이 떠나는 모습을 보며 야유를 보냈다. 그러다가 새로 들인 야생 코끼리가 막사를 뛰쳐나와 이리저리 뛰어다니면 고소하다는 듯 킬킬 웃음을 터뜨리곤 했다.

빅 투마이가 사무원 쪽으로 다가갔고 리틀 투마이가 그 뒤를 졸 졸 따랐다. 그러자 사냥꾼의 우두머리인 마추아 아파가 나지막한 목소리로 친구에게 말했다.

"저기 코끼리를 잘 다루는 꼬마가 가는군. 수컷처럼 뛰놀아야 할 녀석이 평원에서 자라다니, 안타까운 일이야."

피터슨 나리는 귀가 무척 밝은 편이었다. 모든 야생동물 중에서 조용하기로 소문난 코끼리의 소리를 귀 기울여 들어야 했으니 어찌 보면 당연한 일이었다. 그가 푸드미니의 등에 기대어 있다가 몸을 돌리며 말했다.

"그게 무슨 소리야? 평원에서 코끼리 몰이를 하는 자들은 죽은 코끼리를 밧줄로 묶으라고 해도 겁이 나서 못 묶는다는데. 그게 누구야?"

"어른이 아니라 아직 꼬마입니다. 마지막 몰이 때 케다에 들어가 서 바르마오에게 밧줄을 던져 줬죠. 어깨에 부스럼이 난 새끼를 어미한테서 떼어 놓느라고 진땀을 빼고 있었거든요."

마추아 아파가 리틀 투마이를 가리켰다. 피터슨 나리의 시선이 닿자 리틀 투마이는 머리가 마당에 닿을 정도로 꾸벅 인사를 했다.

"저 아이가 밧줄을 던졌다고? 말뚝보다 작아 보이는데. 꼬마야, 네 이름이 뭐냐?"

리틀 투마이는 겁에 질려서 아무 말도 하지 못했다. 하지만 칼라 나그가 뒤에 있었고, 리틀 투마이가 손짓을 하자 곧바로 코로 리틀 투마이를 감아 푸드미니의 이마 높이까지, 바로 위대한 피터슨 나리의 눈앞까지 올려 줬다. 아직 어린 소년에 불과한지라 리틀 투마이는 부끄러운 듯 두 손으로 얼굴을 가렸다. 코끼리와 관련된 일이 아니라면 다른 평범한 아이들처럼 수줍어서 어쩔 줄 모르는 꼬마에 불과했기 때문이다.

"오호라! 코끼리에게 이런 재주는 어떻게 가르친 것이냐? 햇볕에 말리려고 지붕 위에 널어놓은 덜 익은 옥수수를 훔쳐 먹으려고?" 피터슨 나리가 콧수염 아래로 미소를 지으며 물었다.

"빈민의 수호자 나리, 덜 익은 옥수수가 아니고 멜론입니다."

리틀 투마이의 대답에 주위에 모인 사람들이 웃음을 터뜨렸다. 사실 그들 대부분이 어린 시절에 코끼리에게 그런 재주를 가르쳐 본 적이 있기 때문이다. 리틀 투마이는 공중에서 2.5미터 높이에 떠 있었지만, 당장이라도 땅속으로 숨고 싶은 심정이었다.

"리틀 투마이라고 제 아들 녀석입니다." 빅 투마이가 못마땅한 표정으로 말했다. "아주 버르장머리 없는 녀석이라 언젠가 죄를 짓고 감옥에나 가지 않을지 걱정입니다."

"내 생각은 조금 다르네. 아직 어린데 케다에 들어갈 용기가 있다면, 감옥에나 갈 바보는 아니겠지. 꼬마야, 옛다. 용돈을 좀 줄 테니 이걸로 사탕과자나 사 먹으렴. 덥수룩한 머리도 멋있고 머리도 똑똑하구나. 때가 되면 훌륭한 사냥꾼이 되겠어."

이 말에 빅 투마이가 더욱 얼굴을 찌푸렸다. 피터슨 나리는 자기 할 말을 이어갔다.

"하지만 케다는 꼬마들이 들어가서 놀 만한 곳이 아니라는 걸 기억하렴."

"절대 들어가면 안 되는 곳인가요, 나리?" 리틀 투마이가 깜짝 놀라서 되물었다.

"그래. 코끼리들이 춤추는 걸 보고 난 다음에는 괜찮아. 그때가 케다 안에 들어가기에 딱 좋은 때지. 그러니 코끼리들이 춤을 추는 걸 보면 나에게 오렴. 케다에 들어갈 수 있도록 해 줄 테니 말이다."

다시 한바탕 웃음이 터져 나왔다. 피터슨 나리의 대답은 코끼리 사냥꾼들 사이에 오래전부터 내려오는 농담이었기 때문이다. 그 말인즉슨 절대로 안 된다는 의미였다. 보통 사람들의 발길이 드문 숲속 깊숙한 곳에는 코끼리들의 무도회장이라고 불리는 큼지막하고 평평한 공터가 있었다. 하지만 그곳을 우연히 발견한다 해도, 그 누구도 코끼리들이 춤추는 모습은 본 적이 없었다. 그래서 코끼리 몰이꾼이 자기 기술이나 용맹스러움을 떠벌릴 때면 다른 사냥꾼들이 이렇게 묻곤 했다.

"그래서 코끼리들이 춤추는 건 봤어?"

칼라 나그가 리틀 투마이를 바닥에 내려놨다. 꼬마는 머리를 조아리고 아버지를 따라서 어머니가 있는 곳으로 돌아갔다. 그리고 어린 동생을 돌보고 있는 어머니에게 피터슨 나리에게 받은 돈을 건네고는 다른 식구들과 함께 칼라 나그의 등에 올라탔다. 간간히 시끄럽게 울어 대는 코끼리들의 행렬이 드디어 산허리를 타고 내려가 평원으로 행진하기 시작했다. 새로 포획한 코끼리들은 개울을 만날 때마다 대열을 이탈하며 말썽을 부렸고, 그럴 때마다 달래고 때려 가며 이동해야 해서 행렬은 연신 시끌벅적했다.

피터슨 나리와의 만남 때문에 화가 났던 빅 투마이는 아직도 분이 사그라지지 않는지 리틀 투마이를 쿡쿡 찌르며 잔소리를 했다. 하지만 리틀 투마이는 너무 기뻐서 제대로 말도 나오지 않을 지경이었다. 피터슨 나리가 자기를 알아보고 용돈까지 챙겨 줬으니 말이다. 마치 일개 사병이 총사령관의 부름을 받고 대열 앞에 나가서 칭찬을 받은 것 같은 기분이었다.

"피터슨 나리가 코끼리 춤 이야기를 하던데, 그게 무슨 뜻이에요?" 궁금증을 참지 못한 리틀 투마이가 조용히 어머니에게 물었다.

빅 투마이가 그 말을 듣고 투덜거리며 쏘아붙였다. "그 말은 네가 이 언덕에서 물소나 쫓는 사냥꾼이 돼서는 안 된다는 뜻이야. 나리가 한 말이 바로 그런 뜻이다! 어이, 거기 앞에 있는 친구, 누가 가로막기라도 했나? 뭘 그렇게 꾸물거리는 거야?"

두세 마리의 코끼리를 앞세우고 가던 아삼족 몰이꾼이 화난 표정

으로 뒤를 돌아보며 외쳤다. "칼라 나그 좀 데리고 와요! 여기 새끼 코끼리들 버릇을 좀 고쳐 줘야겠소. 피터슨 나리는 왜 하필 나를 골라 논밭에서나 뒹구는 이 얼간이들과 같이 가게 만들었는지 몰라. 투마이, 칼라 나그를 데려와서 엄니로 이 녀석들 좀 혼내 주라고 하쇼. 언덕의 신을 걸고 말하는데, 새로 잡은 녀석들은 뭔가에 씐 게 틀림없어. 아니면 정글에 있는 친구들 냄새를 맡았거나."

칼라 나그가 새로 포획한 코끼리들의 갈비뼈를 세게 들이받자 녀석들이 숨을 헐떡였다. 빅 투마이가 말했다. "무슨 소리! 지난번 마지막 몰이 때 우리가 산속 야생 코끼리를 죄다 잡아들였잖아. 당신이 코끼리를 잘 못 몰아 놓고 왜 남 탓이야? 내가 모든 대열을 오가며 뒤치다꺼리나 해야겠어?"

그러자 다른 몰이꾼이 끼어들었다. "방금 저 말 들었어? 언덕에 있던 녀석들을 싹 쓸어 왔다고? 하하! 평원에 사는 사람들이란 참 잘난 척도 잘하네! 정글은 한번 본 적도 없는 멍청이들. 사냥철이 끝났다는 건 코끼리들도 다 아는 사실이야. 그러니까 오늘 밤 야생 코끼리들이 전부…… 아니, 내가 왜 민물거북이나 떠다니는 물가에서 입 아프게 떠들고 있는 거야? 소귀에 경 읽기지."

"코끼리들이 뭘 하는데요?" 리틀 투마이가 물었다.

"아, 아까 그 꼬마로구나. 그래, 너니까 말해 주마. 넌 똑똑한 아이니까. 오늘 밤 코끼리들이 춤을 출 거야. 그러니까 언덕에 있는 코끼리들을 싹 쓸어 왔다는 네 아버지라는 사람은 오늘 밤 말뚝에 쇠사슬을 여러 번 감아야 할 거란 말이다."

"그게 무슨 헛소리야? 40년 동안 대대로 코끼리를 돌봤지만 코끼리들이 춤을 춘다는 헛소리는 들어 본 역사가 없어."

"그렇겠지. 어련하겠어? 평원 마구간에 사는 사람은 벽이 네 개라는 걸 빼고는 아무것도 모르겠지. 그러면 오늘 밤에 코끼리 족쇄를 풀어 놓고 무슨 일이 일어나는지 한번 구경해 보시지 그래? 코끼리들이 어디서 춤을 추는가 하면……. 그래, 맞아! 굽이굽이 흐르는 디항 강이었어. 그 강이 몇 굽이더라? 이런, 또 개울이 나왔군. 새끼들이 헤엄을 쳐 건너가게 해야 하는데. 이봐, 거 뒤의 당신. 좀 멈춰 봐!"

사람들은 이처럼 서로 말을 주고받고 때로 다투기도 하면서 물을 튀겨 가며 강을 건너 새로운 코끼리를 맞을 야영지로 가는 첫 행진을 이어갔다. 물론 그 첫 야영지에 도착하기 전부터 사람들이나 코끼리나 제정신은 아니었다.

야영지에 도착한 후에는 코끼리 뒷다리에 쇠사슬을 묶어서 커다란 말뚝에 매어 뒀다. 여분의 밧줄로는 새로 들어온 코끼리들을 묶어 두고 앞쪽에 짚을 쌓았다. 산속에 거주하는 몰이꾼들은 해가 지기 전에 피터슨 나리에게 돌아가야 했다. 그들은 떠나면서 평원의 몰이꾼들에게 그날 밤을 특히 조심하라고 일렀다. 평원의 몰이꾼들이 그 이유를 묻자 그저 웃을 뿐 아무런 대답도 하지 않았다.

리틀 투마이는 칼라 나그에게 먹이를 챙겨 주고 해 질 무렵이 되자 들뜬 기분으로 야영지를 돌며 기다란 북이 어디 있나 찾으러 다녔다. 인도의 아이들은 아무리 신이 나도 뛰어다니거나 소리를 지르지 않았다. 그저 조용히 앉아서 혼자만의 축제를 즐길 따름이었다. 피터슨 나리가 말을 걸다니! 만약 그런 기쁨을 분출하지 못하면 리틀 투마이는 속상해서 가슴이 찢어졌을지도 모른다. 다행히 야영지에서 사탕과자를 파는 장사꾼이 손바닥으로 치는 작은 북을 빌려 줬다. 은은한 빛을 발하는 별이 하나둘 뜨기 시작할 무렵, 리틀 투마이는 칼라 나그 앞에 책상다리를 하고 앉아서 북을 두드리기 시작했다. 그렇게 코끼리 먹이용 짚더미 사이에 앉아서 오늘 자신에게 일어난 명예로운 일을 떠올리며 신이 나서 북을 쳤다. "퉁, 퉁, 퉁." 정해진 선율도 가사도 없었지만 그저 북을 치는 것만으로도 행복했다.

새로 포획한 코끼리들은 밧줄에 묶인 채로 나팔 소리를 내며 울어 대거나 빼액 소리를 냈다. 야영지 오두막에서 리틀 투마이의 엄마가 자장가를 부르며 동생을 재우는 소리도 들렸다. 오래전 시바신이 정글의 동물들에게 무엇을 먹고살아야 할지를 정해 주셨다는 내용의 노래였다. 듣는 사람들의 마음을 편안하게 해 주는 그 노래의 첫 소절은 다음과 같다.

곡식을 추수할 수 있도록 해 주시고 바람을 내려 주시는 시바 신,

아주 오랜 옛날 문턱에 앉아서

왕좌에 앉은 왕부터 성문 앞에 모인 거지에 이르기까지

제 몫의 음식과 고통, 운명을 나누어 주셨다네 – 보호자 시바.

마하데오! 마하데오! 만물을 창조하셨나니

낙타에게는 가시나무, 소에게는 여물,

잠든 아이에게는 어머니 가슴을, 오 내 어린 아들!

리틀 투마이는 한 소절이 끝날 때마다 북을 두드렸고, 졸음이 밀려오자 칼라 나그 옆에 있는 사료 더미 위에 몸을 쭉 뻗고 누웠다.

마침내 언제나 그렇듯 코끼리들도 한 마리씩 눕기 시작했다. 그런데 맨 오른쪽에 있던 칼라 나그만 계속 서 있었다. 칼라 나그는 천천히 몸을 흔들었고 언덕을 가로지르며 불어오는 바람소리에 귀를 기울이는 것처럼 고개를 기울였다. 대나무 줄기들이 서로 부딪히는 소리, 덤불 속에서 뭔가 움직이는 바스락 소리, 미처 잠들지 못한 새들이 몸을 긁으며 짹짹대는 소리(새들은 우리 예상과는 달리 밤에 자주 깨는 편이다), 저 멀리서 들리는 물방울 떨어지는 소리, 그렇게 온갖 소리들이 하나로 합쳐져 거대한 적막을 이루면서 어두운 밤공기를 채웠다. 리틀 투마이가 잠들었다가 한참 만에 눈을 떴더니 달빛이 휘영청 밝아 있었고, 칼라 나그는 여전히 귀를 쫑긋 세우

고 있었다. 리틀 투마이는 짚더미 위에서 바스락 소리를 내며 돌아 누웠다. 그리고 밝은 별들이 떠 있는 하늘을 반쯤 가리고 있는 칼라 나그의 듬직한 등을 바라봤다. 저 멀리서 희미하게 '후뚜' 하는 야생 코끼리의 울음이 들렸다. 너무 희미해서 가느다란 바늘이 정적을 뚫고 내는 소리 같았다.

갑자기 나란히 누워 잠들어 있던 코끼리들이 총에 맞은 것처럼 자리에서 펄쩍 일어났다. 요란한 소리에 잠들어 있던 몰이꾼들도 하나둘 잠에서 깨어 밖으로 나왔다. 그리고 코끼리들이 다시 잠잠 해질 때까지 말뚝을 두드려 더 깊숙이 고정하고 밧줄 매듭을 단단 히 조였다. 새로 포획한 코끼리 하나가 말뚝이 뽑혀 나갈 정도로 날 뛰자, 빅 투마이는 칼라 나그의 발에 감아 뒀던 쇠사슬을 풀어 녀석 의 앞다리와 뒷다리를 묶었다. 대신 칼라 나그의 발에는 가느다란 풀로 엮은 고리를 끼워 넣고, 단단히 묶여 있다는 점을 잊지 말라 고 당부했다. 빅 투마이, 그리고 빅 투마이의 아버지, 또 그 아버지 까지 수백 번이나 그 같은 방식으로 칼라 나그를 붙잡아 뒀다. 하지 만 칼라 나그는 평소답지 않게 주인의 명령에 대답하지 않았다. 그 저 고개를 쳐들고 부채처럼 귀를 펼치고서 달빛 저 너머로 울퉁불 퉁 이어진 언덕을 빤히 쳐다보고만 있었다.

"밤새 녀석이 날뛰지는 않는지 잘 살펴봐."

빅 투마이가 아들에게 이르고 오두막으로 돌아가서 잠을 청했다. 잠시 후, 리틀 투마이가 막 잠들려던 차에 야자 껍질로 만든 끈이 툭 하고 끊어지는 소리가 들렸다. 그리고 말뚝에서 풀려난 칼라 나그가 골짜기 입구로 구름이 흘러나오듯, 천천히 그리고 조용하게 걸음을 옮겼다. 리틀 투마이는 맨발로 뛰어나와 은은한 달빛이 드리워진 길로 걸어가는 칼라 나그를 쫓았다. 그리고 낮은 목소리로 칼라 나그를 불렀다.

"칼라 나그! 칼라 나그! 나도 같이 가!"

칼라 나그는 조용히 돌아봤고, 달빛 아래 서 있는 꼬마 쪽으로 성큼성큼 세 발자국 걸어와서 코를 내밀어 꼬마를 휙 말아 올렸다. 그리고 리틀 투마이가 목덜미에 자리를 잡기도 전에 숲으로 미끄러지듯 걸어가기 시작했다.

코끼리들이 모인 곳에서 성난 소리가 한 번 더 터져 나왔고 이내 다시 무거운 정적이 흘렀다. 칼라 나그의 걸음이 서서히 빨라졌다. 길게 자란 풀숲이 뱃머리를 쓰는 파도처럼 칼라 나그의 옆구리를 스쳤다. 야생 후추 덩굴이 등을 긁거나 어깨 위에 닿은 대나무들이 삐걱삐걱 소리를 내기도 했다. 하지만 칼라 나그는 개의치 않고 빽빽한 숲을 연기 속을 가르듯 묵묵히 걷기만 했다. 어느새 칼라 나그는 언덕 위를 오르고 있었다. 리틀 투마이는 나무 틈새로 별을 바라봤지만 어디로 가는 건지 도저히 가늠할 수 없었다.

마침내 칼라 나그가 언덕 꼭대기에 도착해서 잠시 걸음을 멈췄다. 그의 등에 앉아 있던 리틀 투마이는 수 킬로미터나 쭉 펼쳐진 풍경을 바라봤다. 하얀 달빛 아래로 부드러운 털 뭉치처럼 나무들이 빽빽이 자라 있었고, 골짜기 사이로 흐르는 강물 위로 푸르스름하고 뽀얀 안개가 피어올랐다. 리틀 투마이는 앞으로 몸을 숙이고 그 모습을 빤히 쳐다봤다. 발아래로 보이는 숲이 잠에서 깨어 북적이는 것처럼 보였다. 과일을 먹는 커다란 갈색 박쥐가 귓가를 스치며 날아가고, 잡목더미 속에서 고슴도치의 가시가 부딪히는 부스럭 소리가 들렸다. 나무둥치 사이 어둠 속에서는 흑곰이 쿵쿵대며 축축하고 따뜻한 땅을 파헤치는 소리가 들렸다.

얼마 후 리틀 투마이의 머리 위에 다시 우거진 나뭇가지들이 드리워졌다. 칼라 나그가 골짜기 아래로 내려가기 시작한 것이다. 그런데 조금 전에는 조용히 움직였지만 이번에는 제동장치가 풀린 대포가 가파른 비탈을 따라 굴러가듯이 요란한 소리를 내며 속도를 높였다. 큼지막한 네 개의 다리가 피스톤처럼 움직였다. 한 걸음만 해도 2미터가 훌쩍 넘는 것 같았다. 걸음을 뗄 때마다 관절 부위의 접힌 주름 가죽도 규칙적으로 나풀댔다. 달려 나가는 칼라 나그의 양옆으로 관목들이 캔버스 천이 찢기는 소리를 내며 좌우로 갈라졌다. 어깨 옆으로 휘어졌던 어린 나무줄기들이 다시 튕겨 오르면서 옆구리를 후려쳤고, 칼라 나그가 머리를 움직이며 걸을 때마다 한데 엉켜 있던 덩굴들이 엄니에 뒤엉켰다. 리틀 투마이는 사방으로 부딪히는 나뭇가지를 피해 칼라 나그의 목덜미 위에 바짝 엎드리지 않을 수 없었다. 자칫 잘못하면 이리저리 흔들리는 나뭇가지에 걸려 땅바닥에 내동댕이쳐질지도 모를 일이었다. 리틀 투마이는 얼른 다시 평원의 야영장으로 돌아가고 싶었다.

어느 순간 칼라 나그의 발에 밟힌 풀이 질척거리기 시작했다. 발을 내딛을 때마다 철퍽철퍽 소리가 났다. 리틀 투마이는 골짜기 바닥에 내려앉은 안개 때문에 온몸이 으슬으슬 떨렸다. 발밑에서는 첨벙대는 소리, 골짜기 물이 콸콸 흐르는 소리도 들렸고 뭔가 으스러지는 소리도 간간이 이어졌다. 칼라 나그는 조심스럽게 한 걸음씩 내딛으며 강바닥을 따라서 걸었다. 칼라 나그의 다리를 스치고 흐르는 물소리 너머로 상류와 하류 사이로 굽이치는 강물이 점점 요란한 소리를 냈다. 나팔 소리처럼 요란한 코끼리의 울음소리, 성난 듯 씩씩대며 콧김을 내뿜는 소리도 이어졌다. 리틀 투마이 주위로 굽이치는 파도처럼 안개가 한가득 끼어 있었다.

"아, 코끼리들이 전부 나왔잖아! 오늘 밤 코끼리들이 춤을 추려는 건가 봐!" 으슬으슬 소름이 끼쳐서 이를 딱딱 부딪히면서도 리틀 투마이가 탄성을 내질렀다.

칼라 나그가 물살을 헤치며 걸어 나오더니 콧속의 물을 뿜어 낸 후 다시 언덕을 오르기 시작했다. 하지만 이번에는 혼자가 아니었다. 아까처럼 숲을 헤치며 길을 낼 필요도 없었다. 눈앞으로 2미터

가량의 너른 길이 이미 나 있었고, 발길에 밟혀 고개를 숙였던 풀들이 다시 제 몸을 일으키려고 애를 쓰고 있었다. 분명 몇 분 전에 여러 마리의 코끼리가 그 길을 따라 걸어간 것 같았다. 리틀 투마이가 뒤를 돌아보자, 하얀 엄니가 달린 커다란 야생 코끼리 한 마리가 시뻘겋게 달아오른 석탄처럼 붉은 눈동자를 번뜩이면서 안개에 뒤덮인 강에서 거대한 몸뚱이를 드러냈다. 또 다시 눈앞으로 나뭇가지들이 드리워졌다. 코끼리들은 나팔 소리처럼 요란한 울음소리를 내며 걸음을 옮겼다. 코끼리들이 움직일 때마다 사방에서 나뭇가지가 부러지는 소리가 들렸다.

마침내 칼라 나그는 언덕 꼭대기에 있는 두 그루의 나무 사이에 가만히 멈추어 섰다. 4, 5천 평에 이르는 울퉁불퉁한 모양의 땅 위에 여러 그루의 나무들이 빙 둘러싼 형태로 자라 있었다. 칼라 나그가 서 있는 나무도 그 일부분이었다. 리틀 투마이는 공터의 땅이 마치 벽돌처럼 단단하게 다져졌다는 것을 눈치챘다. 공터 한복판에도 나무가 몇 그루 있었지만 껍질이 벗겨져 있었고, 그래서 드러난 하얀 목질이 언뜻언뜻 내비치는 달빛을 받아 윤이 나고 반짝였다. 그 위로 드리워진 덩굴나무와 종 모양의 꽃들은 곤히 잠든 채로 창백한 빛을 내며 매달려 있었다. 하지만 공터 안쪽 그 어디에도 풀 한 포기가 보이지 않았다. 그저 단단하게 굳어진 흙뿐이었다.

코끼리 몇 마리가 서 있는 부분만 제외하면 공터 전체가 강철처럼 단단한 회색빛을 띠고 있었다. 리틀 투마이는 깜짝 놀라서 눈을 동그랗게 뜨고 숨을 멈췄다. 이윽고 언덕을 올라온 코끼리들이 사방으로 자란 나무들 사이로 하나둘 모습을 드러냈다. 리틀 투마이는 숫자를 열까지밖에 세지 못하기 때문에 손가락을 꼽으면서 코끼리를 셌는데 워낙에 많아서 숫자를 세다가 머리가 핑글핑글 돌아서 결국 몇 마리인지 잊어버리고 말았다. 공터로 모여드는 코끼리들은 언덕에 이를 때까지는 요란하게 울어 댔지만 일단 나무로 둘러싸인 공터에 들어서면 유령처럼 조용히 움직였다.

공터에는 쭈글쭈글한 목주름과 귀에 낙엽과 열매, 잔가지를 잔뜩 달고 온 하얀 엄니의 야생 수코끼리도 있었고, 느릿느릿 움직이는 뚱뚱한 암코끼리도 있었다. 겨우 1미터가 될까 말까 한 새끼들은 엄마 코끼리의 배 밑으로 열심히 뛰어다녔다. 새끼들은 분홍빛이 도는 시커먼 색깔이었다. 막 엄니가 돋기 시작한 젊은 코끼리들은 한껏 거드름을 피웠고, 나무껍데기처럼 코가 거친 크고 비쩍 마른 늙은 암코끼리들은 근심 걱정이 가득한 표정을 짓고 있었다. 나이 많고 사나운 수코끼리들은 지금까지 벌인 싸움에서 얻은 상처를 훈장처럼 어깨부터 옆구리까지 군데군데 달고 있었고, 어디서 혼자 진흙으로 목욕이라도 했는지 어깨 아래로 흙더미가 뚝뚝 떨어졌다. 엄니가 부러지고 옆구리에 호랑이의 발톱에 깊게 패인 상처가 있는 코끼리도 보였다.

코끼리들은 서로 얼굴을 맞대고 서 있거나 둘씩 짝을 지어 이리저리 걷거나, 혼자 몸을 흔들며 서 있었다. 그 숫자만 해도 족히 수십 마리는 돼 보였다.

리틀 투마이는 칼라 나그의 목덜미에 조용히 엎드려 있으면 아무 일도 없을 거라고 생각했다. 케다 안에 갇혀서 서로 부딪히고 밀치는 싸움이 벌어져도, 다른 코끼리들은 칼라 나그 근처에 가까이 오지 못했으며 칼라나그의 목에 매달린 사람을 끌어내리려는 시도조차 못했다. 게다가 이 코끼리들은 이런 한밤중에 인간이 이곳까지 와 있으리라고는 생각도 못할 것이다. 바로 그때 숲속에서 쇠사슬이 덜컹거리는 소리가 들렸고 그 소리에 코끼리들이 깜짝 놀라서 귀를 바짝 세웠다. 눈앞에 나타난 것은 바로 피터슨 나리의 암코끼리 푸드미니였다. 말뚝을 부수고 피터슨 나리의 야영장에서 곧바로 이곳으로 온 모양이었다. 다른 코끼리도 한 마리 있었는데 예전에는 한 번도 본 적 없는 녀석이었다. 등과 가슴에 밧줄 자국이 깊게 패인 것을 보니 분명 언덕 곳곳에 있는 야영지 어딘가에서 도망쳐 온 녀석 같았다.

어느 정도 시간이 흐르자 숲속에서 코끼리들이 움직이는 소리가 더 이상 들리지 않았다. 칼라 나그는 두 그루의 나무 사이에 서 있다가 꺽꺽 소리를 내면서 무리 한가운데로 들어갔다. 그러자 다른 코끼리들도 자기들만의 언어로 뭔가 이야기를 나누며 이리저리 움직이기 시작했다.

리틀 투마이는 여전히 칼라 나그의 등에 바짝 엎드린 채 주변에 보이는 널찍한 등과 이리저리 펄럭이는 귀, 위아래로 움직이는 코와 조그만 눈동자를 주시했다. 코끼리들이 이빨을 딱딱 부딪치는 소리도 들렸고, 서로 코를 휘감을 때면 버석거리는 소리가 나기도 했다. 묵직한 옆구리와 어깨가 스치는 소리, 긴 꼬리를 획획 휘두르는 소리도 쉴 새 없이 이어졌다. 환히 빛나던 달이 구름 속으로 사라지자 리틀 투마이는 시커먼 어둠 속에 잠겼다. 그 와중에도 코끼리들은 계속해서 서로 부딪히고 꺽꺽 소리를 내면서 울었다. 순간 리틀 투마이는 다른 코끼리들이 칼라 나그를 동그랗게 에워싸고 있어서 도저히 빠져나갈 수 없다는 사실을 깨달았다. 리틀 투마이는 이를 악물고 부들부들 떨었다. 케다 안에서는 횃불도 보이고 고함치는 소리도 들렸지만, 여기서는 어둠 속에서 철저하게 혼자였다. 한 번인가 코끼리의 코가 투마이의 무릎을 쓱 스치고 지나가기도 했다.

바로 그때 코끼리 하나가 나팔 소리를 내며 길게 울었고, 다른 코끼리들도 따라서 5초에서 10초가량 큰 소리로 울었다. 주변이 너무 어두워서 제대로 보이지는 않았지만 코끼리 등 위로 나무에 맺힌 이슬이 비처럼 떨어졌다. 또다시 희미하지만 둔탁하게 쿵쿵대는 소리가 들렸다. 무슨 소리인지는 몰라도 그 소리가 점점 커졌다. 칼라 나그는 한쪽 앞발을 들었다가 내리고 또 다른 앞발을 들었다가 내렸다. 하나둘, 하나둘, 코끼리들은 기계 망치처럼 발을 구르기를 반복했다. 그렇게 모든 코끼리들이 쿵쿵 발을 구르는 소리가 마치 굴 입구에서 울리는 전쟁의 북소리처럼 이어졌다.

나뭇가지에 맺힌 이슬이 전부 떨어질 때까지 울림은 계속됐고, 땅바닥도 벌벌 떨듯 흔들거렸다. 리틀 투마이는 양손으로 귀를 틀어막았다. 하지만 수백 개의 육중한 발로 땅을 쿵쿵 구르는 소리는 온몸 구석구석을 파고들 정도로 엄청났다. 한두 차례 칼라 나그와 다른 코끼리들이 함께 성큼성큼 앞으로 나가는 느낌이 들었고, 쿵쿵대는 소리는 어느새 푸른 수풀을 짓밟는 소리로 바뀌었다. 하지만 1, 2분 후 다시 맨바닥을 구르는 요란한 소리가 이어졌다. 근처에 있던 나무들이 삐걱거리며 신음하는 소리에 리틀 투마이는 손을 뻗어서 나무껍질을 더듬었다. 하지만 칼라 나그는 한시도 걸음을 멈추지 않고 계속 앞으로 나아갔다. 리틀 투마이는 자신이 공터 어디쯤 서 있는지도 분간할 수 없게 됐다. 두세 마리의 새끼 코끼리들이 낑낑대는 소리를 낸 것 빼고 다른 코끼리들은 아무 소리도 내지 않았기 때문이다. 잠시 후 쿵 소리와 함께 발을 질질 끄는 소리가 들렸고 또다시 쿵 소리가 들렸다. 그렇게 족히 두 시간은 지난 모양이었다. 리틀 투마이는 온몸이 쑤시고 아팠다. 어느 순간 밤공기가 촉촉한 새벽 공기로 바뀌었다는 것을 느낄 수 있었다.

아침이 밝아 오면서 푸른 언덕 저 너머가 노란빛으로 물들었다. 밝은 햇살이 비치자 누가 멈추라고 명령이라도 내린 것처럼 쿵쿵대던 소리도 멈췄다. 리틀 투마이의 머리에서 울리던 요란한 울림이 미처 사라지기도 전에, 그리고 고개를 들기도 전에 코끼리들은 모두 사라지고 없었다. 주변에 남은 코끼리라고는 칼라 나그와 푸드미니, 그리고 밧줄 자국이 난 코끼리뿐이었다. 그야말로 순식간에 벌어진 일이었다. 주위를 둘러봤지만 코끼리들이 이동했을 법한 언덕 그 어디에서도 바스락대는 소리나 살랑대는 소리조차 들리지 않았다.

리틀 투마이는 고개를 들어 계속해서 주변을 살폈다. 밤새 공터가 더 넓어진 것 같았다. 한가운데 서 있던 나무도 더 늘어난 것 같았다. 하지만 공터 가장자리의 덤불이나 수풀들은 고개를 숙인 채 더 뒤로 물러나 있었다. 리틀 투마이는 다시 한번 주위를 둘러봤다. 그제야 쿵쿵대던 소리가 들린 이유를 알 것 같았다. 코끼리들은 더 넓은 공간을 확보하기 위해 땅을 밟아서 공터를 넓혔던 것이다. 무성하게 자란 수풀은 발에 밟혀 뭉개졌고 수분이 많은 작은 줄기 식물들은 짓밟혀 잘리고 쪼개지면서 찌꺼기 덩어리가 됐다. 그리고 그 찌꺼기 덩어리가 또다시 길고 잘게 쪼개지면서 가는 섬유처럼 되었고, 그 섬유들이 뭉쳐져 땅이 단단하게 바뀌었다.

리틀 투마이가 졸음 가득한 피곤한 눈빛으로 말했다. "와! 칼라 나그, 우리 코끼리. 빨리 푸드미니를 따라서 피터슨 나리의 야영지로 돌아가자. 너무 졸려서 지금 당장 바닥에 떨어질 것 같아.”

세 번째 코끼리는 칼라 나그와 푸드미니가 떠나는 모습을 지켜보고, 콧김을 내뿜더니 방향을 틀어 제 갈 길로 향했다. 아마도 100킬로미터, 아니, 150킬로미터 떨어진 원주민 부족의 코끼리였던 모양이다.

두 시간 후 피터슨 나리가 이른 아침을 먹고 있을 때, 어젯밤 쇠사슬을 이중으로 묶어 뒀던 코끼리들이 나팔 소리를 내며 울기 시작했다. 어깨까지 진흙을 뒤집어 쓴 푸드미니가 칼라 나그와 함께 욱신대는 발을 디디면서 어기적어기적 야영지로 돌아왔다.

칼라 나그의 등에는 밤새 초췌해진 얼굴의 리틀 투마이가 타고 있었다. 머리카락에는 잎사귀가 대롱대롱 걸려 있고 밤이슬을 맞아 온몸이 축축하게 젖어 있었다. 그 와중에도 리틀 투마이는 피터슨 나리에게 인사하고는 겨우 입을 열어 젖 먹던 힘까지 다해 소리쳤다.

“그 춤이요, 코끼리들의 춤! 제가 봤어요. 그런데 저…… 너무 힘들어 죽을 것 같아요!” 칼라 나그가 바닥에 무릎을 꿇으며 앉자 리틀 투마이가 완전히 정신을 잃고 칼라 니그의 목에서 스스륵 미끄러지고 말았다.

인도의 아이들이 얼마나 겁이 없는지는 다시 설명하지 않아도 누구나 알 것이다. 리틀 투마이도 마찬가지다. 두 시간 정도 지난 뒤 리틀 투마이는 피터슨 나리의 사냥용 옷을 베개 삼아 해먹에 편히 누워 있을 정도가 되었다. 그사이 따뜻한 우유 한 잔과 브랜디, 기니 나무 껍질로 만든 해열제인 키니네도 얻어 마셨다. 나이 지긋하고 수염이 덥수룩하게 자라고 군데군데 상처가 난 정글의 사냥꾼들이 리틀 투마이 앞에 세 줄로 나란히 앉아 있었다. 마치 유령이라도 본 듯한 눈빛이었다. 어느 정도 기운을 차린 리틀 투마이가 몸을 일으켰다. 그리고 자신이 겪은 일을 털어놓기 시작했다. 어린아이들이 얘기할 때 그렇듯 짤막짤막하게 이어 말하던 리틀 투마이는 이렇게 말을 맺었다.

"제 말이 거짓말처럼 들린다면 사람을 보내서 직접 확인해 보셔도 좋아요. 코끼리들이 무도회장을 넓히기 위해서 밤새 바닥을 뭉개 놨다는 걸 똑똑히 보실 수 있을 테니까요. 게다가 열 개, 아니 수십 개의 발자국이 그 무도회장 주변으로 길게 이어져 있다는 것도 확인할 수 있을 테고요. 코끼리들이 발을 쿵쿵 구르면서 공터를 크게 만들었어요. 제가 직접 봤어요. 칼라 나그의 등에 타고요. 아마 칼라 나그도 다리가 많이 아플 거예요."

말을 끝낸 리틀 투마이는 다시 잠들었고 오후가 다 지나고 땅거미가 내릴 때까지 내내 잠에 곯아떨어졌다. 그사이 피터슨 나리와 마추아 아파는 코끼리의 발자국을 따라서 25킬로미터 가량을 걸어 언덕 위로 올라갔다. 피터슨 나리는 지금까지 18년 동안 코끼리 사

냥을 했지만 그런 광경은 난생처음이었다. 마추아 아파는 그 공터에서 무슨 일이 일어났는지 대번에 알아차렸다. 굳이 공터를 살피거나 단단하게 다져진 흙을 들춰 볼 필요도 없었다.

"그 아이의 말이 사실이었네요. 어젯밤에 땅을 다진 게 맞는 것 같습니다. 강을 건너면서 세어 봤는데 코끼리 발자국이 족히 일흔 개는 되는 것 같아요. 나리, 저기 푸드미니의 발목에 채웠던 쇠사슬 때문에 나무껍질이 벗겨진 흔적이 보이네요. 그 아이 말대로 푸드미니도 여기 있었던 겁니다."

두 사람은 서로의 얼굴을 쳐다봤고 다시 위아래 곳곳을 살피며 고개를 갸우뚱거렸다. 원주민이건 백인이건, 이런 코끼리들의 습성은 도저히 이해하기 힘든 것이었기 때문이다.

"지금까지 마흔다섯 해 동안 코끼리를 따라다녔지만 그 아이가 봤던 장면을 봤다는 사람은 한 명도 없었습니다. 언덕의 모든 신을 걸고 맹세할 수 있습니다. 대체…… 이걸 어떻게 설명해야 할까요?" 마추아 아파는 믿기지 않는다는 듯 고개만 가로저을 뿐 말을 더 잇지 못했다.

두 사람이 다시 야영지로 돌아왔을 때는 이미 저녁 식사 시간이 다 됐을 무렵이었다. 피터슨 나리는 천막에서 혼자 식사를 했다. 하지만 평소보다 밀가루와 쌀, 소금의 배급을 두 배로 늘리고 양 두 마리와 닭도 몇 마리 잡으라고 지시했다. 그 정도라면 사람들이 신나게 잔치를 열 수 있을 거라는 생각에서였다.

빅 투마이는 아들과 코끼리를 찾기 위해 평원에서부터 부리나케 달려왔지만 막상 아이와 코끼리를 보자 두려운 눈으로 쳐다보기만 했다. 커다란 모닥불 주변에서 한바탕 잔치가 벌어졌다. 당연히 오늘의 주인공은 리틀 투마이였다. 덩치가 크고 피부가 검은 포수, 사냥꾼, 그리고 몰이꾼과 목동 등 야생 코끼리의 비밀을 전부 꿰고 있다고 자부하는 사람들이 한 사람씩 리틀 투마이의 앞으로 지나가면서 갓 잡은 수탉의 가슴에서 받은 피를 아이의 이마에 발라 줬다. 리틀 투마이가 숲의 일원이며 정글 어디든 출입할 수 있다는 표시였다.

마침내 모닥불이 잦아들었고 희미한 모닥불 기운에 주변이 온통 붉은 피로 물든 것 같았다. 마추아 아파는 케다에서 일하는 몰이꾼의 우두머리이자, 피터슨 나리의 분신이며, 지난 40년 동안 제대로 포장된 도로에는 발도 디뎌 보지 않은 사람이었다. 워낙 위대하고 뛰어나서 오로지 마추아 아파라는 이름만으로 충분했던 마추아 아파, 그가 자리에서 벌쩍 일어났다. 그러고는 리틀 투마이를 공중으로 번쩍 들어 올리며 이렇게 외쳤다.

"형제들이여, 똑똑히 들어라! 거기 나란히 서 있는 코끼리들도 잘 들어라! 나, 마추아 아파가 말하건대 앞으로 이 꼬마는 더 이상 리틀 투마이로 불리지 않을 것이다! 대신 이 아이는 그의 증조부가 그러했듯 '코끼리들의 투마이'로 불릴 것이다. 이 아이는 어젯밤 누구도 보지 못한 것을 똑똑히 보았다. 또한 코끼리들과 정글 신의 은총을 받았다. 이 아이는 앞으로 훌륭한 사냥꾼이 될 것이며, 나 마추아 아파보다 훨씬 더 위대한 사냥꾼이 될 것이다! 아이의 맑은 눈동자는 새로운 발자국과 오래된 발자국, 그리고 여기저기 뒤섞인 발자국도 모두 추적할 수 있을 것이다! 야생 코끼리를 밧줄로 묶기 위해 케다에 들어가서 코끼리들의 배 밑을 뛰어다닌다고 해도 절대로 부상을 입지 않을 것이다. 전속력으로 달려오는 수코끼리의 발아래 미끄러진다고 해도, 코끼리가 먼저 아이를 알아보고 피해 갈 것이다. 아이하이! 사슬에 묶인 코끼리들이여!"

마추아 아파가 말뚝에 묶인 코끼리들 쪽으로 걸어가더니 리틀 투마이를 내보이며 말을 이었다.

"여기 너희들의 은신처에서 춤을 추는 모습을 본 아이가 있다. 지금까지 그 어떤 인간도 보지 못한 장면을 이 아이가 똑똑히 보았다! 이 아이에게 경의를 표하라! 살람 카로, 내 아이들아! 코끼리들의 투마이에게 인사를 올려라! 군가 페르샤드, 아하! 히라 구이, 비르시 구이, 쿠타르 구이, 아하! 푸드미니, 너는 무도회장에서 이 아이를 보았다. 그리고 진주처럼 위대한 칼라 나그, 너도 보았다! 모두들, 코끼리들의 투마이를 향해 경배를 올려라! 바르라오!"

마추아 아파가 마지막 말을 외치자 모든 코끼리들이 이마에 코끝이 닿을 정도로 있는 힘껏 코를 들어 올렸다. 그리고 인도의 총독에게나 바칠 법한 우렁찬 나팔 소리를 냈다. 이는 케다의 코끼리들이 바치는 최고의 찬사였다.

하지만 그건 그 누구도 본 적 없는 장면을 목격한 리틀 투마이만을 위한 찬사였다. 그것도 한밤중에 혼자 가로 언덕의 깊숙한 심장부에서 코끼리들의 춤을 본 리틀 투마이를 향한!

시바 신과 메뚜기

(투마이의 엄마가 어린 동생에게 불러준 노래)

곡식을 추수할 수 있도록 해 주시고 바람을 내려 주시는 시바 신,

아주 오랜 옛날 문턱에 앉아서

왕좌에 앉은 왕부터 성문 앞에 모인 거지에 이르기까지

제 몫의 음식과 고통, 운명을 나누어 주셨다네 - 보호자 시바.

마하데오! 마하데오! 만물을 창조하셨나니

낙타에게는 가시나무, 소에게는 여물,

잠든 아이에게는 어머니의 가슴을, 오 내 어린 아들!

부자에게는 밀을, 가난한 이에게는 수수를

집집마다 구걸하는 성자에게는 음식 부스러기를 주셨고,

호랑이에게는 소를, 솔개에게는 썩은 고기를,

한밤중 담장 밖 음흉한 늑대들에게는 누더기와 뼈다귀를 주셨네.

시바 신에게는 오만한 자도 비천한 자도 없지.

그분 옆에 있던 파르바티가 그 모습을 지켜보고

남편인 시바 신을 속여 조롱거리로 만들기로 결심했네.

그래서 작은 메뚜기를 숨겨 자기 품에 숨기고 시바 신을 속였지.

마하데오! 마하데오! 뒤돌아보라.

키가 큰 것은 낙타요, 무거운 것은 암소라.

하지만 이건 작은 것들 중에 가장 작은, 내 어린 아들!

시바 신이 모든 것을 베푼 후, 파르바티가 웃으며 말했네.

"위대한 시바 신이시여, 이제 100만 개의 입을 다 채우신 건가요?"

시바 신이 웃으며 대답했지. "모두가 제 몫을 받았느니라.

그대 품 안에 숨겨 둔 그 조그만 녀석까지도."

놀란 파르바티가 품 안에 숨겨 둔 메뚜기를 꺼내 보니

세상에서 가장 작은 것이 갓 돋은 잎사귀를 뜯고 있었네!

파르바티는 놀라고 두려운 마음에 시바 신께 기도했지.

살아 있는 모든 생명에게 아낌없이 베풀어 주신 분이여,

만물을 창조하신 우리의 수호자시여,

마하데오! 마하데오! 만물을 창조하셨나니

낙타에게는 가시나무, 소에게는 여물,

잠든 아이에게는 어머니의 가슴을, 오 내 어린 아들!

여왕 폐하의
신하들

분수나 간단한 비례식으로
문제를 풀 수도 있겠지.
하지만 트위들덤의 방식과
트위들디의 방식이 같지는 않지.
지쳐 쓰러질 때까지
비틀거나 돌리거나 꼬아 볼 수 있겠지.
하지만 필리웡키의 방식과
윙키팝의 방식이 같을 수는 없지.

한 달 내내 세찬 비가 내렸다. 라왈핀디 캠프에 3만 명의 병사와 수천 마리의 낙타, 코끼리, 말, 황소, 노새가 인도 총독의 사열을 받기 위해 모여 있었다. 아프가니스탄의 아미르가 인도 총독을 방문해 있었는데 그는 매우 미개한 나라의 난폭한 왕이었다. 아미르는 병사 800명과 말들을 호위대로 거느리고 왔는데 이들은 이제껏 다른 캠프를 방문한 적이 없었고 기관차를 본 적도 없었다. 중앙아시아 촌구석에서 온 사람들은 야만적이었고, 말들은 성질이 사나웠다. 매일 밤 아미르가 데려온 말들은 다리를 묶은 밧줄을 끊고 어둠 속에서 진흙탕 위를 뛰어다녔다. 아니면 밧줄을 푼 낙타들이 마찬가지로 뛰어다니다가 텐트 밧줄에 걸려 넘어지기도 했다. 곤히 잠을 청하는 사람들에게 이런 북새통이 얼마나 괴로웠을지는 쉽게 상상할 수 있을 것이다. 우리 텐트는 낙타들이 있는 곳에서 제법 떨어져 있어서 안전하리라 생각했는데 어느 날 밤 한 남자가 불쑥 텐트 안으로 얼굴을 들이밀더니 소리쳤다.

"어서 도망쳐요! 녀석들이 오고 있어요. 내 텐트가 무너졌어요!"

나도 그 '녀석들'이라는 게 누군지는 말 안 해도 충분히 알 수 있었다. 그래서 서둘러 장화를 신고 비옷을 걸친 뒤 허둥지둥 질퍽질퍽한 밖으로 달려나갔다. 내가 키우는 폭스테리어 강아지 리틀 빅센도 반대편으로 달려갔다. 곧이어 거친 울부짖음과 부글거리는 거품 소리가 들렸고, 이내 기둥이 부러지면서 텐트가 주저앉았다. 그리고 뭔가가 텐트 천막을 뒤집어쓰고 정신 나간 유령처럼 춤을 추기 시작했다. 낙타 한 마리가 어둠 속에서 텐트를 보지 못하고 돌진했던 것이다. 흠뻑 젖은 데다 화가 났지만 웃지 않을 수 없었다. 그리고 다시 뛰기 시작했다. 낙타들이 몇 마리나 도망쳤는지 알 수 없었기 때문이다. 나는 진흙탕을 달렸고 얼마 지나지 않아 캠프가 보이지 않는 곳에 이르렀다.

그렇게 길을 가다가 결국에는 어느 대포의 끝부분에 걸려 넘어졌다. 밤에 대포를 세워 두는 곳, 그러니까 포병 막사 근처인 듯했다. 어둠 속에서 비를 맞으며 헤매고 싶지 않았기에 비옷을 벗어 대포의 포구에 걸쳐 놓고는 대포를 장전할 때 쓰는 꽂을대를 두 개 찾아내 원형의 천막집 비슷한 피난처를 임시방편으로 만들었다. 그러고는 다른 포의 뒤꼬리 부분과 나란히 누워 내 개는 어디로 갔는지, 또 내가 있는 곳은 어디인지 생각해 봤다.

생각 끝에 막 잠이 들려는 순간, 짤랑거리는 마구 소리와 거친 숨소리가 들렸고 노새 한 마리가 젖은 귀를 흔들면서 옆으로 지나갔다. 안장에 달린 끈과 고리, 사슬 등이 요란한 소리를 내는 것으로 보아 스크루건 포대 소속임을 알 수 있었다. 스크루건이란 두 부분으로 분해해서 운반하는 작은 대포로, 나누어진 부분을 나사로 죄어 한데 결합한 다음 장전해서 쏘는 포다. 이 작은 포는 운반이 쉬워서 노새가 오를 수 있는 곳이라면 어디라도 가져갈 수 있었기에 바위가 많은 산악 지역에서 전투를 벌일 때 꽤 쓸모 있는 편이었다.

노새 뒤를 낙타 한 마리가 따르고 있었다. 낙타는 크고 부드러운 발을 진창에 내디며 흙탕물을 철썩철썩 튀기기도 하고 미끄러지기도 했다. 목을 앞뒤로 까딱대는 꼴이 마치 길 잃은 암탉 같았다. 다행히도 나는 원주민들로부터 동물의 언어를 배워둔 터였다. 야생동물의 언어는 아니고 길들여 데리고 다니는 캠프 동물들의 언어였다. 그래서 낙타가 뭐라고 하는지 알 수 있었다. 낙타가 노새에게 하는 말로 보아 그 녀석이 내 텐트 속으로 뛰어들었던 낙타가 틀림없었다.

"이제 어떻게 하지? 어디로 가야 할까? 내가 막 흔들흔들 너풀대는 하얀 것하고 싸웠는데, 아니 그게 막대기를 하나 집어서는 내 목을 후려치는 거야. 계속 도망쳐야겠지?"

녀석이 말한 막대기는 부러진 텐트 기둥이었고, 나는 녀석이 맞았다는 말에 기분이 좋아졌다. 노새가 대꾸했다.

"아, 너였구나. 너랑 네 친구들이 막사를 뒤집어 놨구나? 아침이 되면 어차피 두들겨 맞겠지만 지금은 나한테 몇 대만 맞자."

노새가 뒤로 물러나자 마구가 짤랑거리며 흔들렸다. 노새는 낙타의 옆구리를 두 번 걷어찼는데 그 소리가 마치 북소리 같았다. 노새가 다시 말했다.

"다음에 또 밤에 '도둑이야, 불이야!'라고 소리치면서 노새들이 있는 포대 근처에서 난동을 피우면 혼쭐날 줄 알아. 가만히 거기 앉아 있어. 그 바보 같은 목도 좀 가만히 두고."

낙타는 접이식 자처럼 몸을 웅크리고 앉아 훌쩍거렸다. 어둠 속에서 규칙적인 말발굽 소리가 들렸고 커다란 기병대 말이 마치 행진을 하듯 천천히 달려와 대포를 가볍게 뛰어넘어 노새 가까이에 착지했다. 말이 콧김을 내뿜으며 말했다.

"정말 체면이 말이 아니군. 낙타들이 또 우리 막사를 난장판으로 만들었어. 이번 주에만 벌써 세 번째야. 잠을 못 자면 어떻게 컨디션을 유지하겠어? 그런데 넌 누구지?"

그러자 노새가 대답했다. "난 제1 스크루건 포대에서 2번 포의 뒷

부분을 맡고 있는 노새야. 얘는 네가 말한 낙타들 중 하나고. 녀석 때문에 나도 깼어. 넌 누구야?"

"난 제9 기병대대 E중대 15번 딕 컨리프의 말이야. 저쪽으로 조금만 비켜 줘."

"아, 미안. 너무 어두워서 잘 안 보이네. 낙타 녀석들 정말 짜증나지 않아? 나도 조용히 좀 쉬려고 부대를 잠깐 빠져나왔어."

그러자 낙타가 공손하게 말했다. "내가 무서운 꿈을 꿔서 그래. 정말 무서웠거든. 나는 제39 원주민 보병대에서 짐을 나르는 낙타야. 짐만 나르지, 너희들처럼 용감하지는 못해."

"그럼 보병대 짐이나 나를 것이지, 왜 부대 전체를 헤집고 다녔어?" 노새가 말했다.

"정말 무서운 꿈이었거든. 미안해. 그런데 이게 무슨 소리지? 또 도망가야 하나?"

"가만히 앉아 있어. 안 그러면 그 긴 다리가 대포 사이에 끼어서 부러질 테니까." 노새가 말을 마치고 귀를 쫑긋 세우고는 가만히 소리에 집중했다. "황소들이군! 대포를 끄는 황소들. 너와 네 친구들이 부대의 모두를 깨운 모양이구나. 황소들은 웬만해선 깨는 법이 없는데."

곧이어 땅에 사슬이 끌리는 소리가 들리더니 덩치 큰 하얀 황소 한 쌍이 잔뜩 화난 표정으로 다가왔다. 황소들은 코끼리들이 포를 쏘는 현장에 가까이 가지 않으려고 버틸 때 코끼리들을 대신해서 무거운 대포를 끌었다. 이어 포대에 속한 노새 한 마리가 사슬을 금방이라도 발로 밟을 듯 바싹 붙어 뒤따르며 큰 소리로 누군가의 이름을 외쳤다. "빌리."

"저놈, 우리 신병인데 날 부르는 거야." 노새가 기병대 말에게 말했다. "여기야, 신병. 그만 좀 빽빽거려. 어둠은 아무도 다치게 하지 않으니까."

대포를 끄는 황소들은 나란히 앉아 되새김질을 하기 시작했다. 그리고 젊은 노새는 빌리 곁에 바싹 다가와 몸을 웅크렸다.

"무시무시하고 끔찍한 일이 일어났어요, 빌리! 우리가 자고 있을 때 놈들이 부대 안으로 들어왔어요. 혹시 놈들이 우릴 죽이려는 걸까요?"

"한 대 맞아야 정신을 차리겠구나." 빌리가 안타깝다는 듯 야단을 쳤다. "훈련까지 받았고 키도 1미터가 훌쩍 넘는 녀석이 그렇게밖에 생각을 못하다니, 이 신사분 앞에서 우리 부대의 명예에 먹칠을 하는 거냐?"

"진정해. 진정하라고." 기병대의 말이 끼어들었다. "누구든 처음엔 다 그렇잖아. 난 세 살 때 호주에서 처음 사람을 보고는 반나절을 도망쳐다녔어. 낙타를 봤더라면 아마 지금도 도망치고 있을걸."

영국 기병대에서 사용하는 말은 거의 대부분 호주에서 데려와 기

병들이 직접 길들이고 훈련을 시켰다.

"그건 그래." 빌리가 말했다. "야, 신참. 그만 좀 떨어. 나는 사람들이 사슬이 잔뜩 달린 마구를 내 등에 처음 얹었을 때 앞다리를 굳게 딛고 서서는 모두 다 걷어차 버렸어. 그땐 제대로 차는 법을 배우지도 못했는데 그래도 포병대원들이 그런 기술은 처음 본다며 다들 혀를 내둘렀지."

"하지만 그건 짤랑거리는 마구 같은 게 아니었어요." 젊은 노새가 말했다. "빌리, 아시잖아요. 저도 이젠 마구 같은 건 신경도 안 써요. 근데 그건 나무 같은 거였어요. 그게 우리한테 마구 쓰러져서는 거품을 뿜어 대고 난리도 아니었어요. 제 머리를 묶었던 줄도 끊어졌고, 주인도 보이지 않고, 빌리 당신도 보이질 않았어요. 그래서 이 신사분들과 도망친 거예요."

"흠!" 빌리가 말했다. "난 낙타가 풀려났다는 소릴 듣자마자 조용히 혼자 빠져나왔지. 스크루건 포대 소속 노새가 대포 끄는 황소를 신사라고 부르다니. 무척이나 놀라긴 했나 보군. 거기 바닥에 앉은 댁들은 누구요?"

대포 끄는 황소들이 되새김질을 계속하며 둘이 동시에 대답했다. "대포 부대의 1번 포를 끄는 7조 황소들이오. 낙타들이 몰려왔을 때 우린 자고 있었지. 근데 녀석들이 우릴 밟고 지나가는 바람에 할 수 없이 일어나서 나왔지. 편한 잠자리에서 방해를 받는 것보다는 진흙탕에 조용히 누워 있는 게 더 낫잖아. 우리가 여기 당신 친구한테 무서워할 거 없다고 말해 줬는데, 어찌나 아는 게 많은지 도통 듣질 않더군."

소들은 되새김질을 계속했다.

"겁이 나서 그런 게지." 빌리가 말했다. "신참, 너 대포를 끄는 황소들한테 웃음거리가 됐구나. 기분 한번 참 좋겠다."

젊은 노새가 이빨을 딱딱대면서 늙은 황소 따위는 하나도 겁나지 않는다고 중얼거렸다. 하지만 황소들은 개의치 않고 서로 뿔을 부딪치면서 되새김질만 계속했다.

"자, 젊은 친구가 겁을 좀 먹었다고 해서 너무 뭐라고 하지는 마." 기병대 말이 말했다. "밤에 뭔지 알 수 없는 게 덮쳤으니 누구라도 겁에 질릴 수 있는 거 아닌가. 우리도 말뚝을 부수고 뛰어나온 게 한두 번이 아니야. 450마리가 동시에 도망쳤다니까. 신참 하나가 자기 고향인 호주에서 채찍 뱀을 본 얘기를 하고 또 하는 바람에 급기야는 머리에 두른 밧줄 끝이 축 늘어져 내려오기만 해도 무서워서 다들 달아나고 난리가 난 적도 있어."

"캠프 안에서야 그럴 수도 있지." 빌리가 말했다. "나도 그럴 때가 있다. 하루 이틀쯤밖에 나가지도 못하고 갇혀 있으면 좀이 쑤셔서 견딜 수가 없거든. 그럴 땐 재미로 혼자 마구 뛰어다니지. 그런데 실전이 벌어지면 기병대에서는 무슨 일을 하지?"

"아, 이건 또 다른 뜻밖의 질문인데." 기병대 말이 반색을 하며 대답했다. "전투가 벌어지거나 임무를 맡으면 딕 컨리프가 내 등에 타서 양쪽 무릎으로 내 옆구리를 치면서 몰아. 그러면 나는 발을 어디에 디딜지 확인하고 뒷다리가 잘 따라오도록 채비한 다음 고삐의 움직임에 맞춰 내달리지."

"고삐의 움직임에 맞추는 게 뭔데요?" 젊은 노새가 물었다.

기병대 말이 콧방귀를 뀌며 대답했다. "맙소사. 자네는 노새로 일하면서 고삐의 움직임에 따르는 법도 안 배운 거야? 어떻게 그럴 수 있지? 고삐를 당기면 곧바로 돌아서야 해. 그건 자네 주인의 생사가 걸린 문제라고. 물론 자네 목숨도 달렸고. 목에 고삐를 당기는 느낌이 들면 곧바로 뒷다리로 돌아서야 해. 만약 방향을 틀 공간이 부족하면 뒤로 살짝 물러난 다음 뒷다리를 딛고 도는 거야. 그게 바로 고삐의 움직임에 맞추는 거야."

그러자 노새 빌리가 퉁명스러운 투로 대꾸했다. "우린 그런 식으로 배우지 않아. 앞에서 주인이 이끄는 대로 복종하라고 배우지. 앞으로 가라면 가고, 멈추라면 멈추고, 뭐, 둘 다 마찬가지인 것 같긴 하지만 말이야. 자네 말처럼 그런 기술을 배우고 나면 뒷다리 무릎 관절에 상당한 무리가 가겠는데? 그래서 주로 어떤 일을 하지?"

"상황에 따라 조금씩 달라." 기병대 말이 대답했다. "대개 칼을 들고 고래고래 소리를 질러 대는 털투성이 사람들 속으로 달려가야 해. 아주 길고 번득이는 무시무시한 칼을 든 사람들이지. 게다가 딕의 군화가 옆 사람의 군화와 부딪히지 않도록 신경 써야 해. 내 오른쪽 눈의 오른쪽 방향으로 딕의 창이 보인다 싶으면 그땐 안전한 거야. 급할 때는 내 앞에 누가 서 있든, 우리 앞에 사람이 있든 말든 신경도 안 쓰고 무조건 달려야 하고."

"그러다 칼에 다치기도 하겠네요?" 젊은 노새가 다시 물었다.

"한 번인가 가슴을 다치기는 했어. 하지만 그건 딕의 잘못은 아니었어."

"저라면 누구 잘못인지 따졌을 것 같아요. 많이 아팠을 것 같은데!" 어린 노새가 말했다.

"그야 자네 생각이지. 주인을 믿지 못한다면 차라리 도망치는 게 나아. 실제 우리 중에도 도망친 애들이 있어. 하지만 그 말들을 탓하고 싶지는 않아. 어쨌거나 내가 다친 건 딕의 잘못이 아니었어. 땅에 쓰러진 사람이 있어서 밟지 않으려고 몸을 쭉 폈는데 그놈이 바닥에서 칼을 휘두르지 뭐야! 이제는 쓰러진 사람이 있어도 그냥 밟고 지나갈 생각이야."

"흠!" 빌리가 나섰다. "정말 어처구니없는 얘기로군. 칼은 정말 언제 사용하는 것이든 고약하고 더러운 물건이야. 균형을 잡고 안장을 걸친 채로 산에 오르는 일이야말로 제대로 된 임무지. 네 다리를 쭉 뻗고 귀를 딱 붙인 채로 걷다 보면 수백 미터 높이에 있는 절벽의 바위에 도착하게 되는데, 아슬아슬하게 발굽만 디딜 수 있어. 머리 좀 잡아 달라고, 그런 부탁도 하면 안 돼. 알았지, 신참? 포가 조립되는 동안 꼼짝 않고 가만히 있어야 해. 그러면 조그만 포탄이 그 아래 나무 꼭대기 위로 떨어지는 것을 볼 수 있지."

"발을 헛디딘 적은 없어?" 기병대 말이 물었다.

"노새가 발을 헛디딘다면 수탉이 알을 낳을 일이지. 가끔은 안장에 짐을 잘못 실어서 헛디딜 때가 있기는 하지만, 그런 경우는 아주 드물어. 우리가 뭘 하는지 보여 주면 좋으련만. 아름답다고 할 정도로 멋진 일이지. 사람들이 뭘 원하는지 이해하는 데 꼬박 3년이나 걸렸다니까. 우리가 하는 일에서 과학적인 부분이 있다면 그건 뭘 하든 절대 지평선을 등진 채 자기 모습을 내보이면 안 된다는 거야, 그게 제일 중요해. 그랬다가는 자칫 총에 맞을 수도 있으니까. 특히 너, 신참은 잘 기억해 둬. 대열에서 이탈하더라도 가능한 몸을 숨겨야 한다는 걸 말이야. 혹시 산에 오를 일이 생기면 내가 부대를 이끌게 되겠지만."

"총을 쏘는 사람들한테 달려들 기회도 없이 그냥 포격을 당해야 하다니!" 기병대 말이 이해가 안 된다는 듯 고개를 갸웃거리며 말했다. "나 같으면 그거, 그냥 참고 있을 수 없을 것 같은데. 딕과 함께 적진으로 돌진해야지, 어떻게 당하고만 있어?"

"이런, 안 돼. 그러면 안 되지. 일단 대포가 배치되고 나면 공격은 죄다 대포가 하잖아. 그게 과학적이고 깔끔하잖아. 하지만 칼은…… 쯔쯧!"

짐을 나르는 낙타는 아까부터 앞뒤로 고개를 까딱거리면서 대화에 끼어들 기회만 엿보고 있었다. 마침내 헛기침을 하더니 조심스럽게 눈치를 보며 입을 뗐다.

"나, 나, 나도 전투는 좀 해 봤지만 높은 곳에 오르거나 달려 보지는 않았어."

"그래, 그렇겠지." 빌리가 대뜸 말을 받았다. "말이 나왔으니 하는 말인데 신체 조건으로 보건대 높이 오르거나 달리기에 적합해 보이지는 않는군. 그래, 낙타 양반은 임무가 뭔가?"

"그러니까 우리는 전투에 배치되면 모두 앉아서……"

"아이고, 안장 끈 떨어지는 소리! 앉아 있다고?" 기병대 말이 소리쳤다.

"우리 모두 앉아 있지. 100마리쯤 될 거야." 낙타가 말을 계속 이었다. "커다란 사각형을 그리고 앉아 있지. 그러면 사람들이 우리가 운반한 짐과 안장을 그 큰 사각형 대열 바깥에 쌓아 두고, 앉아 있는 우리 등 너머로 총을 쏘는 거야. 사각형의 각 면에서 모두 밖으로 총을 쏘는 거지."

"대체 어떤 인간들이 총을 쏜다는 거야? 누구나 총을 쏜다고?" 기병대 말이 물었다. "승마학교에서는 우리 보고 앉아서 주인이 우리 몸뚱이 너머로 총을 쏘도록 가르쳐. 하지만 내 몸을 믿고 맡길 사람은 딕 컨리프뿐이야. 왜냐하면 나한테 몸을 기대면 안장 끈 때문에 허리 쪽이 간질간질하고, 땅에 머리를 대고 있으면 아무것도 보이지가 않으니까."

"누가 총을 쏘건 무슨 상관이야?" 낙타가 반박하고 나섰다. "어차 피 바로 옆에 낙타들도 많고 사람들도 많고, 연기가 자욱해서 보이 지도 않는걸. 그럴 때는 하나도 안 무서워. 그냥 가만히 앉아서 끝 날 때까지 기다리면 되니까."

다시 빌리가 끼어들었다. "그런데 무서운 꿈을 꿨다고 한밤중에 캠프를 발칵 뒤집어 났단 말이야? 맙소사! 난 그냥 앉아 있는 것도 싫지만, 누가 내 몸에 기대서 총을 쏘면 곧바로 뒷발길로 머리통을 차 버릴 거야. 저런 섬뜩한 얘기 들어 본 적 있어?"

한참 동안 침묵이 흐른 뒤에 황소 중 우두머리로 보이는 하나가 커다란 머리를 들고 말했다. "다들 어리석군. 전투를 하는 방법은 하나뿐이야."

"그래, 어디 뭔지 말해 보쇼." 빌리가 말했다. "내 말에 신경 쓰지 말고 한번 말해 봐. 그래, 자네들은 꼬리로 땅을 짚고 싸우나?"

"한 가지 방법밖에 없지." 두 마리가 동시에 대답했다. 분명 쌍둥 이 모양이다. "그 방법이란 이런 거요. 두 꼬리들이 나팔 소리를 내 면 멍에를 쓴 우리 황소 스무 쌍 모두가 커다란 대포로 향하는 거

야."('두 꼬리'란 코끼리를 가르키는 막사의 은어였다.)

"두 꼬리가 왜 우는 건데요?" 젊은 노새가 물었다.

"맞은편에서 연기가 나니까 더는 못 가겠다고 신호를 보내는 거야. 코끼리들이 워낙 겁이 많거든. 그러면 할 수 없이 우리가 나서서 대포를 끌어야 해. '하이야, 훌라! 히야, 훌라!' 소리에 맞춰서. 우리는 고양이처럼 높은 곳에 오르지도 않고, 송아지처럼 뛰지도 않아. 둘씩 멍에를 멘 스무 쌍이 평원을 가로질러 대포를 끌고 가는 거야. 목적지에 도착하면 멍에를 풀고 풀을 뜯지. 그 사이에 우리가 끌고 온 큰 대포들은 포성을 울리며 평원을 지나 흙담으로 지어진 어떤 마을로 날아가는 거야. 그러면 그 담벼락들이 무너져 내리고, 이어서 황소 떼가 동시에 우르르 집에 돌아올 때처럼 뿌연 먼지가 피어오르거든."

"아니, 그런 순간에 풀을 뜯는다고요?" 젊은 노새가 놀라서 되물었다.

"어느 때건 상관없어. 먹는 건 언제나 즐겁거든. 우리는 풀을 뜯다가 시간이 되면 다시 멍에를 쓰고 코끼리가 있는 곳으로 대포를 끌고 돌아가지. 가끔은 도시에서 쏘는 대포에 맞아서 몇 마리가 죽을 때도 있어. 안타까운 일이기는 하지만 그러고 나면 남은 황소들이 뜯어 먹을 풀이 늘어나는 거야. 그건 운명이야. 그래, 그게 운명이라는 거지. 어쨌거나 '두 꼬리'는 겁이 많아. 진짜 전투는 우리처럼 하는 거야. 우리 형제는 델리 동쪽에 있는 하푸르에서 왔어. 우리 조상은 시바 신을 모시던 신성한 소였어. 얘기는 여기까지야."

"오늘 밤, 그래도 많이 배우네." 기병대 말이 말했다. "그러니까 거기, 스크루건을 끄는 양반들, 당신들은 앞에서는 대포를 쏘아 대고 뒤에서는 '두 꼬리'들이 버티고 있는데 밥 먹을 기분이 나겠소?"

"그건 우리가 가만히 앉아 있으면 우리 등 위로 사람들이 엎드려 포를 쏘고 칼을 든 사람들과 맞부딪혀 싸우는 상황과 크게 다르지 않을 것 같은데. 그런데 그런 난장판 속에서 뭘 먹는다? 그런 얘기는 난생처음 들어. 험한 절벽 길, 양쪽으로 균형을 잘 잡아 묶은 짐, 알아서 길을 잘 골라 가도록 해 주는 믿음직한 몰이꾼, 그리고 나는 그 사람의 노새. 이것이면 되는 거지, 다른 건 몰라. 다른 건, 글쎄…… 사양하고 싶은데!" 빌리가 발을 한 번 쿵 구르며 말했다.

"지당하신 말씀." 기병대 말이 곧바로 말을 받았다. "누구나 다르게 태어났잖아. 그래도 당신 가족, 특히 아버지 쪽 가문을 보면 당신 가족은 많은 걸 이해하지 못하는 것 같은데."

"우리 집안 얘기까지 들먹일 건 없잖아?" 빌리가 화가 나서 대들 듯 말했다. 사실 노새들은 자기 아버지가 당나귀라는 사실을 떠올리고 싶어 하지 않았다. "우리 아버지는 남부 출신의 신사였다고! 마주치는 말을 죄다 넘어뜨리고 물어뜯고 걷어찰 수 있는 분이었어. 이 덩치만 큰 갈색 브럼비야!"

브럼비란 한 번도 품종을 개량하지 않은 야생마를 뜻한다. 이 말을 들었을 때 그 호주산 말이 어떤 기분이었을지는 호주의 경마에서 우승한 우수한 품종의 말이 열등한 품종의 말에게 '노랑말'이라고 놀림을 받았을 때 어떤 기분일까를 상상해 보면 쉽게 짐작할 수 있을 것이다. 순간 시커먼 어둠 속에서 기병대 말의 흰자위가 번뜩거렸다.

"이 멍청한 수입산 말라가 수컷 당나귀 녀석이 어디서 까불어!" 기병대 말이 이를 꽉 깨물며 버럭 화를 냈다. "내가 누군지 알기나 해? 우리 어머니 쪽 집안은 멜버른 컵에서 우승한 위대한 경주마 카빈의 친척 뻘이라고. 그리고 우리 고향에서는 장난감 총이나 들고 다니는 부대에 소속된 주제에 말만 많은, 머리가 정말 모자라는 노새들이 우리만 보면 굽실댄다고. 알기나 해? 어디 한번 따끔한 맛을 볼 테냐?"

"좋아, 덤벼!" 빌리가 꽥 소리쳤다.

둘은 서로를 마주 보며 뒷걸음질 치면서 자리에서 일어났다. 나는 드디어 볼만한 싸움이 벌어지겠구나 싶어서 은근히 기대했다. 그런데 바로 그때 오른쪽 어둠 속에서 땅이 흔들릴 정도로 우렁차게 목구멍을 울리는 소리가 들렸다.

"거기 둘! 대체 왜 싸우는 거야? 조용히 좀 해!"

둘은 김이 샌 것처럼 콧방귀를 뀌더니 두 발을 땅에 내려났다. 말도 노새도 코끼리의 시끄러운 소리는 도저히 견딜 수 없었기 때문이다.

"두 꼬리잖아! 양쪽 끝에 꼬리가 하나씩 달리다니, 정말 꼴 보기 싫어! 불공평한 거 아니야?" 기병대 말이 소리쳤다.

"그러게 말이야!" 빌리가 기병대 말에 슬쩍 맞장구를 치며 다가섰다. "어떻게 보면 우린 닮은 데가 많잖아."

"그건 우리가 어머니 쪽에서 물려받은 게 있어서 그래." 기병대 말이 맞장구를 쳤다. "어쨌거나 우리가 싸울 필요는 없잖아. 어이, 두 꼬리! 자네 묶여 있나?"

"그래, 밤이니까 묶여 있지. 너희들이 말하는 거 들었어. 하지만 겁내지 마. 아무 짓도 안 할 테니까." 두 꼬리가 코를 번쩍 들며 대답했다.

황소와 낙타가 적당히 목소리를 높여 입을 모아 대응했다. "두 꼬리를 무서워한다고? 말도 안 돼!"

여기서 끝내지 않고 황소들이 말을 이었다. "어차피 다 들었다니 미안하군. 그래도 맞는 말이잖아. 어이, 두 꼬리, 대포를 쏠 때 왜 그렇게 겁내는 거야?"

"글쎄, 그건 있잖아. 그런데 내 말을 이해할 수 있을지 모르겠네." 두 꼬리가 시를 암송하는 아이가 더듬거릴 때 그러는 것처럼 한쪽 다리로 다른 쪽 다리를 문지르면서 말했다.

"이해하든 못하든 일단 대답부터 해 봐. 하지만 왜 우리가 대신 대포를 끌고 가야 하는지, 그것도 모르겠어." 황소들이 말했다.

"나도 알아. 너희가 스스로 생각하는 것 이상으로 훨씬 더 용감하다는 것도. 하지만 나는 달라. 얼마 전에 부대장이 나더러 낯짝 두꺼운 철면피 같은 시대착오적 동물이라고 부르더라고."

"그건 뭐야, 일종의 전투법인가?" 빌리가 다시 생기 도는 목소리로 말했다.

"물론 그게 무슨 뜻인지 이해하지 못할 거야. 하지만 난 알아. 그러니까 그냥 이도저도 아니고 어중간하다는 뜻이야. 내가 바로 그래. 난 포탄이 터지면 그 후로 어떤 일이 벌어질지 알지만 너희들은 모르니까."

"난 알아. 적어도 조금은. 그저 생각하지 않으려고 할 뿐이야." 기병대 말이 말했다.

"난 너보다 많이 볼 수 있고 그것에 대해 생각도 해. 그러니까 신경 쓸 일이 아주 많아. 내가 아프기라도 하면 나를 치료해 줄 사람이 없다는 것도 알아. 사람들이 할 수 있는 일이란 고작해야 내가 나을 때까지 몰이꾼에게 월급을 주지 않는 것인데, 나는 몰이꾼도 믿을 수가 없어."

"아! 이제야 좀 이해가 되는군, 당신이 왜 그러는지. 하지만 나는 내 주인인 딕을 믿는걸." 기병대 말이 말했다.

"딕 같은 인간을 수십 명 데려와도 내 생각은 달라지지 않을 거야. 나는 마음 편히 지내기에는 너무 많은 걸 알고 있어. 그래서 어떻게 해야 할지 몰라서 앞으로 나가지 못하는 거야."

"무슨 뜻인지 도통 모르겠군." 황소들이 말했다.

"그럴 거야. 너희가 이해하지 못한다는 거, 다 알아. 너희한테 말하고 있는 게 아니거든. 너희는 피가 뭔지도 전혀 모르잖아."

"우리도 알아." 황소가 말했다. "땅에 스며드는 빨간 거잖아. 냄새도 지독하고."

기병대의 말이 땅을 박차고 뛰어오르며 콧김을 뿜었다. "그 얘기는 하지 마. 생각만 해도 냄새가 나는 것 같으니까. 등에 딕만 타고 있지 않으면 도망치고 싶을 정도라니까."

"여기에 피가 있는 것도 아닌데, 왜 그렇게 바보같이 구는데?" 낙타와 황소가 말했다.

"나도 피를 보면 기분이 정말 나빠." 빌리가 거들었다. "그렇다고 도망칠 정도는 아니지만. 더 이상 얘기하고 싶지도 않아."

"그래 그거야!" 두 꼬리가 뭔가를 설명하려는 듯 꼬리를 흔들면서 나섰다.

"뭐가 그거라는 거야? 우리는 밤새 여기 있었는데 뭐가 그거라는 거야?" 황소들이 되물었다.

"너희들한테 말하는 게 아니라니까. 정작 자기 머릿속도 들여다

보지 못하는 주제에." 두 꼬리가 발에 묶인 쇠사슬이 쩔렁거릴 정도로 발을 굴렀다.

"그래, 못 본다. 하지만 우리는 눈 네 개로 본다고." 소들이 대들 듯 대꾸했다. "우리 앞은 똑바로 본단 말이야!"

"내가 다른 것 말고 너희처럼만 할 수 있다면 너희가 대포를 끌지 않아도 될 텐데. 어쩔 수 없지. 우리 대장만 같으면 얼마나 좋아. 그분은 대포가 발사되기도 전에 무슨 일이 일어날지 머릿속에 그려 볼 수 있거든. 그러니까 겁이 나서 벌벌 떠는 거지. 하지만 대장은 그것 말고도 아는 게 너무 많아서 쉽게 도망을 못 가는 거라고. 그러니 내가 대장을 닮았다면, 그래. 그 경우에도 너희가 나 대신 대포를 끌 필요가 없었겠지. 그런데 어쩔 수 없잖아. 내가 그 정도로 똑똑했으면 여기 있지도 않았겠지. 예전처럼 종일 자고 씻고 하면서 숲속의 왕처럼 살았을 거야. 그러고 보니 벌써 한 달이나 목욕도 제대로 못 했어."

"다 맞는 얘기지만," 빌리가 끼어들었다. "그렇게 장황하게 넋두리를 늘어놓는다고 뭐가 달라져? 아무것도 달라지는 게 없잖아."

"잠깐! 조용!" 이번에는 기병대 말이 끼어들었다. "두 꼬리가 무슨 말을 하는지 알 것 같아."

"너희들은 말로 해선 안 돼. 조금만 있으면 다 이해하게 될 거야." 두 꼬리는 화가 났다. "자, 이제 너희들, 너희들이 이 소리를 왜 그렇게 싫어하는지 설명해 봐." 두 꼬리가 요란하게 나팔 소리를 냈다.

"그만해!" 빌리와 기병대 말이 동시에 외쳤다. 발을 구르고 몸을 부르르 떠는 소리도 들렸다. 코끼리의 나팔 소리는 언제 들어도 소름 끼쳤고, 어두운 밤에는 유난히 무시무시하게 들렸다.

"그만두지 않을 거야! 왜 싫은지 이유를 말하라니까. 뿌우우! 뿌우! 뿌우!" 그렇게 나팔 소리를 내던 코끼리가 갑자기 뚝 멈췄다. 어둠 속에서 뭔가 낑낑대는 소리가 들렸기 때문이다. 마침내 빅센이 나를 찾아낸 것이다. 코끼리가 세상에서 제일 무서워하는 것은 바로 시끄럽게 짖어 대는 강아지였다. 그 사실은 나만큼이나 빅센도 잘 알고 있었다. 빅센은 말뚝에 묶여 있는 '두 꼬리'를 골려 주려는 듯 코끼리의 발치를 돌면서 시끄럽게 짖기 시작했다. 두 꼬리는 몸을 이리저리 비틀면서 괴로워 어쩔 줄 몰라 했다.

"저리 가, 이 콩알만 한 녀석! 내 발목에 대고 킁킁대지 말란 말이야! 확 걷어차 버린다! 당장 꺼져. 오, 착한 강아지. 좀 얌전하게 굴란 말이야. 어서 집으로 돌아가라, 자꾸 그렇게 좋알대지 말고, 이 시끄러운 녀석! 왜 아무도 데리고 가지 않는 거야! 이러다가 나를 확 물 것 같아!"

"내가 보기에 우리 두 꼬리는 세상에서 무섭지 않은 게 별로 없는 것 같은데. 지금까지 내가 개를 걷어찰 때마다 배를 채웠으면 두 꼬리만큼 살이 쪘을 텐데 말이야." 빌리가 기병대 말에게 말했다.

내가 휘파람을 불자 온몸이 진흙으로 범벅이 된 빅센이 쪼르르 달려왔다. 그러고는 코를 핥으면서 캠프를 샅샅이 뒤지며 나를 찾아다닌 이야기를 줄줄이 늘어났다. 나는 빅센에게 동물의 말을 안다고 말해 주지 않았다. 만약 그랬다면 너무 버릇없이 행동할 것 같았기 때문이다. 나는 외투 속에 빅센을 품고 단추를 채웠다. 두 꼬리는 몸을 이리저리 흔들며 발을 쿵쿵거리더니 낮은 목소리로 투덜거렸다.

"말도 안 돼! 정말 말도 안 돼! 우리 코끼리에게 이런 겁쟁이의 피가 흐르다니! 그런데 그 작고 시끄러운 녀석이 어디로 갔지?"

코끼리가 코로 여기저기 더듬는 소리가 들려왔다.

"우리는 모두 무서워하는 게 하나씩은 있는 것 같군." 두 꼬리가 콧김을 내뿜으며 말을 이었다. "내가 나팔을 부니까 너희들 모두 겁을 냈잖아."

"정확히 말하자면, 겁을 낸 게 아니야." 기병대 말이 말했다. "그저 안장이 있을 자리에 말벌이 달라붙어서 시끄럽게 구는 느낌이랄까. 그러니까 다시는 나팔 소리 내지 마."

"나는 작은 개를 무서워하고, 여기 낙타는 밤에 꾸는 악몽을 무서워해."

"우리가 같은 방식으로 싸우지 않아도 된다는 것, 그게 참으로 다행스러운 일인 거지." 기병대 말이 말했다.

그러자 한참 아무 말이 없던 젊은 노새가 입을 열었다. "제가 진짜 알고 싶은 건 대체 우리가 왜 싸워야 하느냐는 거예요."

"싸우라는 지시를 받았으니까 싸우는 거지. 뭘 그런 걸 다 묻고 그래." 기병대 말이 한심하다는 듯이 콧방귀를 뀌며 말했다.

"명령이니까." 노새 빌리가 말했다. 그의 이빨이 딱 하고 부딪히는 소리가 났다.

"명령이다!" 낙타가 목구멍을 굴리며 소리쳤다. 그러자 두 꼬리와 황소들이 따라 했다. "명령이다!"

"그래요, 알겠어요. 그렇다면 명령은 누가 하는 건가요?" 신참 노새가 다시 물었다.

"네 머리 옆에서 같이 걸어가는 사람, 등에 앉은 사람, 코에 걸린 밧줄을 잡고 있는 사람, 꼬리를 비트는 사람." 빌리, 기병대 말, 그리고 낙타와 황소가 차례대로 대답했다.

"그럼 그 사람들은 누구한테 명령을 받는데요?"

"참 알고 싶은 것도 많구나, 신참. 그러다가 한 대 걷어차이기 십상이야. 그저 머리 쪽에 서 있는 사람에게 복종하면 돼. 아무것도 묻지 마." 빌리가 대답했다.

"맞는 말이야." 두 꼬리가 말했다. "난 이러지도 저러지도 못하는 쪽이라 늘 명령에 따르지는 못하지만. 빌리의 말이 백번 옳다고 생각해. 무조건 옆에서 명령하는 사람 말에 따라야 해. 안 그러면 너

하나 때문에 부대 전체가 멈추게 되니까. 그뿐인가? 매도 맞아야 할걸?"

대포를 끄는 황소가 자리에서 일어났다. "아침이 밝는 모양이야. 우리는 부대로 복귀해야겠어. 우리가 눈에 보이는 것만 보고 똑똑하지 못한 건 사실이지만 그래도 오늘 밤에 겁먹지 않은 건 우리뿐이야. 잘 자, 용감한 친구들."

하지만 아무도 대답하지 않았다. 곧이어 기병대 말이 화제를 바꾸고 싶었는지 이렇게 물었다. "그런데 조그만 강아지는 어디로 갔어? 강아지가 돌아다니는 걸 보면 주변에 사람이 있다는 뜻인데."

"나 여기 있어." 빅센이 카랑카랑한 목소리로 말했다. "대포 엉치 쪽에 주인님이랑. 이 덩치 크고 멍청한 낙타야! 네가 우리 텐트를 뒤집어 놔서 우리 주인님이 얼마나 화가 났다고!"

"어휴! 분명 백인이겠구먼." 황소들이 비아냥거리며 말했다.

"당연하지. 그럼 너희는 내가 피부가 검은 소몰이꾼 밑에 있는 줄 알았니?"

"우후! 우우! 우후!" 황소들이 역겹다는 듯 말을 내뱉었다. "여길 빨리 뜨자."

그들은 진흙탕 위로 걸음을 옮겼다. 그런데 너무 서두르다가 폭약 운반용 마차의 기둥에 멍에가 걸려서 옴짝달싹도 못 하게 됐다.

"저런, 내 저럴 줄 알아." 빌리가 차분한 목소리로 말했다. "괜히 버둥거리지 말고 그대로 있어. 대체 왜 그렇게 서두른 거야?"

황소들은 인도의 소들이 그렇듯 씩씩대며 길게 콧김을 뿜으면서, 어떻게든 마차에서 벗어나려고 몸을 밀고 당기고 비틀고 발을 구르며 한참 애를 썼다. 하지만 그럴수록 발이 자꾸 미끄러져 거의 흙탕물 속에 나뒹굴 뻔했다. 화가 난 소들이 끙끙대며 불평했다.

"그렇게 움직이다가는 목이 부러지겠어." 기병대 말이 안타깝다는 듯 말했다. "그런데 백인이 뭐 어때서? 난 같이 살다시피 하는데, 대체 왜 그래?"

"백인은 우리를 잡아먹는다고! 얼른 당겨!" 가까이 있던 황소가 외쳤다. 순간 멍에가 뚝 부러지는 소리가 들렸고, 드디어 두 마리 황소가 우르르 도망쳤다.

그 전까지 나는 황소들이 왜 그렇게 영국인을 무서워하는지 알지 못했다. 소몰이꾼들은 소고기를 먹지 않지만 우리는 먹으니까, 당연히 소들이 좋아하지 않을 터였다.

"차라리 안장 사슬에 맞는 게 낫겠다! 덩치도 큰데 저리 호들갑을 떨 줄 누가 알았어?" 빌리가 말했다.

"신경 쓰지 마. 난 이 사람이나 좀 살펴봐야겠어. 백인들은 주머니에 뭘 넣고 다니거든." 기병대 말이 말했다.

"나도 이만 가 볼게. 사실은 나도 백인들을 썩 좋아하지는 않거든. 게다가 잘 곳도 없는 백인은 보통 도둑이니까. 내 등에는 정부의 재산이 가득 실려 있잖아. 가자, 신참. 이제 부대로 돌아가야지. 호주 친구, 잘 자! 내일 열병식에서 만나자. 낙타 친구도, 잘 자! 마음 단단히 먹어, 알겠지? 두 꼬리! 내일 연병장에서 마주치면 제발 나팔 소리는 내지 마. 그럼 모든 대열이 엉망이 될 테니까."

이 말과 함께 노새 빌리는 노병처럼 다리를 절뚝이며 느긋한 발걸음을 옮겼다. 그러자 기병대 말이 내 가슴 쪽으로 다가와서 얼굴을 디밀고 킁킁거렸다. 나는 녀석에게 비스킷을 줬고 그사이 빅센은 우리에게 수십 마리의 말이 있다고 허풍을 늘어놨다.

"난 내일 강아지 전용 마차를 타고 갈 건데, 넌 어디 있을 거야?" 빅센이 물었다.

"제2 기병대대 왼쪽에 있을 거야. 아가씨, 모든 부대가 내 보폭에 맞춰서 행진을 하거든. 나도 이제 딕에게 가봐야겠어. 꼬리에 온통 진흙이 묻어서 열병식 전까지 준비를 하려면 두 시간은 꼬박 걸릴 거야."

그날 오후 3만 명의 병사들이 한자리에 모이는 대규모 열병식이 시작됐고, 빅센과 나는 총독과 아프가니스탄의 아미르 근처 좋은 자리를 차지했다. 아미르는 아스트라칸 직물로 만든 크고 높은 검정색 모자를 쓰고 있었는데, 모자 한가운데 큼직한 다이아몬드가 박혀 있었다. 열병식 초반에는 화창한 햇살이 비추었다. 덕분에 연대들이 발맞춰 이동하는 모습이 파도치는 것처럼 보였다. 대포들도 일렬로 늘어서 뒤를 따랐다. 그 광경을 보고 있자니 눈부신 햇살 때문에 눈이 어지러울 정도였다. 바로 그때, '보니 던디'라는 아름다운 행진곡에 맞춰 기병대대가 나타났고, 어제 봤던 기병대 말이 거기서 있었다. 빅센은 마차에 앉아서 귀를 쫑긋 세웠다.

제2 기병대대 사이로 보이는 기병대 말은 명주실처럼 긴 꼬리를 늘어트리고 머리를 가슴 쪽으로 바짝 당기고, 한쪽 귀는 앞으로 쫑긋 세우고 다른 쪽 귀는 뒤로 젖히고 있었다. 그리고 마치 왈츠를 추듯이 기병대대 전체의 속도를 조절하면서 부드럽게 다리를 움직였다. 그 뒤로 대포들이 지나갔고, 두 꼬리와 다른 두 마리의 코끼리가 200킬로그램의 대포를 끌었고, 그 뒤를 스무 쌍의 황소들이 따랐다. 그중에서 7조에 속한다는 황소들은 새 멍에를 메고 있었는데, 표정이 굳은 데다 지친 기색이 역력했다. 마지막으로 스크루건 포대가 등장했다. 노새 빌리는 부대 전체를 총괄하는 양 거드름을 피웠다. 마구에 기름을 발라 윤이 나게 문질러서 멀리서 봐도 번들거릴 정도였다. 나는 노새 빌리에게 환호를 보냈지만 빌리는 고개조차 돌리지 않았다.

다시 비가 내리기 시작했고 짙은 비안개 때문에 병사들의 모습이 제대로 보이지 않았다. 연병장인 평원을 가로질러 크게 반원을 그렸던 병사들이 흩어지는가 싶더니 곧이어 한 줄로 대열을 이루었다. 그렇게 열이 점점 길어지더니, 여기서부터 저기까지 1킬로미터가 넘는 긴 줄이 이어졌다. 병사와 말, 대포로 하나의 길고 견고한 벽을 만든 것이다. 마침내 긴 줄이 총독과 아미르를 향해 점점 가까워지면서 지축이 흔들리기 시작했다. 마치 엔진이 빠르게 돌아갈 때 증기선 갑판 위에 서 있는 기분이었다.

그런 열병식에 참석해 본 적이 없는 사람이라면, 착착 발을 맞추고 대오를 정렬해 가면서 점점 가까이 다가올 때의 두려움을 상상도 못 하리라. 그것이 단지 열병식일 뿐임을 잘 알고 있다고 해도 말이다. 나는 아프가니스탄의 왕을 쳐다봤다. 조금 전까지만 해도 그는 전혀 놀란 기색을 내보이지 않았다. 하지만 점점 두 눈이 커지더니, 타고 있던 말의 고삐를 잡아당기고 뒤를 살폈다. 금방이라도 칼을 뽑아서 휘두르며 마차를 타고 열병식을 지켜보고 있는 영국인 신사 숙녀 사이를 뚫고 도망칠 것 같은 기색이었다. 순간, 거대한 행렬이 멈춰 섰고 동시에 지축의 흔들림도 잠잠해졌다. 길게 열을 지은 병사들이 경례를 했고, 바로 이어서 30개의 군악대가 동시에 연주를 시작했다. 그렇게 열병식은 끝이 났다. 각 연대는 비를 맞으며 소속 부대로 돌아갔다. 정말 마지막으로 보병 군악대가 연주와 동시에 노래를 부르기 시작했다.

동물들이 둘씩 짝을 지어 들어왔네.
만세!

동물들이 둘씩 짝을 지어 들어왔네.

코끼리와 포병대대의 노새,

모두가 방주에 올랐네,

비를 피하기 위해!

바로 그때 아미르와 함께 온 중앙아시아의 나이 든 족장이 인도 장교에게 이렇게 물었다.

"대체 이렇게 멋진 열병식은 어떻게 하는 겁니까?"

그러자 장교가 대답했다. "명령을 내리면 모두 복종합니다."

"그럼 짐승들도 사람만큼 똑똑하다는 뜻입니까?" 족장이 다시 물었다.

"예, 짐승도 사람처럼 명령에 복종합니다. 말, 노새, 코끼리와 황소는 자기를 모는 병사에게 복종합니다. 병사는 하사관에게 복종하고, 하사관은 중위에게 복종하고, 중위는 대위에게 복종하고, 대위는 소령에게 복종하고, 소령은 대령에게 복종하고, 대령은 연대장에게 복종하며, 연대장은 장군에게 복종하고, 장군은 총독에게 복종하고, 총독은 여왕 폐하의 신하입니다. 그런 식으로 명령이 전달되어 이런 열병식을 할 수 있는 겁니다."

"아프가니스탄에서도 그렇게 된다면 얼마나 좋을까요! 우리 나라 사람들은 오로지 자기 뜻과 의지만 따르니." 족장이 말했다.

"그렇지요. 바로 그런 이유 때문입니다." 인도 장교가 콧수염을 비비 꼬며 대답했다. "족장님부터가 족장님 위에 계신 왕에게 복종하지 않기 때문에, 당신의 왕 아미르가 여기 와서 우리 총독의 명령에 따라야 하는 겁니다."

캠프 동물들의 행진곡

〈포병 부대의 코끼리들〉

우리는 알렉산더 대왕에게 헤라클레스의 힘을 빌려줬고,

우리 이마에 담긴 지혜와 무릎의 정교함을 모두 넘겨줬지.

우리 목을 낮춰 헌신했고, 그 목을 결코 들어 올리지 않았지.

길을 비켜라! 3미터 크기의 코끼리들이 나가신다!

200킬로그램의 대포를 끄는 코끼리들!

〈대포를 끄는 황소부대〉

마구를 끌던 영웅들이 포탄을 피하네.

포탄을 잘 알고 있어 몹시 당황했지.

이제 우리가 대포를 끌 차례.

길을 비켜라, 멍에를 맨 스무 쌍의 황소가 나가신다!

200킬로그램의 대포를 끄는 황소들!

〈기병대의 말들〉

내 양 어깨뼈 사이에 찍힌 낙인을 두고 맹세컨대

기병대의 행진곡은 세상에서 가장 멋진 노래라네.

'보니 던디'에 맞춰 행진하는 기병대의 구보는

마구간이나 물보다 더욱 감미로워.

먹이와 보살핌, 훌륭한 기수와 머물 곳을 주오.

우리를 기병대의 대열에 세우고, 오, 보라.

'보니 던디'에 맞춰 군마가 일렬로 행진한다!

〈스크루건 포대의 노새들〉

언덕을 기어오르네,

바위가 떨어져 길이 사라져도 오로지 앞으로 나아갈 뿐.

비틀거리지만 어디든 갈 수 있어,

어디든 발 디딜 곳만 있으면 산꼭대기까지 오르네.

길을 안내하는 모든 하사관들에게 행운이 깃들기를.

짐도 제대로 꾸리지 못하는 몰이꾼들에게는 불행 있으라.

비틀거리지만 어디든 갈 수 있어.

어디든 발 디딜 곳만 있으면 산꼭대기까지 오르네.

〈병참부대의 낙타들〉

발 맞춰 걸을 낙타들만의 행진곡은 없어.

하지만 우리 목이 바로 털 복숭이 트럼본.

(르-타-타-타! 우리 목이 트럼본)

이것이 우리의 행진곡.

할 수 없어! 하지 마! 싫어! 안 돼!

옆으로, 옆으로, 이 노래를 전하라!

짐이 등에서 떨어지네, 내 짐이라면 좋겠네.

짐이 길 위에 떨어졌네,

걸음을 멈추고 대오를 정렬하라!

와르르르! 아르르르! 그르를! 아르르르!

누군가 그 짐을 다시 주워 올렸네.

〈모든 동물들이 합창〉

우리는 캠프의 자식들, 모두 주어진 일을 해.

멍에와 회초리, 짐과 마구, 안장과 짐 꾸러미의 자식들.

평원에 정렬한 우리를 보라.

다시 단단히 동여맨 발뒤꿈치 밧줄처럼,

몸과 마음을 다잡고 발을 쭉 뻗고 몸을 비틀고 구르며

멀리 전쟁터까지 휘몰아 가!

먼지를 쓴 채 졸음을 견디며 말없이 옆에서 걷는 사람들은

우리가 왜 매일 행군하고 고통을 겪어야 하는지

그 이유를 알지 못해.

우리는 캠프의 자식들, 모두 주어진 일을 해.

멍에와 회초리, 짐과 마구, 안장과 짐 꾸러미의 자식들.